JN323226

THE DRAGON'S APPRENTICE

ドラゴン・アプレンティス

著／ドゥガルド・A・スティール　訳／こどもくらぶ

今人舎
IMAJINSHA

For Max, Cameron & Toby

Dugald A. Steer

For my dear friend and guide, Virfil Pomfret

Nick Harris

THE DRAGONOLOGY™ CHRONICLES
THE DRAGON'S APPRENTICE

First published in the UK in 2011 by Templar Publishing,
Deepdene Lodge, Deepdene Avenue, Dorking, Surrey, RH5 4AT, UK
Text copyright © 2011 by Dugald A. Steer
Cover Illustrations copyright © 2011 by Douglas Carrel
Interior Illustrations copyright © 2011 by Nick Harris
Design copyright © 2011 by The Templar Company Limited
Dragonology™ is a trademark of The Templar Company Limited.
All rights reserved.
Japanese translation rights arranged with The Templar Company Ltd.,
through Japan UNI Agency, Inc., Tokyo.
Japanese edition published by Imajinsha Co. Ltd., Tokyo, 2013.

Printed in Japan

目次

種名：ヨーロッパドラゴン
特徴：4本の脚《あし》、大きな翼《つばさ》

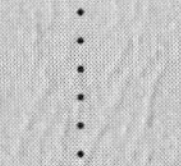

種名：ワイバーン
特徴：2本の脚《あし》、大きな翼《つばさ》

種名：フロストドラゴン
特徴：4本の脚《あし》、大きな翼《つばさ》。
極地に棲《す》むドラゴン

種名：ガーゴイル
特徴：4本の脚《あし》、小さめの翼《つばさ》

種名：バシリスク
特徴：どんなドラゴンにも変身できるドラゴン

種名：ナッカー
特徴：4本の脚《あし》、退化した翼《つばさ》

種名：中国の龍《ロン》
特徴：長い体に4本の脚《あし》、翼《つばさ》なし

神秘《しんぴ》といにしえの　機関紙

1882年12月号

依然《いぜん》としてアレクサンドラ・ゴリニチカ行方《ゆくえ》不明

かつてはロシアのドラゴン学者であり、いまはドラゴンの殺し屋、アレクサンドラ・ゴリニチカが、中国第一のドラゴン学者の手から逃《のが》れて以来、行方不明となっている。ゴリニチカ女史とその一味には、悪名高いドラゴン密売人《みつばいにん》のシャドウェルがふくまれている。

彼《かれ》らは、ドラゴン・マスターのアーネスト・ドレイク博士を狙《ねら》って宏偉寺《ホンウェイじ》を攻撃《こうげき》したとみられている。一味の計画は勇敢《ゆうかん》な防衛軍《ぼうえいぐん》よって阻止《そし》された。防衛軍には宏偉寺の老師、ドラゴン学者のノア・ヘイズ、クック夫《ふ》妻《さい》、そしてその子どもたちのベアトリスとダニエルがふくまれていた。ところが、その勝利には悲しみが影《かげ》を落としていた。西の山の高貴《こうき》な竜王《りゅうおう》・ロンウェイが、戦いのさなか、むごたらしく殺されたのだ。ゴリニチカは彼の殺害について釈明《しゃくめい》するよう国際社会から求められている。さらに、S《エス》.A《エイ》.S《エイ》.D《ディー》.から宝《たから》物《もの》を盗《ぬす》み出したことと、ドラゴンを奴隷《どれい》としたことへの告発に関してもそうである。信頼《しんらい》できる筋《すじ》からはさらに深刻《しんこく》な報告がもたらされている。インドにおいて多くのドラゴンの命を奪《うば》った不可解な病気に、彼女がかかわっているのではないかというものだ。これらの厄介《やっかい》な申し立てに対する立証は、今日現在までなされていない。というのは、あのロシア人が、捕《つか》まるのを避《さ》けるために崖《がけ》から飛び下りて以来、見つかっていないからだ。そのように墜落《ついらく》すれば死に至《いた》ることはほとんどまちがいないのだが、彼女の遺体《いたい》はいまだ発見されていない。このような不可解な出

信通会協者学ンゴラド

来事がアレクサンドラ・ゴリニチカの死を暗示するものなのか、あるいはドラゴンに対していっそうの混乱《こんらん》をもたらす陰謀《いんぼう》を予測させるものなのか、時がたてばわかるであろう。

ドラゴンの治療薬《ちりょうやく》発見される！

S.A.S.D.からの良き知らせ。インドのタール砂漠《さばく》において、ナーガをむしばんでいた謎《なぞ》の病気の治療薬が発見された。ところが残念なことに、ナーガにとってその治療薬は遅《おそ》きに失したようである。はたしてどれだけのナーガが生き残ったか疑《うたが》わしいからだ。しかしながら、ほかのドラゴン種《しゅ》は救助されている。それについては、ベアトリスとダニエルのクック姉弟《きょうだい》の勇気ある働きに、格別の賛辞を呈《てい》するものである。彼らはドレイク博士の弟子《でし》であり、S.A.S.D.の宝物の二つ（セント・ペトロックの聖杯《せいはい》と、リベル・ドラコニス）を、勇敢《ゆうかん》にもドラゴン・エクスプレスを乗りつぎ、ロンドンからインド、そして中国まで運び、現地で治療薬を調合するのに貢献《こうけん》した。ドラゴン学者たちは、この薬が多くのドラゴン種に効果があることを認《みと》めている。また、間もなく病気が撲滅《ぼくめつ》されるだろうと自信を見せている。クック家の子どもたちはまちがいなく、現代に生きるドラゴンたちに降《ふ》りかかる最大の脅威《きょうい》を取り除《のぞ》いたのだ。そのたぐいまれなる功績は、ドラゴンを愛する世界じゅうの者たちから、広く賞賛されるべきものである。

宏偉寺の戦い、ナーガを死にいたらしめた謎の病気についての詳《しょう》細《さい》は、シリーズ2巻目《かんめ》『ドラゴン・エクスプレス』を参照されたし。

ドラゴン学の
イギリス諸島《しょとう》
地図
ラス岬《みさき》
ベン
ウィヴィス山
インヴァネス
ベン
ネヴィス山
スコットランド
N
W
E
S
グラスゴー
エディンバラ
アイルランド
ダブリン
イングランド
ヘルヴェリン
ラムズリー
シェフィールド
ウォーンクリフ
ウェールズ
ケイダー・
アイドリス
アングリア
カーディフ
エイヴベリー
ロンドン
セント・レオナードの森
ホーシャム
リザード

プロローグ ―ロンドン塔《とう》―

1883年6月1日の朝。一人の男が肩《かた》をそびやかしながら、中世の城塞《じょうさい》・ロンドン塔《とう》に入っていった。その男シリル・ウィルソン少佐は、ランソーン塔わきの発《はっ》掘中《くっちゅう》の遺構《いこう》にまっすぐ歩を進めた。少佐が発掘現場の足場に近づくと、別の男がものかげから現れ、彼《かれ》に近づいていった。

「おはようございます、少佐」男は帽子《ぼうし》をとり、あいさつをした。

「例のものが無事に到着《とうちゃく》したようだね」との少佐の言葉にうなずくと、男ははね上げふたを持ち上げ、地下へ降《お》りるよう促《うなが》した。

「もどるときは、ノックしてください」

男は少佐に火のついたたいまつを渡《わた》し、はね上げふたを閉《し》めた。

地下はざっくりした造りで、がっしりした長い木箱が一方の壁《かべ》に立てかけてあった。また、別の壁には、3頭のライオンの浮《う》き彫《ぼ》りがついた巨大《きょだい》な盾《たて》があった。少佐はしばらく盾を調べていたが、最上部のライオンの目にやおら指を2本さし入れた。すると、カチッという音がして2番目のライオンの舌がはね起きた。少佐はそれをグイッと引っぱった。もう一度カチッという音がし、盾全体がサッと開き、暗がりの奥《おく》にトンネルが見えた。

たいまつの明かりの中で、少佐の目が大きく見開かれた。トンネルの中には、巨大な骨《ほね》が頭の高さまで両側に折り重なっていたのだ。えり飾《かざ》りのついた頭《とう》がい骨《こつ》がやみに浮《う》かびあがった。それは、人間の頭がい骨と少し似た部分はあるものの、全体としては怪《かい》獣《じゅう》のようだった。入口の上には、「Bienvenue《ビィアンヴニュ》 au《オー》 Royaume《ルワイヨーム》 des《デ》 Dragons《ドラゴン》 Morts.《モール》」という言葉が彫《ほ》られていた。「亡《ほろ》びしドラゴンの王国へようこそ」と、少佐は自分の言語に翻訳《ほんやく》してつぶやいた。そして地図を取りだし、たいまつの明かりでしばらくそれを確かめてから、木箱を持ち上げ、しっかりした足取りで骨だらけの迷宮《めいきゅう》に足を踏《ふ》み入れた。

1時間後、少佐はそびえ立つほどの巨大な扉《とびら》に達した。扉は、まるで彼《かれ》を迎《むか》え入れるかのように開いた。たいまつで照らされた広い円形のホールに足を踏み入れると、思いがけず硫黄《いおう》のにおいがした。その不快な刺激《しげき》に彼は鼻をしわ寄せた。ドラゴンの絵と彫《ちょう》像《ぞう》が壁を飾《かざ》っていた。

少佐はすぐに、ホールの反対側の突《つ》き当たりに注目した。そこには、今にも飛び立つかのように後ろ脚《あし》で立ち上がり、大きく翼《つばさ》を広げた実物大の見事なドラゴンの像があった。広げられた翼は、丸天井《まるてんじょう》からわずか数センチメートルまで達していた。目はルビー色、うろこは金色、それに真っ赤な舌が突《つ》き出ていた。舌の長さは全体で1メートルほどもあり、見るからに恐《おそ》ろしげな銀の歯が並ぶ口からだらりと垂《た》れ下がっていた。しかし、その像は完全とはいえなかった。右手の先が欠けていたのだ。

すると、像のほうから不気味な声が聞こえ、部屋じゅうにこだました。

「ようこそ！　おまえはわしらに加わるために来たのか？」

「ここはいったい……？」少佐は箱を下に置き、声の響《ひび》いてくる像のあたりを見つめた。

「悪のドラゴン結社の総本部さ。当時の騎士《きし》はもはやいないが、我々《われわれ》は、彼《かれ》らの使命を引き継《つ》がなければならない」

「使命だって？」少佐は、自分が呼《よ》びだされた理由についてほとんど知らなかった。

「本を見るんだ」

ドラゴンの像の足もとに書見台があった。そこにある古代の本は、黒い羽根と金文字で表紙が飾《かざ》られていた。

「マレウス・ドラコニス……」少佐は題名を読みあげた。

「『ドラゴン・ハンマー』だ！　エドワード一世が書いたものだ。騎士にとっては、ここに書かれていることは法律《ほうりつ》そのものだった。像の上の題辞が見えるか？」

像の上の渦巻《うずま》き模様《もよう》の彫刻《ちょうこく》を見た少佐は、そこにある文字を読み、震《ふる》えはじめた。

「Mort《モー》 aux《ロー》 Dragons《ドラゴン》」

プロローグ

「『ドラゴンに死を！』これは戦いの鬨《とき》の声だ！」声が不気味に響《ひび》いた。

「彼らの使命は、王国じゅうのドラゴンを抹殺《まっさつ》することだった。失敗したがな」

「それでは、あの骨《ほね》はドラゴンのものなのか？」

「察しがいいな、少佐」

「しかしドラゴンは空想の生きものではないのか？」

「空想だと？」

黒いフロックコートを着た男が出てきた。その顔は傷《きず》だらけで醜《みにく》く、表情を読み取ることは困難《こんなん》だった。「これを見ろ！」男は腕《うで》を後ろに伸《の》ばし、セント・ジョージの色あせた肖像画《しょうぞうが》の下にある鉄の檻《おり》を指し示した。

少佐が近づくと、硫黄《いおう》のにおいがさらにひどくなり、思わず口と鼻を手で覆《おお》った。檻の向こうには、翼《つばさ》を折りたたんだ、小さな緑色の生きものが眠《ねむ》っていた。まぎれもなく、むちのようなしっぽをもつドラゴンだった。

少佐はやや取り乱《みだ》し、大きなため息をもらした。「こんなに小さいのか？」

頭からしっぽの先までなめるように見ながら、今度はこわばった表情で聞いた。

「ほんとうに火を吐《は》くのか?」

「このガーゴイルは火を吐かない。殺すにも値《あたい》しないような赤ん坊《ぼう》だが、成長するとずっとでかくなる。あんたのような熟練《じゅくれん》の兵士にとっては、大人のドラゴンを殺すほうがもっと楽しめるだろうよ」

男はうすら笑いを浮《う》かべ、何もかも知っているような口ぶりで、続けた。

「あんたは確か、政府がじきに高性能の野砲《やほう》を受け取ると言っていたな。それも山岳戦《さんがくせん》向けのものを。あんたはそいつの……テストをする責任があるとも言っていたと思うが」

「その武器ならここにある」少佐は木箱を指し示した。

「それじゃあ、テストだ」

レバーが引かれると、檻《おり》が上がった。ドラゴンは目覚めて立ち上がり、自分と壁《かべ》とをつなぐ鎖《くさり》を引っぱった。少佐は箱を開けて小さな野砲を取り上げ、脚《あし》を立てた。それをホールの入口近くにすえると、弾《たま》を銃口《じゅうこう》からこめた。

プロローグ

「後ろに下がるんだ」強く言いすぎたと思ったのか、少佐は軽くせきばらいをすると、今度はやや柔《やわ》らかく言った。「こいつはすごい威力《いりょく》があるんでね」

顔の醜《みにく》い男は言われたとおりにした。少佐は銃の後ろにひざまずくと、驚《おどろ》きの目で見つめるドラゴンに、銃口を向けた。

「人質《ひとじち》を殺すのは、フェアだとは思えないがね」少佐は一言くぎを刺《さ》した。

「かまわんよ、少佐殿《どの》」男は目をキラッと光らせたが、顔はあいかわらず無表情だった。

少佐は険《けわ》しい表情で引き金を引いた。強烈《きょうれつ》なさく裂音《れつおん》とともに煙《けむり》がもうもうと立ちのぼった。静寂《せいじゃく》がもどると、子どもドラゴンの死体が転がっていた。その目はまだ何かを見つめているようだった。注意深く近寄った男が、死体をつま先でつついた。

「死んだか？」少佐が尋《たず》ねた。

「ああ」冷たくいびつな笑《え》みを浮かべ、男は握手《あくしゅ》を求めて手を少佐のほうに伸《の》ばした。

「これで、おれたちには敵と味方ができたわけだ、少佐。それでは、『神秘《しんぴ》といにしえのドラゴン学者協会』のことを話すとしよう」

第1章　ドラゴンズブルック

我々《われわれ》は、ドラゴンを支え、潜伏《せんぷく》するのを助けるようなやからを一人残らず見つけ出し、滅《ほろ》ぼさなくてはならない。

——『マレウス・ドラコニス』（ドラゴン・ハンマー）エドワード一世

森の小道を小走りしていたトーチャーが、木の枝をひょいととび越《こ》えると、小枝を踏《ふ》みつけた。キイチゴもつぶれたが、赤くて厚いうろこは強く、とげなど意に介《かい》さないようだった。

ベアトリスとぼくはその楽しげなようすを見ていた。

「ドラゴンズブルックに行くのに、必ずこの森を抜《ぬ》けなきゃならないの？」

ぼくはブツブツつぶやいた。ぼくたちがドレイク城《じょう》を出発してから、すでに1時間近くになる。荷物がだんだんと肩《かた》に食いこんできた。

「ドラゴン学の授業日だけよ」お母さんが元気よく答えた。

「トーチャーがもっと大きかったら、ぼくたちを乗せていってくれるのに」

ぼくは思い切って言ってみた。みんなが笑い、トーチャーはちっちゃな翼《つばさ》をふくらませた。自分のことが話題になっているのがうれしいんだろうか。

トーチャーはヨーロッパドラゴンの子どもで、まだたった1歳《さい》の赤ん坊《ぼう》。ベアトリスとぼくが卵《たまご》からかえしてからずっと育ててきた。

「わかっていると思うけど、トーチャーがあなたたちを乗せられるほど大きくなったら、野生にもどすのよ」

お母さんから念押《ねんお》しされて、ぼくたちは少し気分が落ちこんでしまった。いつの日か大好きなドラゴンと別れることを考えると、たまらなくなってきた。お父さんもしょんぼりしていたから、きっと同じように感じたのだろう。

「トーチャーはドラゴンズブルックをきっと好きになるよ」お父さんは少し前を進みな

がら、話題を変えてきた。

「もっと自由になるだろうしね。それにどんな場合でも、親のない赤ん坊《ぼう》ドラゴンの巣は、人間の世界から遠くなくちゃならないんだ」

「ドレイク城《じょう》からはもう十分遠くまで来たんじゃない？」ベアトリスはお父さんに追いつこうとして早歩きになっていた。「これで、雨でも降《ふ》ったらどうするの？」

「トーチャーが傘《かさ》になってくれるよ！」お父さんはまゆをクイッと上げて言った。

「この子は、ドラゴン・エクスプレスで世界を半周するあいだ、昼も夜も、サハラ砂漠《さばく》の猛烈《もうれつ》な暑さにも、ヒマラヤの凍《こお》りつく寒さにも耐《た》えたんだったね？」

「そうね」ベアトリスはお父さんに腕《うで》をからませると、ちょっと考えるようなそぶりを見せた。「でもそのときは雨じゃなかったでしょ」

ぼくたち姉弟《きょうだい》は二人とも、ドラゴンの巣のことを考えて、興奮《こうふん》していた。でもほんとうは、両親とまた一緒《いっしょ》に住めるのがいちばんうれしかったんだ。

お父さん、お母さんとは4年間も離《はな》れ離れになっていた。二人はそのあいだインドにいた。「神秘《しんぴ》といにしえのドラゴン学者協会」のための重要な調査があったんだ。伝染《でんせん》病《びょう》に苦しんでいたナーガたちを救うために、ベアトリスとぼくがヒマラヤにいることを二人が知ったときは、ほんとうに驚《おどろ》いて、そして喜んだと思う。ところが、その経験はついこのあいだ、悲劇的《ひげきてき》な結末に終わった。そして今やっと、普通《ふつう》の家族のように一緒に時間を過ごすことを、両親は決めたんだ。しばらくのあいだだけれど。

ぼくたちはドラゴン学の学校も大好きだった。とくに今は、新しい友だちもできた。ビリー・ライトは、ドレイク博士の学校ではぼくたちより1学年上の先輩《せんぱい》だった。ビリーの妹のアリシアはぼくたちと同じ時期に学校に入ってきた。二人のお父さんはチディングフォールド男爵《だんしゃく》といい、政府の秘密《ひみつ》のドラゴン大臣だった。ビリーは気さくなやつだけど、ちょっと知ったかぶりで、いつも妹をこきおろしていた。ところが、ベアトリスに会ってからのアリシアは、兄に言い返すこともできるほどたくましくなり、ビリー自身も少し感謝《かんしゃ》しているようだった。

ダーシー・ケンプもぼくたちより先に勉強を始めていた。彼《かれ》は幸運にも、ドレイク博士のロンドンの店であるドラゴナリアを、ときどき手伝っていた。ダーシーはぼくたちより少しだけ年上だが、ドラゴンについてはぼくらよりずっと知識が豊富だった。

突然《とつぜん》、カバの木の根元にあるワラビの茂《しげ》みの下から、紫色《むらさきいろ》のネバネバが小道にあふれ出ているのにぼくは気づいた。湿地《しっち》にくらすドラゴン、ナッカーの毒液にまちがいない。ナッカーのウィーゼルが近くにいるんだ。ぼくはみんなに注意を促《うなが》した。

ベアトリスがびっくりして言った。「トーチャーはどこ?」

「どこか先のほうだと思うよ」と、ぼくは答えた。

トーチャーが前にナッカーに会ったときは、ウィーゼルの10分の1の大きさしかなかったけれど、ウィーゼルにかみついてこわがらせた。またそんなことをしなけりゃいいけどと、心配になった。あたりを見回しても、トーチャーはどこにもいない。

もう少し進むと、こわれかけた柵《さく》があり、その隣《となり》に石造りの建物があった。壁《かべ》はキイチゴとツタで完全に覆《おお》われているので、どんな建物かよくわからない。

「まるで遺跡《いせき》ね……」ベアトリスがうんざりするように言った。

第1章　ドラゴンズブルック

そのとき、ぼくたちの後ろにトーチャーが降《お》り立ち、翼《つばさ》をたたんで、うろこだらけの体をくねらせながら突然《とつぜん》ダッシュして、遺跡《いせき》のさびた門をすり抜《ぬ》けていった。建物のてっぺんからは煙《けむり》が一すじ立ちのぼっていた。

「あら、マドモアゼル・ガメイが着いていたのね」

お母さんはあわてて門を開け、トーチャーのあとを追って雑草だらけの小道を走っていった。ベアトリスはあっけにとられていた。

「ここがまさか、私たちが住むところなの？　ここがドラゴンズブルック？　トーチャーはどこに泊《と》まるの？」ベアトリスは泣きそうだった。

「そうだな、裏《うら》の古い厩舎《きゅうしゃ》に泊まれるんじゃないかな」お父さんが答えた。

「それじゃあ、トーチャーは家の中には泊まらないってこと？」ぼくはちょっとがっかりした。

「わかるだろう、ダニエル。家の中にドラゴンを泊まらせることはできないんだ。あまりにも危険《きけん》だよ」

「そのことをだれかトーチャーに話したの？」正面の扉《とびら》にからまっているツタの下に、トーチャーのしっぽが見え隠《かく》れしているのにぼくは気づいた。

「さあさあ、もたもたしないで、トーチャーを連れてきなさい」お父さんはぼくの質問には答えずに、手を大きくたたいてぼくたちを促《うなが》した。

ベアトリスとぼくはあわててトーチャーのあとを追いかけ、薄暗《うすぐら》い室内に入った。

「ここがぼくたちの新しい家になるんだ」そうつぶやくぼくの目に、暗やみの中に浮《う》かぶ天井《てんじょう》の割《わ》れ目やクモの巣が、いやになるほどとびこんでくる。

「家なんて言える？」ベアトリスは明らかに不満そうだ。「暗いし、薄気味《うすきみ》悪いし……。大っ嫌《きら》い！」

家の裏の方向に手探《てさぐ》りで進むうちに、目が暗やみに慣れてきた。

「トーチャー？　どこ？」

突然《とつぜん》、なべやフライパンがガチャガチャと落ちる音がし、それにキーッという叫《さけ》び声が続いた。ビクッとしたベアトリスに、別の大声が追い打ちをかけるように聞こえた。

「サクレ・ブルー（Sacré bleu）。いったい何なの！」

ドレイク博士の家政婦のマドモアゼル・ガメイだった。ガメイさんはドラゴン学の先生でもあり、有名なフランス人ドラゴン学者のはずだが、今日はここを住めるようにする手伝いに来てくれたようだ。

ホール奥《おく》の扉《とびら》の横で、シチューポットがひっくり返ったまま床《ゆか》から1メートルも浮《う》かんでいるのを見て、ぼくたちはびっくりした。

「わかった！　この家はお化け屋敷《やしき》よ！」

「お化け屋敷じゃないよ。トーチャーだよ！」

「もう、トーチャーったら」

ベアトリスはさっきの怖《こわ》がりようから打って変わって、今度はクスクス笑った。

ポットを頭にかぶり、トーチャーは「ポー、ポー、ポー」と言っていた。

ぼくたちは顔を見合わせて笑った。

「『ポット』って言おうとしているのかな？」

「そう思うわ」ベアトリスはトーチャーのほうへ駆《か》け寄り、抱《だ》きついた。

「お利口《りこう》なドラゴンさん。そう、あなたはポットに頭を突《つ》っ込《こ》んでいるのよ」

「トーチャーがけがをする前に、ポットから離《はな》したほうがいいね」ぼくの提案にベアトリスもうなずき、トーチャーの後ろ脚《あし》をつかんだ。

「3つ数えたら、引っぱるのよ！」ベアトリスが叫《さけ》んだ。「1、2―」

「ヒック！」トーチャーがしゃっくりした。

「あらたいへん！」ベアトリスは急にあわてだした。

ぼくたちはシチューポットをかぶったままの赤ん坊《ぼう》ドラゴンを建物の外に出し、素早くとびのいた。トーチャーがしゃっくりをするのは火を吐《は》く前兆だ。直後に、一すじの炎《ほのお》がポットの下から吐《は》き出され、外壁《がいへき》を覆《おお》っていたツタがほとんど焦《こ》げてしまった。

まだポットに頭を突っ込んでいたトーチャーは周りが見えず、よろめいて庭のへいにぶつかった。今度は頭をレンガに打ちつけはじめた。何度目かにようやくポットは外れ、ガチャーンという音とともに地面に落ちた。

「たしか、トーチャーはかしこいドラゴンだってみんなが言ってたと思うけど?」

ガメイさんはあきれたように言いながら、手を腰《こし》にあててドラゴンの前に立った。

「まあ! 神よ、いたずらっ子から我《われ》らをお救いください」と言いながら、赤ん坊《ぼう》ドラゴンの首筋《くびすじ》をつかみ、すすだらけの顔をエプロンでふいてやった。

「これで少しはましな顔になったかしら?」

ドラゴンを放すと、ガメイさんはベアトリスとぼくのほうを向いた。

「あなたたちはトーチャーの守り役だったわね? つぎの講義では、注意力をテーマにしましょうか?」

「ごめんなさい」ベアトリスはあやまりながら、足で芝生《しばふ》をいじっていた。

「もっとしっかり見張っておくべきでした」ぼくもばつが悪かった。

「あなたたち、トーチャーのことはもういいから」

そのとき、お母さんが近づいてきて言った。

「2階へ行って部屋を選んできなさい。そのあいだ、トーチャーは私が見ているわ」

言われたとおり2階へ行き、窓《まど》から庭を見下ろすと、お母さんと赤ん坊ドラゴンはがらくたのかたまりの横に一緒《いっしょ》に立っていた。お母さんはトーチャーのあごをくすぐって火を吐《は》かせ、たき火をしようとしているようだ。その向こうの、ここに通じる小道を見ると、何か動くものがあった。

「だれか来るよ！」

いつの間にか、ベアトリスも窓のところに来ていた。

「あら、ドレイク博士じゃない？　もう1週間は来られないと思っていたけど」

「疲《つか》れているみたいだよ」

庭にいたお母さんもドレイク博士に気がついて、駆《か》け寄った。お父さんとガメイさんもそれに加わった。みんな心配そうだった。

ドレイク博士は何か真剣《しんけん》に話しているようだった。

「私たちも下りましょう。きっと何かあったのよ」

毒を使ってナーガに伝染病《でんせんびょう》を蔓延《まんえん》させた張本人、アレクサンドラ・ゴリニチカは、中国の宏偉寺《ホンウェイじ》の戦いで崖《がけ》から飛びこみ、姿《すがた》をくらませた。そして彼女《かのじょ》はまんまと生きのび、今はすべてのドラゴンを奴隷《どれい》にするための計画を練っているとのうわさが流れた。ドレイク博士は、うわさを確かめるために何週間か前に出かけていたのだ。

大人たちは庭に下りたぼくたちを見て、すぐに話すのをやめた。ドレイク博士がぼくたちに手を差しのべてきた。

「愛する若《わか》きドラゴン学者の諸君《しょくん》、元気だったかね？」彼《かれ》はほほ笑《え》んで言った。「ドラゴンズブルックはいかがかね？　ここはドラゴンの養護施設《しせつ》としては最高の場所だと思うが、認《みと》めてくれるかな？」

博士は帽子《ぼうし》を取り、額の汗《あせ》をふいた。そしてドッカとすわりこんだ。

「良くないことがあったのですか、ドレイク博士？」ベアトリスが尋《たず》ねた。

博士は手を振《ふ》って否定《ひてい》した。「君たちが心配するようなことは、何もない。疲《つか》れた、それだけだ。ずっと忙《いそが》しかったんでね」

もう一度ほほ笑むと、今度は明るい表情になった。

「君たちの部屋は決まったかね？」

ぼくたちはうなずいた。

「結構。それでは今度はトーチャーの番だね。厩舎《きゅうしゃ》のそばの土手に小さなほら穴《あな》が二つあるんだ。あの子をそこへ連れていって、どちらが気に入るか見てみたらどうだね？」

ぼくたちはすぐにほら穴を見つけた。そこは何かの貯蔵室《ちょぞうしつ》として使われていたようだ。片方《かたほう》には木の扉《とびら》、もう一方にはさびた鉄格子《てつごうし》があった。トーチャーは代わる代わる見比べていた。

「もうぼくたちは用済《ず》みだね」ぼくは心得顔《こころえがお》でベアトリスを促《うなが》した。

「ドレイク博士はどうしてあんなに心配しているの？」ベアトリスが尋ねた。

「どうも、ぼくたちには知らせたくないことがあるようだね。でも、何も知らないのは真実を知ることよりずっと悪いし、もっと心配になるだけだよね」

「博士の話を聞きにいこう！」ぼくはゆっくりもどりかけた。でも、ベアトリスにとっては少しショックだったようで、すぐには動けなかった。

「深刻《しんこく》な問題だったなら、ぼくたちも知る必要があるだろ？」

「いいわ、ダニエル。あなたに賛成よ」ベアトリスは苦笑いしながら言ってくれた。

「トーチャーは？」ぼくたちが見ると、二つ目のほら穴《あな》からよたよた出てきて、一つ目のほら穴に入った。また出てくると二つ目にもどった。

「大丈夫《だいじょうぶ》よ。決まったみたいじゃない。さあ行きましょ」

ぼくたちはできるだけ静かにもどり、大人たちの話が聞こえるところまで来た。

「イドリギアは、ブライソニアがどのように攻撃《こうげき》されたか話しましたか？」お母さんは顔をしかめて、心配そうだった。

「爆発《ばくはつ》があったのだ」ドレイク博士は答えた。

「彼女《かのじょ》のすみかに続くトンネルの二つが、完全に破壊《はかい》されたそうだ。でもブライソニアは無傷《むきず》だ。イドリギアはそのにおいから、ダイナマイトが使われたと思っている」

「ダイナマイトだって？」お父さんはびっくりした。

「その悪党は、ドラゴンの巣を吹《ふ》き飛ばそうとしたということですか？」

「おそらくね」ドレイク博士はそう言うと、手で白髪《しらが》をかき上げた。

「もちろん、偶然《ぐうぜん》トンネルに出くわすことがあるかもしれん。しかし、ブライソニアのすみかについてはあり得ない。ブライソニアは極度に人間を警戒《けいかい》しているし、驚《おどろ》かすようなこともしないはずだからな。それに、すみかとなっている山の斜面《しゃめん》で見つかった、印章付き指輪のこともある。ドラゴン文字がくっきりと刻《きざ》まれた指輪だ」

「まさか、うそでしょ……」お母さんは息を飲んだ。

「いや。残念ながらうそではない」ドレイク博士の声が重々しく響《ひび》いた。

「でも、指輪を着けた残忍《ざんにん》な騎士《きし》たちなどは、何世紀も前の話のはず……」

お父さんが苦々しそうに言った。

「私もそう思っていた」ドレイク博士がうなずいた。

「ブライソニアを攻撃したやつについて、ほかに手がかりは？」とお母さんが聞いた。

「それがだな、自業自得《じごうじとく》と言おうか、加害者は自分が仕掛《しか》けたダイナマイトで吹き飛ばされて粉々《こなごな》になってしまったのだよ。手がかりは何もないのだ」

「子どもたちにはどう言えばよいでしょうか?」

「今のところは何も言わんほうがよいだろう」ドレイク博士はやさしく言った。

「いつかはそのことを知るだろうが、今のところ心配させないほうがいいのではないかな? ところで、私《わたし》は二人がドラゴン典礼式《てんれいしき》に参加できればいいなと思っていますよ。イドリギアは、この新たな脅威《きょうい》に対してドラゴン協会が強固な姿勢《しせい》を示すべきだと言い張っている。背後《はいご》に何があろうとも」

ベアトリスは心配そうにぼくのほうに振《ふ》り返り、「いったい全体、ドラゴン文字がついた指輪が何だっていうの?」とささやいた。

「わからないよ。ただ、もしドラゴンに脅威《きょうい》が迫《せま》っているなら、トーチャーにも特別に注意しなければならないね」

ドラゴンズブルックはまだ泊《と》まる準備ができなかったので、その晩《ばん》はドレイク城《じょう》にもどった。ドレイク博士は、ロンドンのチディングフォールド男爵《だんしゃく》に会うために出かけた。

彼《かれ》が残したメモには、翌朝《よくあさ》、両親を手伝ってドラゴンズブルックを住めるようにすることと、午後からはガメイさんがドラゴン学の授業を始めることが書いてあった。

そのときは、生徒としてはほかにダーシーがいただけだった。つぎの日、授業が始まる前にぼくたちは聞いたことを急いで整理した。その疑問を解くヒントを、ダーシーがぼくたちにくれるかもしれない。

ダーシーは眉間《みけん》にしわを寄せて言った。

「ブライソニアは今の時代では最も力の強いヨーロッパドラゴンだけど、極度の人間不信だ。とくに人間が発する音が大嫌《だいきら》いなんだ」

今度はぼくの番だ。

「ドラゴン文字が刻《きざ》まれた指輪はブライソニアのすみかの外で発見されたみたいだよ。ドレイク博士からそのことを聞いて、お母さんとお父さんはとっても驚《おどろ》いていた」

ダーシーはさらに顔をしかめ、こぶしをギュッとにぎった。

「するとうわさはほんとうだったんだ」

「うわさって、何？」

「ドラゴンの殺し屋がもどってきたんだって！　ドレイク博士がチディングフォールド男爵《だんしゃく》と話していたよ」

「じゃあ、指輪は何を意味しているの？」ベアトリスがさらに追及《ついきゅう》した。

ダーシーが説明してくれた。

「悪のドラゴン結社の指輪にまずまちがいないよ。知らないと思うけど、S《エス》.A《エイ》.S《エス》.D《ディー》.の会員もふつうはその言葉を口に出すことはないんだ。殺されたドラゴンをとむらうことに関係しているんだよ。

でも君たちもS《エス》.A《エイ》.S《エス》.D《ディー》.の歴史で勉強したろう？　悪のドラゴン結社の騎士団《きしだん》はイングランド王エドワード一世によって秘密《ひみつ》につくられたものだ。騎士たちの使命は、王国じゅうのドラゴンを1頭残らず葬《ほうむ》りさること、それだけだったんだ。

そのやり方はひどいものだった。それに、ドラゴンからまきあげた宝《たから》で、彼《かれ》らは裕福《ゆうふく》になった。ベアトリス・クロークと息子のダニエルがS《エス》.A《エイ》.S《エス》.D《ディー》.を人間側で組織し、ドラゴンがドラゴン協会を組織することで殺りくをやめさせなかったら、騎士たちはおそらくドラゴンを国じゅうから一掃《いっそう》するのに成功したはずだ」

「それって昔のことだろう?　中世の騎士団が今でも活動しているっていうの?」

「わからないよ。でも、もしそうだとしたら、ドラゴンにとっては恐怖《きょうふ》の日々の再来だね――ぼくたちにとってもね」

しばらく言葉が出なかった。ダーシーが口にしたことを、ぼくはなかなか理解できなかった。そのとき、身も凍《こお》るような考えが突如《とつじょ》として浮《う》かんだ。

「アレクサンドラ・ゴリニチカが裏《うら》ですべてを操《あやつ》っているとしたら?」

ダーシーは強く首を振《ふ》った。「いや違《ちが》う。アレクサンドラはドラゴンを壊滅《かいめつ》しようとは思っていないはずだ。あいつはドラゴンを奴隷《どれい》にして利用したいんだ」

「そのとおりね」ベアトリスがうなずいた。「それと、ドラゴンを殺すのにアレクサンドラがダイナマイトを使ったのは見たことがないわ。セント・ジョージの槍《やり》のような武器を持っているんだもの」

「イグネイシャスはどう?」ぼくは尋《たず》ねた。

ダーシーは驚《おどろ》いたようだった。「君は何も聞いていないのかい? イグネイシャス・クルックは死んだんだ。ドレイク博士が言っていたよ」

びっくり仰天《ぎょうてん》だった。イグネイシャスは、かつてドラゴン・マスターだったエベニーザー・クルックの息子《むすこ》だ。残念なことだが、彼《かれ》はドラゴン・マスターとしての使命を父親から引き継《つ》ぐことはなかった。それにドラゴンに対する思い入れも一切《いっさい》なかった。それどころか、その持ち前の強欲《ごうよく》さと権力《けんりょく》志向が、守護《しゅご》ドラゴン(ガーディアン)であるウォントリーダムの死を招くことになった。最後に消息を聞いたのはパリで、アレクサンドラ・ゴリニチカの行方《ゆくえ》を探《さが》していたということだった。

その情報をうのみにすることができずに、ぼくは尋ねた。「どんなふうに死んだんだ?」

「知るもんか! ドラゴン典礼式《てんれいしき》のときに詳《くわ》しくわかるんじゃないかな」

「その儀式のことは何度も耳にするけど……。結局何なの? それって、私たちがのけものにされているもう一つのことね」とベアトリス。

ダーシーはその儀式《ぎしき》を想像してちょっと目を輝《かがや》かせたが、次の瞬間《しゅんかん》にはおっくうそうに答えた。

「新しいガーディアンを任命する儀式のことさ。今までにただ一度だけ、S《エス》.A《エイ》.S《エス》.D《ディー》.が設立されたときにしかおこなわれていない。S《エス》.A《エイ》.S《エス》.D《ディー》.とドラゴン協会のすべての会員が招待されているんだから、きっと見ものだと思うよ」

やっと、ドラゴンズブルックが住める状態になった。ベアトリスとぼくはすぐに部屋に慣れたし、トーチャーも、木の扉《とびら》があるほら穴《あな》を新しい巣と決めたようだった。孤児《こじ》のドラゴンたちを収容《しゅうよう》できるようになるまでもう少し時間がかかるだろう。ぼくたちのつぎの仕事は、彼《かれ》らがやってくるまでに厩舎《きゅうしゃ》を防炎《ぼうえん》仕様にすることだった。

ドレイク博士はロンドンからまだ帰ってこなかった。でも、ベアトリスとぼくがドレイク城《じょう》から帰ってきたときに皆《みな》が急にひそひそ話をやめたことからすると、ブライソニアへの攻撃《こうげき》が失敗したあとも、また何かが起こったのは明らかだった。もちろん、ぼくたちは何も知らないことになっていたので、詳《くわ》しいことは聞けなかった。ドラゴン典礼《てんれい》式《しき》についても、これといって新しいことはなかった。

ある晩《ばん》、ドレイク城《じょう》からもどってトーチャーが脱皮《だっぴ》したドラゴンの皮の切れ端《はし》を口にくわえてぼくたちを待っているのを見たときは、ほんとうにびっくりした。

「どこでこれを見つけたんだ？」

ぼくはかがみこんでそれをよく見た。トーチャーは鋭《するど》い歯のあいだに獲物《えもの》をしっかりとつかんでいた。

「君のものじゃないんだね？」

「目が悪いんじゃないの、ダニエル。トーチャーのうろこは赤よ。緑じゃないわ！」

ベアトリスはその皮をよく見て言った。「ドラゴン文字が一面にあるわ。きっとドラゴン協会からのメッセージよ！」

ぼくたちがそんなメッセージを受け取ったのは、これまで一度しかなかった。ドラゴン文字は日の光に当たるとすぐに消えはじめることを、ぼくは覚えていた。

「すぐに読まなきゃ、文字が消えちゃうよ」ぼくはベアトリスを急がせた。
ベアトリスは、トーチャーの口からやさしくメッセージを引っぱりだそうとしたが、トーチャーは離《はな》そうとしなかった。でも、ベアトリスに頭をなでられると、トーチャーは目を閉《と》じて頭を後ろにそらし、皮を離した。ベアトリスは注意してそれを開き、大きな声で読み上げた。

クック一家の皆様《みなさま》へ
7頭のドラゴン幹部会より

新しいガーディアン大叙任《だいじょにん》への立会いとして、ドラゴン典礼式《てんれいしき》にお招きいたします。
私どもはまた、スクラマサックスの子息、トーチャー様のご列席を要望しております。
なにとぞご同道たまわりますようお願いいたします。
明日の午後3時にウォーンクリフに到着するよう、出立のご準備をお願いいたします。

その際は、ドラゴンスピードで参られますように。

明日が永遠のようにはるか先に思え、ぼくたちは興奮《こうふん》をおさえることができなかった。

第2章　ドラゴン典礼式《てんれいしき》

ドラゴンの秘密《ひみつ》のすみかを探《さが》せ。そう、それが地の奥底《おくそこ》であろうとも。
そこで彼《かれ》らは宝物《たからもの》を守り、うろこに覆《おお》われたヒナを孵化《ふか》させているのだ。
――『マレウス・ドラコニス』（ドラゴン・ハンマー）エドワード一世

つぎの日の午後3時少し前に、ベアトリスとぼくは、はやる思いで部屋の窓《まど》から空を眺《なが》めていた。

「あそこ！」ぼくは叫《さけ》び、遠くに見える点を指さした。「あれはドラゴンだよね、どう思う？　あの雲の隣《となり》、人間の頭のような形があるだろう？」

ベアトリスは、手でひさしをつくりながら言った。「私には鳥に見えるけど。ほんとうにメガネが必要なんじゃないの、ダニエル！」

「おもしろい冗談《じょうだん》だね」ぼくは鼻であしらった。

突然《とつぜん》、2頭の巨大《きょだい》なヨーロッパドラゴンが——1頭は緑で、もう1頭は金色だった——湿地《しっち》の向こう側にある木の上からサーッと降《お》りてきて、庭に大きな影《かげ》を落とした。1頭は、1年前に会ったイドリギアであることがわかった。

「一緒《いっしょ》にいるのはだれ?」ベアトリスはいぶかった。

「人間の目に触《ふ》れないでこんなふうにやってこられるなんて、ほんとうに不思議ね」

ドラゴンたちは、着地しても大丈夫《だいじょうぶ》か確かめるように、湿地の周りを旋回《せんかい》した。イドリギアは慣れたようすで家の前に着地した。金色のドラゴンは、イドリギアよりほんの少し小さいだけだったが、厩舎《きゅうしゃ》の前の庭に降《お》り立った。ドラゴンたちはそれぞれ、複雑な彫刻《ちょうこく》が施《ほどこ》されたドラゴンの鞍《くら》を装着《そうちゃく》していた。それは、ぼくがそれまで見たことのある革製《かわせい》や木製のものとはかなり違《ちが》っていた。豪華《ごうか》な宝石がはめ込《こ》まれ、腹帯《ふくたい》は広い金の留め金で留められていた。まるで何世紀も前につくられたもののように見えた。

「晴れ着を着るのは私たちだけじゃないようね!」ベアトリスは笑いながら言い、階段《かいだん》を1段とばしで下りた。

ぼくたちが庭に下りたとき、ちょうどお母さんとお父さんも来た。イドリギアはすでに鼻をトーチャーにこすりつけていた。

「プライシク・ホヤーリ！」イドリギアはドラゴン語でひと声鳴くと、相棒《あいぼう》のほうに頭を傾けた。

「ブライソニアを紹介《しょうかい》できることを光栄に思います」

ぼくはびっくりした。これがブライソニアか！　まったく堂々としたドラゴンだった。こんなすばらしい生きものを殺そうなんて、だれが考えられるというのだろうか。

「ブライソニアは皆《みな》さんがカンブリアとよんでいるところに住んでいます」イドリギアが続けた。「普通《ふつう》は、ドラゴン語かラテン語しか話しません。しかし、今日のような特別な機会は例外です」

「プライシク・ボヤール」ベアトリスは2頭のドラゴンに礼儀《れいぎ》正しくあいさつした。

「エイブ！」ぼくは、寄宿学校のころに学んだラテン語を覚えているのが誇《ほこ》らしかった。

「プライシク・ボヤール！　ずいぶん長い年月、会っていなかったね！」お父さんが言った。

「プライシク！」ブライソニアは金色の頭を少し下げて答えた。彼女《かのじょ》の声は少ししわがれていた。たぶんしばらく使っていなかったのだろう。

「年月の経《た》つのは早いものです。神秘《しんぴ》といにしえのドラゴン学者協会（S《エス》.A《エイ》.S《エス》.D《ディー》.）は苦手だから、ほとんど人と交わっていないし、自分の考えを述べることもあまりしていません」

金色ドラゴンは、ベアトリスとぼくのにおいをかごうと長い首を伸《の》ばしてきた。熱く硫黄臭《いおうしゅう》のある息がぼくの顔にかかった。大きな輝《かがや》く目からは感情を読み取ることができなかった。

「この人間の子どもたちがドレイク博士のいちばん新しい弟子《でし》ということですか？」

ブライソニアが尋《たず》ねた声には、疑問を感じているようすがありありだった。

「あの災難《さいなん》から我々《われわれ》を救ってくれたことには感謝《かんしゃ》しています。これからも我々をがっかりさせるようなことがないことを希望しますよ」

「あの子たちはまだ子どもですよ。もしあの子たちがあなたをいつも喜ばせなくても、寛大《かんだい》にお願いしますよ」イドリギアはやさしく答えた。

「こんにちは、君たち」ブライソニアはぼくたちのほうを向いて言った。

「君たちの勇敢《ゆうかん》な働きについては、かねがねうかがっていますよ。イドリギアはあなたたちを信頼《しんらい》しているし、我々《われわれ》は同盟《どうめい》を組めますね」

「ブライソニアと私《わたし》がここに来たのは、君たちをドラゴン典礼式《てんれいしき》に連れていくためです」

イドリギアは少し興奮《こうふん》しはじめたようだった。

「それでは互《たが》いに紹介《しょうかい》もすんだので、これ以上遅《おく》れないようにしましょう」

ここでお父さんが、イドリギアの背中《せなか》に取りつけられたやわらかい革製《かわせい》の鞍《くら》にベアトリスとトーチャーを持ち上げた。そして前にぼくをすわらせた。ベアトリスはぼくの腰《こし》につかまり、トーチャーを二人のあいだでしっかりと押《お》さえた。ぼくたちは飛び上がる用意ができた。

「具合はどうだい？」ぼくたちを見て、お父さんがニコニコしていた。

「いいに決まっていますよ」イドリギアがほほ笑《え》み返した。「この二人用の鞍《くら》は特別製ですよ。この鞍は昔、こんな時のためにつくられたのです」

ブライソニアはかがみ込《こ》み、お母さんとお父さんが鞍に乗り込めるようにした。

「まるで昔のままですな！」イドリギアが歓声《かんせい》を上げ、大きく背伸《せの》びした。森じゅうに響《ひび》きわたるようにひと声吠《ほ》えると、こだまが湿地《しっち》に返ってきた。そして楽々と飛び上がり、雲のかたまりを抜《ぬ》けるようにはばたきながら上昇《じょうしょう》すると、森とドラゴンズブルックが眼下にまるでおもちゃのように見えた。

3時間ほどたったところで、ぼくたちは原野を横切り、ウォーンクリフに向かって降《こう》下《か》していった。ドラゴンはゆうゆうと着地し、ぼくたちは鞍から降りて感謝《かんしゃ》を述べた。

「イドリギアの頼《たの》みとあれば、このくらいは問題ありません」ブライソニアは愛想よく答えてくれた。「ドラゴンスピードで行きなさい」

イドリギアはトーチャーにやさしく翼《つばさ》を伸ばして、招きよせた。

「トーチャーは私と行きます。儀式が始まる前に、彼には教えておくことがあります。あなたたち4人は、神秘《しんぴ》といにしえのドラゴン学者協会のほかの会員と一緒《いっしょ》に待っていてください」

イドリギアは原野の真ん中に現れた人影を指し示した。その人は、流れるような外套《がいとう》を身にまとい、顔の半分が隠《かく》れるまでフードを深くかぶっていたので、ほとんど顔を見ることができなかった。近づくとその人は堂々と立ち、突然《とつぜん》、ドラゴンの飾《かざ》りがついた長い杖《つえ》を回してぼくたちの行く手をふさいだので、ぼくは思わず飛び上がった。

「待て！　私はガーディアンの部屋の扉《とびら》の番人だ。ここを通すには、おまえたちが神秘といにしえのドラゴン学者協会の会員だということを確認《かくにん》しなければならない」

彼《かれ》の声は断固《だんこ》としており、威厳《いげん》に満ちていたので、ぼくは自分がほんとうにS《エス》.A《エイ》.S《エス》.D《ディー》.の会員だということをもう少しで忘《わす》れるところだった。

「ドラゴンが飛ぶときは？」謎《なぞ》かけだった。その声にはなつかしい響《ひび》きがあったが、ぼくは思い出せなかった。

「それを目で探《さが》す」ぼくは力強く答えた。

「では、ドラゴンが眠《ねむ》るときは？」

「眠りの中でその夢《ゆめ》を見る」今度はベアトリスが答えたが、その声は少しとまどっているようで、ぼくと同じように感じていることがわかった。

「それで、この謎《なぞ》かけの答えは何か？」

「宝物《たからもの》！」ベアトリスとぼくはほとんど同時に叫《さけ》んだ。

「おまえたち4人は皆《みな》、神秘《しんぴ》といにしえのドラゴン学者協会の会員なのか？」

「そうです」今度はお母さんとお父さんが声を出した。

「それでは、ドラゴンの弟子《でし》のサインを見せて通りなさい」

かねて教えられていたとおり、ぼくたちは右手で軽くこぶしをつくり、指を1本、地面を指すように伸《の》ばした。フードをかぶった男は後ろへ下がり、ぼくたちはようやくガーディアンの部屋に続くトンネルに入ることができた。フードをかぶった男はあとに続いて中に入り、後ろ手で石の扉《とびら》を閉《し》めた。それからトンネルの奥《おく》深くへとぼくたちを案内した。

「ほんとうに大丈夫《だいじょうぶ》かなあ？」たいまつの明かりに照らされた天井《てんじょう》のひび割《わ》れを心配しながら、ぼくはささやいた。ベアトリスとぼくは前に一度、ドレイク博士と一緒《いっしょ》にこのトンネルを通っていた。「前はこのあたりは落石でいっぱいだったよね？」

「ドラゴンたちが全部片づけたのよ。でも、もちろん今は安全よ。もし危険《きけん》なら、彼《かれ》らは私《わたし》たちをここに連れてこないわよ。そうじゃない？」ベアトリスがぼくをたしなめた。

ぼくたちはやっと部屋に着いた。お母さんとお父さんはガーディアンの部屋を訪《たず》ねたのは初めてだった。二人が突然《とつぜん》ぴたりと止まって息を飲んだとき、ベアトリスとぼくは顔を見合わせてほほ笑《え》んだ。地面に開いた深い穴《あな》のちょうど真ん中にある台には、ガーディアンがため込んだ宝物《たからもの》がきらめきを見せていた。

コートを着た男がついにフードを取った。その男が、ドレイク博士のドラゴナリアにいたフライトさんだったのを見て、ぼくは思わず吹《ふ》き出しそうだった。ドラゴン学についてはしばしばドレイク博士と対立していたが、彼《かれ》には腹黒《はらぐろ》いようなところはなかった。

「私《わたし》たちが最後に到着《とうちゃく》したようですね？」お父さんが言った。それほど離《はな》れていないところに、ドレイク博士とその他大勢が一団となっていた。ドレイク博士の助手であるエメリーと、マドモアゼル・ガメイ、そして彼女《かのじょ》の弟のベルナルドがドレイク博士の左側に立ち、ビリー、アリシア、ダーシーは右側に立っていた。もっと先にはドラゴン大臣のチディングフォールド男爵《だんしゃく》、そして気難《きむずか》しい個人秘書《ひしょ》のティブス氏がいて、背《せ》が高く人目を引く身なりの男性と静かに言葉を交わしていた。その人の特徴《とくちょう》のある白髪《しらが》と濃《こ》いもみあげを見て、ぼくはすぐにそれがだれだかわかった。グラッドストーン首相その人だった！　これはほんとうに特別な儀式《ぎしき》なのだ！

「ぼくたちは何かしなきゃいけないの？」ぼくはお母さんに聞いた。

「いいえ」お母さんは指を口に当てながら答えた。「シーッ。始まるわよ」

そのすぐあと、ぼくたちのささやき声は鳴り響《ひび》く鐘《かね》の音でかき消された。そして深くうやうやしい静けさがほら穴《あな》を包んだ。すると突然《とつぜん》、穴の奥《おく》深いところから、雷《かみなり》よりも大きな咆哮《ほうこう》がとどろいてきた。その声は徐々《じょじょ》に大きくなり、最後には骨《ほね》まで突《つ》き通すようだった。6頭のドラゴンがともに咆哮し、荒々《あらあら》しいコーラスをかもしだしていたのだ。突然、ドラゴンの強烈《きょうれつ》な炎《ほのお》がほら穴を明るく照らし、ドラゴンたちが現れた。

最初の2頭はイドリギアとブライソニアだとわかった。けれど、ほかは初めて見るドラゴンだった。ほとんどは大人のドラゴンだった。しかし最後の1頭はかなり小さく、6メートルほどの身長で、年齢《ねんれい》は30歳《さい》ほどだったろう。ドラゴンの標準ではこのドラゴンはまだ若者《わかもの》であり、ヨーロッパドラゴンと違《ちが》って真っ白い色をしていた。もしフロストドラゴンがイギリス生まれでなければ、ぼくはそれがドラゴン協会に属することも望まなかっただろう。

ぼくはベアトリスをひじで突《つ》いて、フロストドラゴンを指し示そうとした。ところが、すぐにぼくの興味は別に移った。というのは、ドラゴンの炎に照らされて、一人の男の影《かげ》が浮《う》かび上がったからだ。うろこに覆《おお》われたドラゴンに比べれば小人のような男は、腕《うで》を頭よりも高く挙げていた。まぶしさにだんだん目が慣れてくると、その男はドレイク博士にほかならないことがわかった。博士は、ドラゴン・マスターの証《あかし》であるドラゴン・アイを高く掲《かか》げていた。６頭のドラゴンがもう一度、いっせいに吠《ほ》えた。

「７頭のドラゴン幹部会に対してだれが証言する？」イドリギアが声をあげた。

「わしがしよう！」ドレイク博士の声が、その場に重厚《じゅうこう》さと威厳《いげん》をもたらした。

「先代のガーディアンは殺されて眠《ねむ》っている。古くからの脅威《きょうい》がここにきて増大している。新しいガーディアンがおまえたちの中から選ばれなければならない。私はその証言をするためにやってきた」

「どんな権限《けんげん》によって、あなたは証言するのか？」

「殺されたガーディアンから授けられた、ドラゴン・マスターとしての私の権威《けんい》と権限によって」

「どんな言葉を使ってあなたはドラゴン・マスターになったのか？」イドリギアが同じように重々しく尋《たず》ねると、博士はゆっくり、また明確に述べた。

「ドラコ - ラコ - アコドラック！」

「あの言葉は敵にもう知られている。変える必要がある」見守る者たちからつぶやきがもれた。

「まちがいないか？」

「一つ明らかにしなければならない」イドリギアが言った。

「あなたは儀式《ぎしき》で使われる言葉を知っているのか？」

「知っている」

「それでは、前に進んで、それを述べてくれないか、ドラゴン・マスター！」

イドリギアのしっぽがドレイク博士の腰《こし》にからみつき、穴《あな》の中央にある台の上に持ち上げた。ドレイク博士は宝物《たからもの》の大きなかたまりの頂上《ちょうじょう》に立った。

「7頭のドラゴン幹部会に参加する者はだれだ？」

今や、英語とドラゴン語を使って、ドラゴンたちに質問する責任がドレイク博士の肩《かた》にのしかかっていた。それぞれのドラゴンが両方の言葉で答えた。その声はほら穴じゅうにこだまし、ぼくの背骨《せぼね》はピリピリと震《ふる》えた。

「ケイダー・アイドリスのイドリギア」

「ヘルヴェリンのブライソニア」

「ラス岬《みさき》のソマーレッド」

「リザードのトレギーグル」

「エイヴベリーのアンブロシウス」

「アングリアのエラスムス」

「そして最後は？」ドレイク博士が呼びあげた。「7頭目のドラゴンはどこだ？」

「7頭目のドラゴンは、ドーノック・ウィルムとして知られる、ベンウィヴィスのスクラマサックスだ」とイドリギアが答えた。

「彼女《かのじょ》はここにいないのか？」ドレイク博士は驚《おどろ》いていないようだった。

「来られなかったんだ。ひどい傷《きず》を負って、まだ治りきっていないのだ」

「そのような傷を与えたのはだれだ？」

「私《わたし》だ。私の意志ではなかったが」イドリギアが静かに答えた。まわりがざわめいた。

「彼女《かのじょ》の代わりにだれが答える？」

「息子《むすこ》がここにいる。彼《かれ》が母親の代わりをする」

トーチャーのことだろうか？　ぼくは信じられない思いで聞いていた。ぼくたちの赤ん坊《ぼう》ドラゴンが、ドラゴン典礼式《てんれいしき》の重要な役割《やくわり》を担《にな》うことになるなんて！

「それではその子に前に出てもらおう！」

ぼくはベアトリスの方を向いた。彼女もぼくと同じように、びっくりしていた。

トーチャーはほかのドラゴンの後ろから小走りで前に出てきた。体格では仲間からはるかに見劣《みおと》りしても、彼はまったく落ち着いているように見えた。それを見つめるベアトリスとぼくは、誇《ほこ》らしい気持ちでいっぱいだった。

「名前は何という？」イドリギアが尋《たず》ねた。

「トーチャー！」ぼくたちの赤ん坊ドラゴンは、自信たっぷりの声で答えた。

ぼくはゴクッとのどを鳴らし、ベアトリスをもう一度見た。

「トーチャーは自分の名前は言えなかったはずだよ。イドリギアがトーチャーに教えたんじゃないかな？」

「シーッ」お母さんがぼくに怖《こわ》い顔つきをして見せた。

「ようこそ、ドラゴンズブルックのトーチャー」イドリギアが続けた。

「ガーディアンと、殺されたドラゴンたちの名のもとに、いにしえよりの人間とドラゴンのあいだの契約《けいやく》によって、おまえはこの幹部会に加わると誓《ちか》うか？　そして必要とされるときには意見を述べ、母親が治るまでその代理として合法的な審判《しんぱん》に従うか？」

「ソォーッ！」トーチャーは、ドラゴン語で「はい」を意味する言い方で堂々と答えた。

「ドラゴン・アイの保持者であるドラゴン・マスターを支援《しえん》すると誓うか？」

「ソォーッ！」

「ドラゴン・マスターの弟子《でし》たちを支援し、力の限り彼らに教えると誓うか？」

「ソォーッ！」トーチャーの声は一言一句はっきりと響《ひび》いた。

つぎは、もう一度ドレイク博士が大人のドラゴンたちに向けて言葉をかける番だった。

「トーチャーを君たちの一員として受け入れるか？」

6頭すべてがいっせいに声を上げ、同意を示した。「ソォーッ!」

「それでは、ドラゴンズブルックのトーチャー、6頭とともに炎《ほのお》を吐《は》くのだ!」

ドレイク博士は得意満面だった。ドラゴンたちから7本の炎が吹《ふ》き出され、ドレイク博士の頭上に炎の虹《にじ》を描《えが》いた。博士はドラゴン・アイをもう一度掲《かか》げ、それに炎の明かりを反射《はんしゃ》させた。それによって、ドラゴン・アイは星のきらめきのように輝《かがや》いた。

「これで7頭になった」ドレイク博士は言った。「ガーディアンになるのはだれかね?もう選出されているのか?」

「選出はずっと昔になされている」ブライソニアが答えた。「幹部会の承認《しょうにん》の下に、前任のガーディアンは弟子《でし》(アプレンティス)をとり、自分の術を伝えることで、自分が死んだあとでも知識がすたれないようにするのだ」

「では、弟子は進み出よ!」

イドリギアがドレイク博士に向かって一歩進み出た。彼は頭を後ろに振《ふ》り、雄叫《おたけ》びをあげた。それは以前に一度だけ聞いたことのある種類の雄叫びだった。死にゆくウォントリーダム、つまり前のガーディアンがイギリスじゅうのドラゴンを招集して、自分を守ろうとしたときだった。腹《はら》からしぼり出されるような大きな音で周囲の空気を震《ふる》わせた。ほら穴《あな》の石の壁《かべ》を通して、外にも聞こえるに違《ちが》いないと感じられるほどだった。

「それは私《わたし》だ！」イドリギアは叫《さけ》んだ。

　ぼくたちがよく知っているドラゴンがそのような名誉《めいよ》にあずかるなんて、とても信じられなかった。ぼくは拍手《はくしゅ》をするか、「おめでとう！」と叫《さけ》びたかった。しかし、ほら穴じゅうがシーンと静まり返る中、ドレイク博士が言葉を続けたので、ぼくは興奮《こうふん》を自分の胸《むね》の内にとどめなければならなかった。

「ガーディアンの身分について、おまえはどのような言葉をもって申し立てるのだ？」

博士は叫んだ。

「かつて秘密《ひみつ》とされ、今はここにいる皆《みな》が知るべき言葉、すなわち、カルドカ‐オカール‐オカールドだ！」イドリギアが答えた。

「汝《なんじ》は、６００年以上前に人間とドラゴンのあいだに結ばれた厳粛《げんしゅく》なる協定を守ると誓《ちか》うか？」

「ソォーッ（sssorrr）！」イドリギアが答えたrの発音は印象的だった。

「汝《なんじ》は、人間とドラゴンが平和に共存《きょうぞん》できるように、どちらも守ると誓《ちか》うか？」

「ソォーッ！」

「汝は、7頭のドラゴンたちに振《ふ》り分けられた宝物《たからもの》を守り、ドラゴン・アイのガーディアンとなると誓うか？」

「ソォーッ！」

イドリギアに対する質問はこれで終わった。ドレイク博士は、残った6頭のドラゴンに話しかけた。その中には、こっけいなほどまじめくさった小さなトーチャーもふくまれていた。

「前任のガーディアンをいたむために集まったドラゴンたちよ、ともに、新ガーディアンを歓迎《かんげい》するのだ！」

「ソォーッ！」「ソォーッ！」「ソォーッ！」

「由緒《ゆいしょ》ある『ドラゴン協会』のメンバーたちよ、汝らの牙《きば》と爪《つめ》にかけて、汝らの角《つの》と熱きドラゴンの炎《ほのお》にかけて、この判断に従うか？」

「ソォーッ！」「ソォーッ！」「ソォーッ！」

最後は答えに明るい響《ひび》きが感じられ、ぼくたちは一安心し、儀式《ぎしき》がもうすぐ終わることを感じた。

最後はぼくたちの番だった。ドレイク博士は言った。

「人間たち、『神秘《しんぴ》といにしえのドラゴン学者協会』の会員とその弟子《でし》たちよ、汝らの頭と手にかけて、汝らの理性と意志にかけて、この判断に従うか？」

ぼくたちは精いっぱいの声でともに叫《さけ》んだ。

「従います！」「従います！」「従います！」

「いざ、ガーディアンに栄えあれ！」

「ガーディアン、万歳《ばんざい》！」ぼくたちは声をそろえた。

儀式は終わったが、そこで見たすべての光景に、ぼくの心臓《しんぞう》はまだ高鳴っていた。

第3章　ドラゴン学者の晩餐会《ばんさんかい》

信頼《しんらい》の置ける者たちを、秘密裏《ひみつり》に幹部会に送り込《こ》み、ドラゴン学者たちのたくらみを明るみに出すのだ。ドラゴンを愛するそぶりを見せ、ドラゴン界をどのように衰弱《すいじゃく》させることができるかを学ぶのだ。

——『マレウス・ドラコニス』（ドラゴン・ハンマー）エドワード一世

ぼくたち家族がトンネルから出ようとしていたとき、ドレイク博士は7頭のドラゴンたちとまだ話し込んでいた。ぼくたちは馬車で晩餐会《ばんさんかい》に連れていかれた。

聞きたいことが山ほどあった。しかし、さっきまでのドラゴン典礼式《てんれいしき》のことが頭の中でぐるぐる回っていたので、古い屋敷《やしき》に到着《とうちゃく》するまで、ガラガラと走る馬車から、そこかしこに明かりが燈《とも》る夕やみの田舎《いなか》のようすをただぼうっと見ていた。

「あれっ、ここはどこなの？」ぼくは聞いた。

お父さんは大げさに腕《うで》を広げて言った。

「ダニエルとベアトリス、ウォントリーホールにようこそ！」

今度は笑いながら、そこがどこだか説明してくれた。

「この屋敷は建てられてから１００年以上たつ、ジョージ王朝時代の代表的な建築だよ。私《わたし》たちはジェイコブ・モレリー将軍《しょうぐん》のゲストなんだよ。彼《かれ》はチディングフォールド男爵《だんしゃく》の旧友で、S.《エス》A.《エイ》S.《エス》D.《ディー》の長年にわたる会員なんだ」

「あの人がジェイコブ卿《きょう》なの？」正面玄関《げんかん》前の石造りの階段《かいだん》の上に堂々と立っている制服の男の人を指さしながら、ベアトリスが尋《たず》ねた。

「いいや、あちらは執事《しつじ》だ」お父さんが笑いをおさえながら小声で言った。

「人を指さすものではないわ」お母さんはまじめな顔をして言った。「中に入ったら言葉づかいとお行儀《ぎょうぎ》に気をつけてね。正式な晩餐会なのよ」

「ぼくたちが食事しているあいだ、ドラゴンたちは何をするの？」

「ドラゴンたちも晩餐をとるんだよ」お父さんが答えてくれた。

「ドラゴンもお行儀《ぎょうぎ》よくするってわけね」ベアトリスはやっぱり皮肉屋だ。

馬車から降《お》りて階段《かいだん》を上るとき、まるで貴族《きぞく》が到着《とうちゃく》したように、執事《しつじ》がぼくたちの名まえを呼《よ》びあげた。豪華《ごうか》な正餐室《せいさんしつ》へ足を踏《ふ》み入れると、部屋を明るく照らし出す大きなシャンデリアがあり、天井《てんじょう》には、中国の龍《りゅう》の絵が鮮《あざ》やかに描《えが》かれていた。

長い晩餐のテーブルに名札を探《さが》していたら、ダーシーやビリー、アリシアたちの近くにすわれることがわかってホッとした。チディングフォールド男爵《だんしゃく》やグラッドストーン首相の近くの席だったら、緊張《きんちょう》して何も話せやしないだろう。

晩餐会の準備はできていた。どうやらコース料理らしい。

「あんなにたくさんのナイフやフォークが必要なの?」それだけでも冷汗《ひやあせ》ものだ。ベアトリスがため息をついた。「私を見て真似《まね》するのよ」と言い、まるでいいところのお嬢《じょう》さんのように席ですましていた。

しばらくして、ビリーたち3人が合流すると、ぼくたちはおしゃべりし始めた。でも、ベアトリスとアリシアは、隠《かく》しごとがあるみたいにこそこそ話している。それに気づいたビリーが一言、「君たち！」とくぎをさして、首を左右に振《ふ》った。

長い晩餐のテーブルはだんだんと埋《う》まってきた。ぼくはあまりにも大勢の人が到着するので驚《おどろ》いた。

「S.A.S.D.《エスエイエスディー》にこんなに多くの会員がいたなんて、知らなかった！」

「だれか知っている人いる？　ビリー」

「有名な人たちは知っているよ。みんな家に来たことがあるからね」ビリーはさも当然とばかりに答えた。

ベアトリスと話していたアリシアが、ふと顔を上げて言った。

「ビリーに話させないで！　調子に乗って止まらなくなるわよ」

「だれもおまえの言うことなんか聞いちゃいないよ、アリシア」ビリーはムッとしながらダーシーとぼくのほうに向いた。

「チェック柄《がら》の上着を着ておしゃべりしている人を見てごらん。あの人はエジソンといって、有名なアメリカの発明家だよ。いちばん有名な発明は、蓄音機《ちくおんき》とかいったかな。

ドレイク博士は、それで野生のドラゴンの声を保存《ほぞん》しようとしているんだ。そのうち学校で聞くことができるかもしれないよ」

最初、ぼくはビリーがいいかげんなことを言っているのだと思った。

「紙に書くことなしに、どうやって声を保存するっていうんだい？」

そう言いながら、ぼくは思った。ついこのあいだまで、ドラゴンが生きているってだれかが言ったら、ぼくは大笑いしただろう。

「ぼくに聞かないで。知らないんだから！」ビリーも笑った。

「ああ、今度はお父さんが話している人を見てごらん！」

ダーシーとぼくは顔を見合わせた。

「わからないのかい？」ビリーは自慢《じまん》げだった。でもぼくは気にしなかった。そんなすごい人たちにお目にかかったことがないのは当然だし、だれがだれだかを教えてくれる友だちが近くにいてくれることに感謝《かんしゃ》したいくらいだ。

「あちらは、ヘンリー・モートン・スタンリー」ビリーは続けた。

「ええっ！　アフリカでリヴィングストン博士を見つけた、あの人なの？」これじゃ、ぼくは自分が無知であることを証明しているようなものだ。

「そうだよ。でもそれだけじゃないよ。知らないと思うけど、あのジャマールの卵《たまご》がンゴロンゴロ盆地《ぼんち》から来たんじゃないかと、ドレイク博士に意見を言った人でもあるんだ。君がドラゴンを使ってジャマールの卵を故郷《こきょう》にもどし、彼《かれ》が正しいことを証明したら、ほんとうに喜ぶと思うよ」

「ほんとに彼《かれ》なの？」ぼくは口元を緩《ゆる》めたけれど、物足りなさを感じはじめていた。

「だれもぼくたちに話しかけてくれないよ」でも混み合った人たちを見ていて、なんとか気がそらされていた。

「角にいる男の人は？　ほら、きれいな色のネクタイをしている人」ダーシーが尋《たず》ねた。

「ああ……。リチャード・オーウェンさ。自然歴史博物館の設立者だね」ビリーは、さらにもったいぶって言った。

「はい、はい。恐竜《きょうりゅう》という呼《よ》び方を考え出した人だね」

ビリーは、ぼくがそんなことを知っていると思わなかったはずだ。ぼくは気取った笑《え》みをおさえようとしたけど、ダーシーに気づかれた。彼《かれ》も同じ笑みを浮《う》かべていた。

「そのとおり！」ビリーはのんきに続けた。「彼は、絶滅《ぜつめつ》したドラゴンについてドレイク博士が調査するのを助けているんだ。二人は、ドラゴンの遺物《いぶつ》を自然歴史博物館で展《てん》示《じ》すべきかどうか議論していたんだ。オーウェン氏は賛成だったけど、ドレイク博士は、時期がよくないと言ったんだ」

「それを君は、ブライソニアが攻撃《こうげき》されたことが理由だと思っているのかい？　君とアリシアはすべて聞いているんじゃないの？」

ぼくは、ビリーの専門的《せんもんてき》な意見がぜひ聞きたかった。

「確かに小耳にはさんだよ。でもまだ正式には何も聞いていないのさ」のけもの状態にされている点については、ビリーもぼくらと同じだった。

「うわさがあちこちで飛びかっているんだ。でも確実にわかっているのは、ブライソニアとソマーレッドの両方が攻撃されているということだけだよ」

「ソマーレッドが攻撃されているって?」ぼくはショックを受けた。「ブライソニアのことは聞いていたけど……」

「ソマーレッドは大丈夫《だいじょうぶ》。でもブライソニアはまだ動揺《どうよう》している。きっと、ブライソニアのすみかの近くで見つかった指輪に関係しているんじゃないかな」

「悪のドラゴン結社の指輪のこと?」ぼくは尋《たず》ねた。今度はビリーも興味を示した。

「シーッ!　その言葉は聞きたくないよ。いったいどうやって指輪のことを?」

「ぼくだって目と耳があるからね」ぼくはけろりと答えた。

ビリーが続けた。「ティブスさんは、すべてドレイク博士の失敗だって言っている。攻撃はアレクサンドラとイグネイシャスの仕業《しわざ》にちがいないって。ドレイク博士が彼《かれ》らにもっと気をつけるべきだったってね」

気がつけば、ベアトリスとアリシアがいつの間にかぼくたちの話に聞き入っていた。ベアトリスはまちがいなく怒《おこ》っていた。

「つい1年前、ティブスさんはあの二人に同調していたじゃない。信じられない!」

「確かに、ドレイク博士もティブスさんにはお手上げみたいだね」これはぼくの意見。

「とにかく、イグネイシャスは死んだんだよね?」ダーシーは少し声を張り上げた。

部屋の中が急に静かになり、だれかが後ろに立っていることに気づいた。ベアトリスがはじかれたように立ち上がり、あわててひざを曲げて礼をしている。まずい! まちがいなく重要人物だ。

振《ふ》り向くと、グラッドストーン首相がちょうどぼくの後ろに立っていた。ぼくは椅子《いす》からはね上がると、低い姿勢《しせい》でおじぎした。

「うわさどおり、好青年と素敵《すてき》なお嬢《じょう》さんですな」首相はぼくたちをまっすぐ見て言った。「クック姉弟《きょうだい》と言葉を交わすことができて光栄に思いますよ」

ベアトリスはもう一度礼をした。

「私がだれだかご存《ぞん》じかな?」

「はい!」二人で声をそろえて言ったとき、ぼくは気まずくてほおが紅潮《こうちょう》していた。でも信じられないくらい誇《ほこ》らしかった。首相がぼくたちに会うのが「光栄」だなんて。

首相はにこやかに言った。「ドラゴンたちが恐《おそ》ろしい危機《きき》から脱《だっ》するのに、大いに力を発揮《はっき》してくれたことは、喜ばしい限りですな。ドラゴンについては大っぴらにできないのが残念ですが、普通《ふつう》であれば、君たちの活躍《かつやく》は広く世間に知られるべきですよ」

「ありがとうございます」ぼくはそう答えるのが精いっぱいだった。

首相は軽く会釈《えしゃく》した。

「これは内々のこととご承知おきいただきたいのですが、女王もあなたたちの活躍をすべてご存《ぞん》じです。陛下《へいか》は、ドラゴンの世界で何が起きているのか、時折個人的にお聞きになります。自分の興味をあからさまにされることはありませんが、とにかくお二人に、くれぐれもよろしくとおっしゃっていますよ」

グラッドストーン首相は背筋《せすじ》をしゃんと伸《の》ばし、よく通る声で言った。

「ところで、あなたたちが面倒《めんどう》を見ているドラゴンの赤ん坊《ぼう》はいかがですか？　名まえは何と言いましたかな？」

「トーチャーといいます」ベアトリスが答えた。

「ああ、そう、トーチャー。彼《かれ》には会ったことがあります。ドラゴン典礼式《てんれいしき》のときは立派《りっぱ》にやりましたね。あなたたちは、トーチャーとともにほんとうに見事な活躍《かつやく》をされた。これからもすばらしい働きを続けてください！」

「ありがとうございます」ベアトリスは優雅《ゆうが》に答えた。

少しのあいだ、ぼくは口をきくことができなかった。やっとのことで出てきた言葉は、自分のものとは思えなかった。

「失礼ですが、質問を一つ、させていただいてもよろしいでしょうか？」

「もちろんかまいませんよ！」首相は笑顔《えがお》のままだった。

「悪のドラゴン結社は復活したとお思いですか？」

大勢の客の前でなぜこのようなことを言ってしまったのだろう？　部屋のあちこちで息を飲む音が聞こえた。首相の顔も見る間にこわばってきた。最悪なことに、お母さんのゾッとしている顔が視界《しかい》に入ってきた。

グラッドストーン首相は軽くせきばらいすると、ていねいに答えてくれた。

「そうですな、最近あり得ないような出来事がありましてな。うん、まったくあり得ない。ただ、今のところは、それについての見解を述べるのは、ドラゴン・マスターに譲《ゆず》ることにしましょう。きっといつか、彼《かれ》から話してくれますよ」

首相は、テーブルのいちばん向こうの席にもどった。ちょうどそのとき、後ろの二枚扉《とびら》が開き、ドレイク博士が入ってきた。

執事《しつじ》の声が部屋じゅうに響《ひび》きわたる。「ご起立のうえ、神秘《しんぴ》といにしえのドラゴン学者協会、S.A.S.D.《エスエイエスディー》のドラゴン・マスターであられるドレイク博士のために、グラスをお持ちください」皆《みな》いっせいに席から立ち上がり、グラスを掲《かか》げた。ドレイク博士は首相とチディングフォールド男爵《だんしゃく》のあいだに席をとり、グラスを掲げた。

「乾杯《かんぱい》のあいさつをさせていただきます。新たな危険《きけん》が迫《せま》る今日においても、人間とドラゴンとのあいだのいにしえからの協定が絶えることのないように！　そして、新しいガーディアンであるイドリギアに！」

「いにしえからの協定に！」ぼくたちは言葉を繰《く》り返して、隣《となり》の人と乾杯した。

「新しいガーディアンに！」

「さあ、さあ、食べるとしよう！」博士はようやくリラックスしたようだった。

それを見て、ぼくもお腹《なか》がペコペコなのに気づいた。はやる思いで着席すると、ベアトリスが冷たい視線《しせん》を向けてきた。

「ダニエル、私たちは悪のドラゴン結社について知らないことになっているのよ。どうして秘密《ひみつ》をばらすようなことを言うの？」

「思わず口から出てきてしまったんだ。ごめんなさい」

ぼくはさっきの会話を続けたくて、ビリーのほうを向いた。

「白ドラゴンについて何か知ってる？」

「エラスムスのこと？」

「そう。どうしてエラスムスは白いんだろう？　フロストドラゴンはドラゴン協会の会員になることを許されたの？」

もう晩餐会《ばんさんかい》の堅苦《かたくる》しいやり取りはすんだようだった。ぼくは答えが欲《ほ》しくてしようがなかった。

「エラスムスは混血なんだ。父親はスピッツと呼《よ》ばれるフロストドラゴンで、母親はブライソニアなんだ」

「ブライソニアはヨーロッパドラゴンよね。それでも、ほかのフロストドラゴンのように、エラスムスも渡《わた》りをするの？」ベアトリスが尋《たず》ねた。

「いいえ、エラスムスはここに住んでいるわ。極地は寒すぎるって。でも、彼《かれ》は父親の白いうろこを受け継《つ》いでいるし、炎《ほのお》を吐《は》かずに氷を吐くわ」アリシアが答えてくれた。

「彼と話したことがあるの？」ぼくはあこがれの気持ちで聞いた。

「ええ、話したわ。でもエラスムスはすごく横柄《おうへい》な感じなの。それに、ドラゴン協会の幹部会に招集される前は、彼はずっと人間を避《さ》けてきたわ」

ぼくが別の質問をしようと口を開きかけたとき、ビリーが身振《みぶ》りで静かにするように言った。召使《めしつかい》が、ローストビーフの大皿を持ってテーブルの周りをまわっていた。

「召使はドラゴンのことを何も知らないかもしれないだろう！」

ぼくたちは、おいしそうなローストビーフにグレービーソースがかけられて、温野菜が添《そ》えられるのを待っていた。召使《めしつかい》が去ったあと、ビリーは肉を一切れ持ち上げたが、失敗してフォークから落としてしまった。ビリーは苦笑いしながら、「ドラゴンも自分たちの晩餐《ばんさん》でこんなことをするんだろうね？」と言った。「肉が生の場合だけだけどね。それも最高の」それを聞いて、アリシアは自分の皿を押《お》しやった。

「やめてよ！　食べられなくなるじゃない」

「それで？　エラスムスについて続きは？」いっぱいのごちそうをガツガツと口に放り込《こ》みながら、ぼくはビリーに尋《たず》ねた。

「そう、そう。理解できないのは、なぜイドリギアが自分の新しい弟子《でし》（アプレンティス）としてエラスムスを選んだかということなんだ」とビリー。

「アプレンティス？」ベアトリスは野菜でのどを詰《つ》まらせながら、しどろもどろに聞いた。

「そうさ。イドリギアがガーディアンになったということは、アプレンティスを訓練しなければならないということさ。だから今回選ばれたエラスムスは、今までよりもっと横柄《おうへい》になってしまったというわけさ」

食事が一段落《いちだんらく》すると、ドレイク博士がグラスをナイフでたたいて静粛《せいしゅく》にするように呼《よ》びかけ、立ち上がった。

「しばらくお耳を傾《かたむ》けていただけますように。悲しいことをお伝えしなければなりませんが、ちょうど今、ドラゴンの世界で憂慮《ゆうりょ》すべき出来事が起こっています。今日はここに、神秘《しんぴ》といにしえのドラゴン学者協会の会員が勢ぞろいしているので、私《わたし》は首相と合意のうえで、この機会を利用して根も葉もないうわさのいくつかを断《た》ち切り、我々《われわれ》の今の状況《じょうきょう》を説明しようと思います」

ドレイク博士とグラッドストーン首相は目くばせをし、互いに優雅《ゆうが》にうなずいた。

「皆《みな》さんのほとんどはご存《ぞん》じかと思いますが」ドレイク博士は続けた。「ドラゴン協会のメンバーに対するひきょうな攻撃《こうげき》が２度ほどありました。攻撃は成功しませんでしたが、どちらのケースでも、ドラゴン文字が刻《きざ》まれた指輪が発見されたのです。ほとんどの方はそれが意味するところをご理解いただけるものと思います」

低い声がさざ波のように部屋に広がった。その中には確かに、悪のドラゴン結社という言葉が何度かとびかった。

皆《みな》が静まるのを待って、ドレイク博士は言った。

「その脅威《きょうい》を、我々《われわれ》は悪のドラゴン結社という名称《めいしょう》で呼《よ》ぶべきでしょう」

皆一斉《いっせい》に息を飲んだ。つぎの瞬間《しゅんかん》、1脚《きゃく》の椅子《いす》によってピカピカの床《ゆか》にキーッと大きな音が立てられた。

「失礼ですが、私《わたし》は賛成しかねる！」ティブスさんがすっくと立ち上がった。顔は怒《いか》りで真っ赤だった。

「悪のドラゴン結社とはね！　あの裏切《うらぎ》り者のドラゴンの殺し屋たちは、数百年も前に死んでいるのですぞ。今回の攻撃《こうげき》の首謀者《しゅぼうしゃ》がだれかなどということは、皆うすうすおわかりでしょう。それと申し上げにくいのですが、ここにおいでのドラゴン・マスターに少なくとも責任の一端《いったん》がありますな」

ティブスさんはドレイク博士を非難《ひなん》するように指さした。すると、今度はチディングフォールド男爵《だんしゃく》が立ち上がった。

「ちょっと待ちなさい、ティブス！　今はそんな内輪もめをしている場合ではない。我々《われわれ》が必ずしもドレイク博士と見解が一致《いっち》しているわけではないことはわかっておる。しかし、ここ最近の出来事についての彼《かれ》の対応はまちがっていない。そのうちのいくつかが彼のミスによるものなどと、よくも言えたものだな？」

「まったく簡単《かんたん》なことですよ。はるか昔に死んだ敵を生き返らせる必要なんかありません。例の二人の悪党が、S.A.S.D.《エスエイエスディー》を目の敵《かたき》にしているんです。二人とも、アーネスト・ドレイク氏がしでかした失敗のために、協会から逃《のが》れた者たちです」

「アレクサンドラ・ゴリニチカと、イグネイシャス・クルックのことを言っているのかね？」チディングフォールド男爵はげんなりしながら言った。

「続けさせていただいてもよろしいでしょうか？」ドレイク博士の提案に男爵はうなずき、席に着いた。さらにティブスさんにも同じようにするよう身振《みぶ》りで示した。ティブスさんはものすごい形相《ぎょうそう》のまま、やっとのことで着席した。

ドレイク博士が続けた。

「さて、ロシア人のドラゴン学者であるアレクサンドラ・ゴリニチカが、ずっと逮捕《たいほ》をまぬかれていることは事実です」

「あなたは、彼女《かのじょ》が宏偉寺《ホンウェイじ》の戦いから生きのびたことを知っていたのですか？」グラッドストーン首相が言葉をさしはさんだ。

「確かに。ここにいるエメリーが、ノルウェーにいるゴリニチカや、パリにいる相棒《あいぼう》のシャドウェル、カナダ北部のツングースドラゴンの大軍について、確実な目撃《もくげき》情報をリストアップしてくれています。

私《わたし》は、ゴリニチカが真人間《まにんげん》になろうと考えているなどと思っていません。大方、自分の傷《きず》を癒《いや》し、ドラゴン軍の兵力を立て直すために一度撤退《てったい》したといったところではないでしょうか？

あの頑迷《がんめい》なゴリニチカが、世界征服《せいふく》の野望を簡単《かんたん》にあきらめるはずがありません。彼女はドラゴンを洗脳《せんのう》する手段《しゅだん》を持っていますし、抹殺《まっさつ》したいと思えば、ダイナマイトなどよりはるかに効果的な方法があります。今回の攻撃《こうげき》は彼女のやり方ではありません。ゴリニチカが彼《かれ》らと何らかの関係を持っているとは思えません」

ささやき声がもう一度部屋に広がった。ぼくはじっと聞いていたが、少なくとも、ぼくたちがそのような話を聞くに値《あたい》する存在《そんざい》だと見なされていることがうれしかった。

博士がせきばらいして話を続けると、部屋は再び静けさに包まれた。

「もちろん、ゴリニチカがS.A.S.D.《エスエイエスディー》が経験した中でも最も重大な脅威《きょうい》となっていることを私は承知しています。彼女はまだ盗《ぬす》んだ宝物《たからもの》のいくつかを手にしています」

「イグネイシャス・クルックについてはどうなのかね？」ティブスさんが腹立《はらだ》たしげに割《わ》り込《こ》んできた。「やつが攻撃の背後《はいご》にいる可能性はないのかね？」

「イグネイシャス・クルックは死にました」とドレイク博士。部屋が再度《さいど》静まり返る中、ティブスさんだけがあからさまに不平をつぶやいていた。博士を信用していないのは明らかだった。

「死んだって？」口火を切ったのは首相だった。「どのようにして？」

ドレイク博士は説明を続けた。それによると、イグネイシャスはドラゴンの失われた島を探《さが》し出すことを計画していた。そして求めていたものを見つけたようだ。島はどうやら大西洋のどこかにあるらしかった。彼《かれ》の悪事の相棒《あいぼう》であるヘゼキア船長とかいう男がクルックを島に連れていったのだが、その船長はあとになって、ヴァージニアの海岸に流れ着いた、火事で焼けた自分の船の中で、精神がおかしくなり、大やけどを負った状態で発見されていた。

もちろんのこと、彼が話すドラゴンの物語を信じる者はいなかったが、新聞社がそのニュースを記事にすると、ドレイク博士の親友であるノア・ヘイズが、ヘゼキアが死ぬ直前に彼を訪《たず》ねた。

「ヘゼキアは何を見つけたというのかね?」チディングフォールド男爵《だんしゃく》が尋《たず》ねた。

「彼の証言が信用できればの話ですが、ヘゼキアは、強いドラゴン、つまりアンフィテールが島にいたというのです。ヘゼキアは自分の船で逃《に》げようとしたときに、イグネイシャス・クルックがドラゴンの炎《ほのお》で焼かれたのを見たそうです」

「今回、イギリスのドラゴンたちへの攻撃《こうげき》がイグネイシャスとアレクサンドラとでなされたものでなかったら、ドラゴンのすみかがどこにあるのかの情報は、この部屋の中の別のだれかからもれたことになる！」グラッドストーン首相がいっそう大きな声をあげた。

会員たちは互《たが》いに疑わしげな視線《しせん》を泳がせた。

「この中に裏切《うらぎ》り者がいるというのか？」チディングフォールド男爵《だんしゃく》が大きな声をあげ、こぶしを宙《ちゅう》に振《ふ》りかざした。

「悪のドラゴン結社のメンバーでしょうか？」

この一言を皮切りに、客たちの興奮《こうふん》が一気に高まり、いっそう騒《さわ》がしくなった。

「たわ言を！」ティブスさんの叫《さけ》び声が騒ぎを切り裂《さ》いた。「ドレイクの馬鹿《ばか》話などに耳を貸すんじゃない。悪のドラゴン結社は復活などしていない。もっとまともな説明があってしかるべきだ！」

「今は議論するときではありませんよ、ティブスさん！」今度はドレイク博士が声を荒《あら》げ、目の前のテーブルにこぶしをたたきつけた。

「必要なときにドラゴンたちを保護するために、私《わたし》たちは協定の条件を尊重《そんちょう》しなければなりません。7頭のドラゴンそれぞれのほら穴《あな》へのトンネルを見張るために、志願者を送ろうと思います。恐《おそ》ろしいのは、悪のドラゴン結社が宝物《たからもの》を取りもどしたいと思っているかもしれないということと、私たちにはそれを止めることができないということです。残っているS.《エス》A.《エイ》S.《エス》D.《ディー》の宝物を守るためにも、何とかしなければなりません。後ろで操《あやつ》るのがだれであろうと、攻撃《こうげき》を止めてみせます！」

ドレイク博士に大人たちは拍手喝采《はくしゅかっさい》し、子どもたちはスプーンでテーブルをたたいた。ドラゴン学者の晩餐会《ばんさんかい》は、何回かの乾杯《かんぱい》で終わりに近づいた。今日は、異例づくしだったし、最後は不穏《ふおん》な雰囲気《ふんいき》がただよっていた。ぼくたちは皆《みな》ドラゴン幹部会のことを心配し、つぎに何が起こるか、ただ恐ろしかった。

第4章　エラスムス

ドラゴンを守る者たちを見つけだし、こう呼《よ》ぶのだ。オオカミ野郎《やろう》と！
彼《かれ》らは、我々《われわれ》の探求《たんきゅう》と王国に対する裏切《うらぎ》り者なのだ！
――『マレウス・ドラコニス』（ドラゴン・ハンマー）エドワード一世

翌《よく》朝《あさ》ドラゴンズブルックにもどり、ベアトリスとぼくはすぐに部屋に入った。ドレイク博士はぼくたちに、ドラゴン幹部会について、新鮮《しんせん》な記憶《きおく》があるうちに、目《もく》撃者《げきしゃ》としての証言を書くように申《もう》しつけた。でも、ぼくはそれに集中することができなかった。午後までにぼくが書けたのはたった5行のつまらない報告だけだった。肩越《かたご》しに見ると、ベアトリスが書いたのも大して変わりなかった。

互《たが》いに言葉を交わす必要はなかった。ぼくたちは同じ疑問を考え続けていたんだ。お父さんとお母さんはドラゴンを保護するというドレイク博士の呼《よ》びかけにこたえて、志願者に加わるのだろうか？　どちらもその話題を切り出せなかった。

午後遅《おそ》くになって、お母さんが呼びに来た。「ベアトリス、ダニエル。あなたたちに話があるの」ぼくたちは聞かなくてもわかっていた。

「どれくらい長くなるの？」そう尋《たず》ねたベアトリスの目には、涙《なみだ》があふれていた。

「わからないわ」お母さんは腕《うで》をぼくたちに回してくれたものの、その目は沈《しず》んでいた。

「お母さんと私《わたし》は、コーンウォールにいるドラゴン、トレギーグルのすみかへの入口を見張るように言われているんだ」お父さんが説明してくれた。「行かなくちゃならないんだ。私たちの義務だからな」

「連れていって！　何でもするから、お願い、あの学校にもどさないで！」ベアトリスが叫《さけ》んだ。

「見張りだってできるよ。でなければ伝言係だっていいよ。トーチャーだって役に立つよ」ぼくも必死だった。でも無駄《むだ》だった。

「残念だけれどね……」お父さんはぼくたちの目を見ようとしなかった。でもふいに頭を上げると、テーブルをこぶしでドンとたたいた。

「おまえたちを寄宿学校にもどすなんてことはしないよ。トーチャーには世話をしてくれる人が必要だからね」

「じゃあ、だれがお父さんとお母さんの世話をしてくれるの？　とっても危険《きけん》なはずよ。だれがドラゴンを襲《おそ》うかわからないんだから」ベアトリスはほとんど泣いていた。

「お母さんと私は安全だよ」お父さんはベアトリスの頭をやさしくなでた。

「私たちに何か起こるようなことは、ドレイク博士が絶対にさせないさ。できる限り用心するよ。でも覚えていてほしいんだが、危険なのはドラゴンたちで、私たちじゃないんだ。私たちは彼《かれ》らを守ると誓《ちか》ったんだ。彼らには今、私たちの助けが必要なんだ」

お母さんがほほ笑《え》んだ。

「とにかく、今回はコーンウォールに行くだけで、インドに行くわけじゃないわ。それにもう、私たちがいないあいだ二人がここにいられるように準備はすませたの」

「ええっ？　ぼくたちだけで？」ぼくはよく考えずに口走ってしまった。でも、以前休《きゅう》暇《か》を過ごしたことのある、あの退屈《たいくつ》なアルジャーノン叔父《おじ》さんのところに行くより、ここにベアトリスと二人でいるほうがはるかにましだった。

お母さんは、ぼくたちが安全であることを説明してくれた。そのために、ぼくたちの準備をしてくれたんだ。ダーシーが来て泊《と》まることになっていた。彼《かれ》はぼくたちの食事をつくり、肉屋でトーチャーのための肉を用意してくれるだろう。両親は、ぼくたちが必要なものを買うためのお金をくれるだろう。それに、何かニュースがあったらすぐに電報を打ってくれるだろう。

お母さんが計画の説明を終わるころ、両親の荷物を運ぶためにドレイク博士の馬車が到着《とうちゃく》した。博士は見渡《みわた》すと、「お客さんはまだ着いてないのかい？」と尋《たず》ねた。

「ダーシーのことですか？」ベアトリスがまごつきながら聞いた。

「いやいや、ダーシーではないよ」ドレイク博士は謎《なぞ》めいた答え方をした。

「それではニーアですか？」ベアトリスの言葉には期待がこめられていた。ニーアは、イグネイシャスの死をアメリカから伝えてくれたドラゴン学者ノア・ヘイズの娘《むすめ》だ。ベアトリスは前の年に、ニーアと友だちになっていた。ところが、ベアトリスはがっかりする羽目になった。

「残念ながらニーアでもない。まあ、楽しみにしておいてくれ」博士は少し口を引きつらせて答えた。

「でも覚えておいてほしいんだが、君たちの手に負えない問題にぶつかるようなことがあったら、S《エス》.A《エイ》.S《エス》.D《ディー》.本部のだれかが常に私に知らせてくれるからね」

「それがもしティブスさんだったら、どうなるんですか？」ぼくは、晩餐会《ばんさんかい》でのティブスさんのふるまいを思い出しながら、博士に聞いてみた。

「君たちが彼を心配させたりしたわけじゃないだろう？　でも、どうしても彼と話したくないというのなら、伝言係はフライトさんに頼《たの》もう」

　ドレイク博士はそれ以上、秘密《ひみつ》の客について話すことはなかった。ぼくも、両親が出発するのを手伝うのと、お別れを言いたかったのとで、ほとんど忘《わす》れていた。博士と両親が出発して間もなく、夕刻《ゆうこく》の早い時間に、ベアトリスがそれを思い出させてくれた。

「お客さんだと期待させて、だれだか知らせないなんて、ドレイク博士は意地悪ね」

「ぼくはとても楽しみだよ」いろいろ想像して、ぼくはニヤッと笑った。「でも、だれだかわからない限り、お客さんへの準備をすることはできないね。それじゃあ、待つ時間を利用して、『S.《エス》A.《エイ》S.《エス》D.《ディー》の歴史』から悪のドラゴン結社について何か見つけられないか、やってみるのはどうだい？」

ベアトリスからとくに提案がなかったので、ぼくはお父さんの本棚《ほんだな》から分厚い本を取りだして机《つくえ》の上に置いた。ページをめくるのがもどかしかった。

「見て、ここ！」読みはじめると、ベアトリスが肩越《かたご》しにのぞきこんできた。

悪のドラゴン結社の創始《そうし》について
1279年、エドワード一世の十字軍の同僚《どうりょう》であったノースアンバーランド伯爵《はくしゃく》が、シビオット・ヒルズに住んでいたアルバという名のヨーロッパドラゴンのすみかを急襲《きゅうしゅう》する作戦を率いた。

伯爵は若《わか》く、ドラゴンのやり方に精通していなかったうえ、アルバの火炎《かえん》による反撃《はんげき》への備えをしていなかった。何頭ものドラゴンが死に物狂《ぐる》いで伯爵のバンボロー城《じょう》を攻《こう》撃《げき》してきたのだ。伯爵は精いっぱい戦ったが、アルバを打ち負かすことができなかったため、エドワード一世に援軍《えんぐん》を求めざるを得なかった。

王は、セント・ジョージに師事した第一級のドラゴンの殺し屋として知られているが、アルバへの攻撃の際にひどいやけどを負って間一髪《かんいっぱつ》で逃《のが》れた。

自分自身の失敗に怒《いか》り狂った王は、王国内のすべてのドラゴンを殺りくする命令を発し、1281年に悪のドラゴン結社騎士団《きしだん》を創設した。この命令は、彼《かれ》が自ら著《あらわ》したマレウス・ドラコニス、すなわち「ドラゴン・ハンマー」と題された書簡《しょかん》によって発布された。悪のドラゴン結社の騎士たちは、擁護者《ようごしゃ》であるセント・ジョージにならって、ドラゴンを1頭残らず王国から駆逐《くちく》するまでは休息を取ることはないとの誓《ちか》いを立てた。

ベアトリスはあまりの恐怖《きょうふ》に思わずあえぎ、「ひどいものね！」と叫《さけ》んだ。

「でもいったいだれが、現代でもこの誓《ちか》いを続けようとしているの？」

ぼくはその質問を宙《ちゅう》ぶらりんにしたまま、読み進めた。


そのとき以降《いこう》、悪のドラゴン結社騎士団《きしだん》はイギリスのドラゴンたちを大いに殺りくした。その際、通常の武器ではなく、エドワード王がパレスチナへの第９回十字軍遠征《えんせい》からの帰路にアレッポで手に入れた強力な武器を使ったのである。それには、有名な「ドラゴンのかぎ爪《づめ》」と「セント・ジョージの槍《やり》」がふくまれていた。


「どっちもS.A.S.D.《エスエイエスディー》の宝物《たからもの》じゃないか！」ぼくは大声を出した。

「それじゃ、協会は悪のドラゴン結社からどうやって手に入れたの？」ベアトリスは肩《かた》をすくめ、今度は自分で読み進めた。

悪のドラゴン結社騎士団はこの武器を、ドラゴンたちと、ドラゴンについて学び助けようとしたドラゴン学者に向けて、最も残酷《ざんこく》な方法で使った。

ベアトリス・クロークと息子《むすこ》のダニエルは、スコットランド王ロバート一世の王宮への大胆《だいたん》な飛行のあと、秘密裏《ひみつり》にウォーンクリフにもどり、多くの勇気あるドラゴン学者たちとともに「神秘《しんぴ》といにしえのドラゴン学者協会（S.A.S.D.《エスエイエスディー》）」を組織した。

ドラゴン協会を組織した知識豊かなドラゴンたちとS.A.S.D.《エスエイエスディー》の間で相互扶助《そうごふじょ》の協定が結ばれ、悪のドラゴン結社騎士団の脅威《きょうい》に対抗《たいこう》し、その指令が打ち砕《くだ》かれたあかつきには、そのようは邪悪《じゃあく》な行為《こうい》が二度と繰《く》り返されないようにする、と取り決められた。

悪のドラゴン結社騎士団は、多くの高貴《こうき》なドラゴンと勇敢《ゆうかん》なドラゴン学者たちの生命を代償《だいしょう》に、その活動に終止符《ふ》が打たれた。彼《かれ》らがドラゴンを傷《きず》つけるために使った古代の武器はS.A.S.D.《エスエイエスディー》が押収《おうしゅう》した。有効利用できそうなものはS.A.S.D.《エスエイエスディー》の12の宝物の一部となった。一方、致命的《ちめいてき》な伝染病《でんせんびょう》をばらまく粉が入れられた膨大《ぼうだい》な数の小瓶《こびん》や、最も邪悪《じゃあく》といえる「ドラゴン・ハンマー」などの危険物《きけんぶつ》は、「失われたドラゴンの島」

にある洞窟《どうくつ》の奥《おく》深くに封印《ふういん》された。


ぼくは顔を上げた。

「S.《エス》A.《エイ》S.《エス》D.《ディー》の宝物《たからもの》の多くがほかから来ていることは聞いていたけれど、十字軍が持ち帰ったものがそんなに多かったなんて知らなかった」

「そうね、これでいろんなことに説明がつくわね」ベアトリスが言った。

「イグネイシャス・クルックがなぜ、危険《きけん》をおかしてまで失われたドラゴンの島を見つけたいと思っていたかだろう?」

「そうよ」ベアトリスが本をバタンと閉《と》じると、ものすごいほこりが舞《ま》いあがった。

ぼくたちはそれぞれ自分の思いにふけってしばらくぼう然としていた。すると、ベアトリスが思い出したように言った。

「ブライソニアとソマーレッドはいくつかの宝物のガーディアンでしょ?」

「そうだよ。ドレイク博士はたぶん正しいはずだよ。悪のドラゴン結社は二つの宝物を取りもどして、ドラゴン退治を続けたいんじゃないかな？」

「それが正しい説明ね」ベアトリスは同意した。「でも、彼《かれ》らが求めているものが宝物だけだとしたら、かえって安心だわ」

「えっ？」ぼくは何のことかわからなかった。

「トーチャーよ！　彼らはトーチャーは攻撃《こうげき》しないでしょ？　だって、トーチャーは宝物なんて持っていないもの」

「それもそうだね」

「宝物は渡《わた》さないわ。それを守ることができるくらいＳ《エス》．Ａ《エイ》．Ｓ《エス》．Ｄ《ディー》．には強くなってほしいわ」ベアトリスの目にはまた涙《なみだ》がたまっていた。

「それと、お母さんとお父さんが無事でいますように」

つぎの朝、ダーシーが荷車１台分の肉を持ってドラゴンズブルックに到着《とうちゃく》した。

「ほんとうに君たちはラッキーだよ」荷車から荷物を降ろしながら、ダーシーが言った。

「チディングフォールド男爵《だんしゃく》は、悪のドラゴン結社のことがほんとうに心配だから、ビリーとアリシアを転校させるんだ。二人はロンドンの家で今、ティブスさんに監督《かんとく》されているよ」

「ティブスさんだって！」ぼくは大声を出した。

「かわいそうなビリーとアリシア。ティブスさんはずっとドレイク博士への不平を言い続けるんじゃないのかな」

「わかる？」ダーシーは笑った。

「少なくとも、ぼくたちはトーチャーと一緒《いっしょ》に森の中にいられるよ」

「ドレイク博士が、お客さんが来るって言ってたわ」ベアトリスは少し心配そうに言った。

「だれのことだかわかる？」

「ああ」ダーシーは慎重《しんちょう》に認《みと》めた。

「エラスムスだよ。ぼくたちに目を光らせるためにここに来るんだ」

「新しいガーディアンの弟子《でし》？」ぼくは叫《さけ》んだ。

「そう。それにビリーが言うには、あんなに気難《きむずか》しいドラゴンには会ったことがないってさ。エラスムスはここに来てぼくたちを監督するのさ。イドリギアがそう主張したんだ。きっと彼《かれ》は、なぜ人間がきらいかを言い続けるはずさ。彼に対する口のきき方にはとくに注意しなくちゃいけないよ。何たってかんしゃく持ちだからね」

「大げさじゃないの？」ぼくは希望を持って言った。

「そうだね……」ダーシーは浮《う》かない顔を見せた。「一つ言えることは、もしすべての問題が別の場所で起こっていたら、彼はここなんかに来やしないはずさ」

「何だかんだ言っても、ビリーとアリシアはたぶんラッキーね」ベアトリスはそう言い、笑いかけた。「エラスムスはドラゴンの世界のティブスさんみたいね」

「うん、とにかくぼくは会えるのを楽しみにするよ」ぼくは不機嫌《ふきげん》そうに言った。確かに、エラスムスがそんなに悪いやつだって決まっているわけじゃないんだ。

ぼくたちはそれほど待つ必要はなかった。夕食のあと、その日の出来事を話していると、雷が落ちたような音が外でして、続いてせわしない翼《つばさ》の羽ばたきが聞こえた。それはまるでドラゴン語で何かをののしっているような音だった。

ぼくたちが窓《まど》に駆《か》け寄ると、エラスムスが壊《こわ》れたレンガの山にすわりこんで、とても不満そうにしているのが見えた。どうも、狭《せま》い場所に着地するのに目測を誤《あやま》って、厩舎《きゅうしゃ》にぶつかったようだった。

彼《かれ》はドラゴン語でののしり続けた。丁寧《ていねい》に訳《やく》すとこんなふうだろうか。「翼も持たない軽はずみな人間が、こんな森の奥《おく》深くにある家を選びやがって！　どこのまぬけが、こんなおぞましくて近づきにくい森の中のあばら家に住んでいるんだ！」

白いうろこが月の光に照らされて、エラスムスはまるでドラゴンの幽霊《ゆうれい》のように見えた。トーチャーも大騒《おおさわ》ぎを聞きつけて出てくると、好奇心《こうきしん》いっぱいでエラスムスを見た。

「プライシク・ボヤール！」ぼくは恐《おそ》る恐る言った。鮮《あざ》やかな外観のフロストドラゴンにあいさつするために、皆《みな》出てきた。

「私《わたし》たちを守るためにここに来てくれたんですか？」

エラスムスは口を開きかけたがすぐに閉《と》じ、ぼくから目を背《そむ》けて身震《みぶる》いした。

「あなたには儀式《ぎしき》のときに会いました」ぼくはつけ加えた。「すてきな会でしたね！」

エラスムスはまだ何も言わなかった。

「ドラゴンズブルックへようこそ。エラスムスさん」ベアトリスは軽く会釈《えしゃく》をしながら言った。「あなたがここに来て私たちを守ってくれるのを、みんな歓迎《かんげい》しますし、光栄だと思っています」

エラスムスは荒《あら》い鼻息を吐《は》くと、遠くを見つめた。まるでぼくたちと話をすることが沽券《こけん》にかかわるかのようだ。においをかぎ回っていたトーチャーが突然《とつぜん》、興味深々《きょうみしんしん》にエラスムスを見つめた。においによって彼を認識《にんしき》したようだった。

「プライシク！　プライシク！」トーチャーは言った。

「あら、よくできたわね、トーチャー！」ベアトリスは大きな声を出して、トーチャーに笑顔《えがお》を向けた。ぼくたちはずっと、この赤ん坊《ぼう》ドラゴンに、ドラゴン語の「こんにちは」を教えてきたんだ。今やっとそれができた。ぼくたちはトーチャーを思いっきり褒《ほ》めてやりたかった。

ところがエラスムスはトーチャーを無視《むし》した。赤ん坊《ぼう》ドラゴンは、自分が拒否《きょひ》されているのが理解できないようだった。はねるように白ドラゴンのあごの下に入り、その鼻先を自分の鼻で突《つ》っつこうとした。

「トーチャー、やめるんだ！」ぼくは叫《さけ》び、彼《かれ》を引き離《はな》そうとした。

エラスムスは低くうなったが、それでもまだトーチャーを見ることはなかった。赤ん坊ドラゴンはもう一度突っつこうとした。

「トーチャー！」ベアトリスが厳《きび》しく言い放った。「エラスムスはまだ友だちになりたいと思っていないのよ」

エラスムスはため息をついた。そしてやっと口を開いた。その声は冷たく、他人行儀《ぎょうぎ》な感じだった。

「わしは、放っておいてほしいということを態度で示さなかったかな？」

彼はげんなりしながら言った。

「おまえたちを守るために、わしがここに派遣《はけん》されたのは事実だ。でもな、互《たが》いに干渉《かんしょう》しなければ、この仕事も楽になるだろうさ。残念ながら、おまえたちは明日の朝から、わしが教えることを最初からすべて聞くことになる。

わしは一日に30分以上、おまえたちのことを我慢《がまん》するのは無理だ。レッスンは全部で20回ある。ただし、覚えておくんだ。これはドラゴン協会でのわしの義務だからやるんであって、おまえたちに好意を持っているからでは断じてない」

ぼくは、エラスムスがそれほど長ったらしい話をするのが不思議だった。単に威厳《いげん》を示したかっただけなのかもしれない。

「ドレイク博士はレッスンのことは何も言っていなかったよ」ぼくが答えると、鼻息の荒《あら》いエラスムスは、怒《いか》りといらだちの気配をただよわせた。

「おまえが、いつの日かあの偉大《いだい》なドレイク博士を継《つ》いでドラゴン・マスターになろうとしている男の子か？　とにかく、わしが言われているのは、今後起こることについて、おまえたちは事前に徹底的《てっていてき》に学ぶ必要があるということだ。

わし自身は、ドラゴン・マスターに弟子《でし》が必要だとは思っておらん。わしがガーディアンになったあかつきには、600年以上も前に結ばれたドラゴンと人間との協定をぶち破るつもりだ。あまりに多くの人間がドラゴンの存在《そんざい》に気づいていて、自分たちで解決できないほどの問題を生みだしている。わしらは保護されたり、守られたりする必要はない。わしらのことは忘《わす》れてほしいだけだ！」

「でも、どうして協定を破らなきゃならないの？」ダーシーがおっかなびっくり尋《たず》ねた。

「それと、協定が必要ないって思うなら、どうやってドラゴンのアプレンティスになるっていうの？」

エラスムスは鼻をクンクン鳴らし、口先を横柄《おうへい》に持ち上げた。

「人間は信用できん。それがわしの最初のレッスンの基本だ。イドリギアは、おまえたちすべてと付き合えばわしが気持ちを変えるはずだと信じている。でもそれはない。わしは変わらない。だから、一人にしてくれ！　そしてそこのちょっとだけ飼い慣らされて、人間が好きになったドラゴンの赤ん坊《ぼう》を連れていってくれ！　その子のすべきことは野生のシカを捕《つか》まえて肝臓《かんぞう》のごちそうを食べることであって、肉屋の残り物をもらったお礼に芸をすることではないはずだ」

「トーチャーは芸なんかしないよ！」ぼくは抵抗《ていこう》したけれど、ベアトリスがぼくを手で制した。

「お一人でどうぞ、エラスムス」彼女《かのじょ》は高慢《こうまん》ちきなドラゴンに言った。エラスムスと対立しないようにするのは、たぶん賢《かしこ》いことだとぼくもわかった。

「私《わたし》たちのことはお構いなく。あなたは偉大《いだい》すぎるわ」

「おまえは物わかりがいいな」エラスムスはまじめに答えた。

「確かにわしは賢《かしこ》く、偉大だ」

「さあ、男の子たち！」ベアトリスは声にいくらかの皮肉を込《こ》めて言った。「私たちが飼い慣らしたドラゴンを連れていって、賢くて偉大なエラスムスを一人にしてあげましょう。言われたように、無視《むし》してあげましょう」

ところが、それまでエラスムスのふるまいにイライラしていたトーチャーが、話し合いの内容を理解したのか、ぴょんと立ち上がって白ドラゴンのあご先にかみついた。

「トーチャー、だめ!」ぼくは叫《さけ》んだ。ゾッとしながらも、同時に笑いをこらえていた。

エラスムスの得意げな顔が見る見るうちに怒《いか》りに変わっていった。偉大《いだい》なドラゴンはひと吠《ほ》えし、氷の息を吹《ふ》きつけた。トーチャーは完全に圧倒《あっとう》され、凍《こお》りついてしまった。

ベアトリスとぼくはびっくりし、無意識のうちにトーチャーのそばに駆《か》け寄った。

「エラスムス、何てことをするんだ!」

「待て、このまぬけども!」フロストドラゴンは大声で怒鳴《どな》った。

「その子は凍っている。触《さわ》ったら、くっついてしまうぞ!」

「殺したのね!」ベアトリスも黙《だま》っていられずに叫《さけ》んだ。

「馬鹿《ばか》な!」エラスムスはあざ笑った。

「しばらくのあいだ、わしにちょっかいを出させないようにしただけだ! その子はじきに溶《と》けるだろうよ。

さて、わしは騎士《きし》と戦ったすべての誇《ほこ》り高きドラゴンのかぎ爪《づめ》に誓《ちか》って言う。わしを

放っておくんだ！　この子どもはわしが面倒《めんどう》を見るし、この子は絶対に安全だ。わしは
この子に教えなきゃならんこともある。その一つは今日、教えたがな！」
エラスムスは自分のかぎ爪に視線《しせん》を落とした。
「こんなひどいことしたあとで、あなたにトーチャーを預けるなんてできると思うの？
信用できるわけないじゃない！」ベアトリスが叫んだ。
「わしの言うことを信じるしかないのさ」エラスムスは荒《あら》い鼻息を吐《は》いた。
「さあ行くんだ。わしの怒りが頂点《ちょうてん》に達する前にな！」
「いいでしょう」ベアトリスはその場を離《はな》れようとしたが、もう一度エラスムスの顔を
にらんだ。目にはエラスムスと同じくらいの冷酷《れいこく》さをただよわせていた。
「でも覚えておいて。私《わたし》たちもあなたを見張っているわよ！」ベアトリスはエラスムス
に背《せ》を向け、大またで家に向かった。
ダーシーとぼくもベアトリスについて中に入った。でも、まだホッとするような気分
じゃなかった。幸運なことに、その夜は晴れて星がまたたいていたので、ぼくたちはエ

ラスムスとトーチャーを居間の窓《まど》から見張った。

1年もたったかと思えたとき、トーチャーのしっぽがピクッと動きはじめた。最初はぎこちなかったが、つぎに翼《つばさ》がぎくしゃくし始め、背中《せなか》から氷のかけらが落ちて、きしみながら翼が開いた。首を左右にひねり、最後に溶《と》けた氷を振《ふ》りはらって、脚《あし》を1本ずつ伸《の》ばした。

ぼくは、トーチャーが短い脚を動かしてエラスムスから離《はな》れると想像していた。ところが恐《おそ》ろしいことに、彼《かれ》は大きなドラゴンに向かっていき、すっくと立ってにらみつけた。エラスムスは彼を見ようともしなかった。

「何か馬鹿《ばか》なことをしないように祈《いの》るよ」ぼくは不安でいっぱいだった。

赤ん坊《ぼう》ドラゴンは大きなしゃっくりをした。

「トーチャー、やめて！」ベアトリスの大声にも、トーチャーが振《ふ》り向くことはなかった。ベアトリスは居間のカーテンを引っぱり夢中《むちゅう》になって振ったが、無駄《むだ》だった。

炎《ほのお》の一撃《いちげき》がトーチャーの口からほとばしり、エラスムスのあごのところでうなりをあげた。フロストドラゴンはトーチャーを見下ろした。ぼくは息をひそめ、エラスムスの顔が怒《いか》りで再度ゆがむのを予想した。

ところが、彼はトーチャーのほうに体を傾《かたむ》け、何か言ったかと思うと、すっと立ち上がり、トーチャーを従えて森の中に消えた。

「しまった！　止めなきゃ！」ぼくは恐《おそ》ろしくて叫《さけ》んだ。

ダーシーは首を振った。「それはいい考えだとは思わないな」

「でも、エラスムスを信用できるの？」ベアトリスはくちびるをかんでいた。

「ドレイク博士とイドリギアは信用しているんじゃないかな？　エラスムスはトーチャーの世話をするだけの十分な強さを持っていると思うよ」

「でも、私は信用しない！」ベアトリスはふてくされて腕《うで》を組んだ。

「どうして彼《かれ》はここに来たの！　偉《えら》そうにふるまって、私たちを守るなんて言いながら、トーチャーを森に連れていってしまったじゃないの！　あんな生きものと一緒《いっしょ》に敵と戦うためのドラゴン学なんて、全然勉強したいと思わないわ！」

ベアトリスは少し軽はずみなことを言ったようだ。「トーチャーは氷漬《こおりづ》けしても大丈夫《だいじょうぶ》ってことを、エラスムスは知ったはずだよ」ぼくは思い切って言ってみた。

「どうしてあんなやつの肩《かた》を持つの！」ベアトリスはがく然として、きつく言い放った。

「まったく、賢《かしこ》くて偉大《いだい》なドラゴンだわ。怪物《かいぶつ》よ！」

「ぼくはただ、エラスムスが自分がしたことに理由づけするはずだと言っただけだよ。でも、トーチャーのためにぼくたちが何かしなきゃならないってことには賛成だよ」

「何ができるって言うの？」ベアトリスはやけになって、お手上げの身振《みぶ》りをした。

「暗い所で見つけることなんてできないわ。二人がもどるまでただ待つだけよ」

エラスムスとトーチャーはその夜、帰ってこなかった。ぼくたちはしかたなくベッドに入ったが、赤ん坊《ぼう》ドラゴンがどこへ行ったかわからずじまいで、ほとんど眠《ねむ》れなかった。お父さんとお母さんがどんな危険《きけん》な目にあっているかわからないし、トーチャーが森の中でエラスムスにどんな目にあわされているか考えると、心配でしかたなかった。

ぼくは、ドレイク博士とイドリギアが自分たちのおこないの影響《えいきょう》を理解しているはずだと、自分に言いきかせていた。エラスムスはアプレンティスに選ばれたんだし、そんなに悪いやつじゃないはずだ。でも理解できないことが一つあった。どうしてイドリギアは、人間とドラゴンの協定を破棄《はき》しようとするドラゴンを選んだのだろう？

つぎの朝、２階の窓《まど》から見るとエラスムスがもどっていた。でも、どこにもトーチャーの姿《すがた》はなかった。大急ぎで階段《かいだん》を下りると、ダーシーたちが朝食を終えようとするところだった。ベアトリスも一睡《いっすい》もできなかったようだ。

「トーチャーについて何かわかった？」ぼくは二人に聞いてみた。

「今のところ何も」ベアトリスは明らかにまだイライラしていた。

「おいで。外に出てエラスムスに聞いてみよう！」

ぼくたち３人は外に飛びだしたが、エラスムスの前でとりわけ平静を装《よそお》った。ドラゴンは傲慢《ごうまん》な態度で振《ふ》り向いた。

「ああ、おまえたちか」彼《かれ》はあざけり笑った。「最初のレッスンに遅刻《ちこく》したな」

「トーチャーをどうしたの？」ベアトリスが問いつめた。

「分別《ふんべつ》はまだないが、よくしつけられている。礼を言うよ。おまえたちへのレッスンを完了《かんりょう》したら、会いにいってもいいだろう。あの子が無事かどうか知りたいようだな」

「今すぐ会わせて！」ベアトリスはエラスムスの言葉を無視《むし》して言った。

そのとき、赤くてうろこのある切れ端《はし》があるのに気づいた。ぼくはそれをひろって調べてみた。

「ドラゴンの皮だ！」

ベアトリスはハッと息を飲んだ。

「あの子に何をしたの？」彼女は泣き叫《さけ》び、エラスムスをにらみつけた。

「あなたなんてやっぱり信用できないって、わかったわ！」彼女はトーチャーの居所《いどころ》を示す手がかりがほかにないか探《さが》しはじめた。

「わしはあの子に何もしておらん」エラスムスもいらだっていた。

「あの子には、野生のドラゴンにふさわしいふるまいについて、ほんのわずか教えただけだ。あの子は人間のペットではない。自分の角やかぎ爪《づめ》、火を吐《は》くことに誇《ほこ》りを持ち、それらを賢《かしこ》く使うべきだ。わしはあの子が脱皮《だっぴ》する時期にきていることに気づいた。それで最初の部分だけ爪をひっかけて、助けてやった。あの子は今、森の中で残りの皮をぬごうとしているはずだ」

「森の中！」ベアトリスが大声を出した。「あの子を一人で残してきたの？」

「トーチャーを見つけなきゃ！　ドレイク博士は、トーチャーの脱皮した皮を使って耐《たい》炎性《えんせい》の手袋《てぶくろ》をつくってもいいって、言ってくれたんだ！」ぼくはそう言って、森へ急ごうとした。

「待て！」エラスムスが止めた。

「どうしてそんなことを提案したんだ？　おまえたちドラゴン学者はわしらのことをすべて知っていると思っているようだな。しかし、脱皮はごく個人的なことだということを覚えておくんだ。脱皮したあとの皮は埋《う》めて、人目につかないようにしなきゃならん。トーチャーも、終わったらもどってくる。それだけの話だ」

エラスムスの話しぶりからは、トーチャーについての話し合いはこれで終わりで、つぎに進むときが来たことは明らかだった。

「さあ、おまえたちのレッスンの時間だ」エラスムスは、ぼくたちが席に着くことも、ノートを取ってくるのを待つこともなく、いきなり切り出した。

「ドラゴン・マスターがわしに言ったのは、ドラゴンの中にはほかのドラゴンより優《すぐ》れた知性を持つものがいるということを基本にして、おまえたちに教えてほしいということだ。フロストドラゴンの半分とヨーロッパドラゴンの半分とが、とりわけ高い知性を持つドラゴンの良い見本だ。もちろん、わしもそうだがな。あえて言うが、わしは両方のドラゴンの先祖からとびきりの知性と技能を受け継《つ》いだ。つまり、混血だからこそ、2倍も優れているというわけだ」

「それが何だって言うの?」ダーシーが答えた。そのときぼくたちは、エラスムスの前の草地に腰《こし》を落ち着けようとしていた。しかし、イラクサとイバラがあちこちにあって、あまり居心地《いごこち》は良くなかった。

「そんなことは明らかではないか」エラスムスは、ぼくたちが落ち着かないのをまったく無視《むし》するように、言い放った。

「それじゃ、あなたはほかのドラゴンより2倍賢《かしこ》いというわけね」ベアトリスは、草がきれいに生えそろっているところを足で探《さぐ》りながら言った。

「それで2倍もたくさんの言葉を使って、いろいろ説明したのね?」彼女は愛想よくほほ笑《え》んだ。ベアトリスの中では、新しい客に対する尊敬《そんけい》の気持ちがとうに消え去っていることは明らかだった。

エラスムスは彼女《かのじょ》の皮肉を意に介《かい》さずに言った。「そうだ。わしは確かにいつも豊かな語彙力《ごいりょく》を与えられてきた。言葉というものは知性を量る物差しなんだ」

エラスムスはさまざまな言葉を駆使《くし》しているはずだった。しかしその話す声といったら、退屈《たいくつ》で単調なものだった。ぼくは前の晩《ばん》からのことでとても疲《つか》れていた。これまではどのようなドラゴンの話にもしっかりと注意して耳を傾《かたむ》けるようにしてきたのだが、そのときは疲れのために話に集中できなかった。

「まず違《ちが》う種のドラゴンを話せるものと話せないものにグループ分けしてみる」

エラスムスはだらだらと続けた。「例えばナッカーは話すことはできず、ヨーロッパドラゴンとガーゴイル、龍《ロン》などは皆《みな》、言葉をマスターしている」

ぼくはあくびをかみ殺して後ろにもたれようとした。でもイバラがチクチクして無理だった。

「ドラゴン語の源《みなもと》は、はるかな時のかなたまでさかのぼる」

エラスムスは謎《なぞ》めかして続けた。「ドラゴン語は人間が言葉を身につけるはるか以前からあったのだ。人間と違《ちが》って、世界じゅうの違った種のすべてのドラゴンが、ドラゴニッシュという同じ言語が基《もとい》となった多様な言葉を話していた。ほとんどのドラゴンは、自分の種の内部で言語を守ろうとしていた。しかし共通の言語があるということは、必要なときにはほかの種とも言葉を交わすことができるということだ」

「じゃ、どうしてドラゴンは人間の言葉を話すようになったの?」ダーシーが尋《たず》ねた。

「知りたいのはこっちだ」エラスムスがすぐに切り返した。

「うーん、人間のほうがドラゴンを理解するため?」とダーシー。

「本質的には違《ちが》う」

「それとも、ドラゴンがぼくたちについて知りたかったため?」少なくとも、話すことが眠気覚《ねむけざ》ましの助けになった。

「自分たちの知識を人間に知らせるためと、人間からも得るために人間の言葉を学んだドラゴンはいた。しかし英語のような野蛮《やばん》な言葉より、ドラゴンたちはラテン語やギリシャ語、サンスクリット語や中国語などの、美しい古代の言語を好んだ」

「それでは、イギリスに住む多くのドラゴンはどうしてぼくたちの『野蛮な言葉』を話すようになったの?」ぼくは尋ねた。

エラスムスは明らかにイラついていた。「ああ、それはまったく悪のドラゴン結社の騎士《きし》たちのせいだ」説明にだんだん熱が入ってきた。

「大人の人間はドラゴンのようにはすばやく言葉を習得することはできない。ベアトリスとダニエル・クロークがドラゴンにかかわり始めたとき、わしらの祖先はクローク親子がはっきりと理解できるような言葉を話すことが重要だと感じた。

もちろん、ドラゴンが人間との協定なしに悪のドラゴン結社を打ち負かすことができたなら、英語を学ぶ必要もなかっただろうし、わしがおまえたちにこのレッスンをすることもなかった」そう言うとエラスムスはしばらく口を閉《と》じた。

「でもどうしてドラゴンは自分たちだけでエドワード王の騎士《きし》を打ち負かせなかったの？」ぼくは頑張《がんば》って起き上がろうとした。

「どうしてベアトリスとダニエルの助けが欲《ほ》しかったの？」

「エドワード王が9回目の十字軍で持ち返った武器があまりにも強力だったからだ」エラスムスはなんとか忍耐《にんたい》しながら説明した。

「その昔、騎士とドラゴンの戦いは気高《けだか》いものだった。実際に騎士がドラゴンを殺すとはなかったんだ。しかし、あののろわれた武器が戦いに持ち込《こ》まれると、すべてが変わってしまった。それが、最初のガーディアンがベアトリス・クロークの助けを求めた理由だ。わしらは、人間の世界を知るために、人間が必要だった。ドラゴンと人間は手を携《たずさ》えて協定の理念を築き上げたんだ」

彼《かれ》は突然《とつぜん》こちらに視線《しせん》を向け、ぼくからベアトリス、そしてダーシーとギラギラした目をすばやく動かした。「そしてその理念とは……？」

「えーと、ドラゴンは人間によって保護され、守られるべきであること」

ダーシーが始めた。

「ドラゴンと人間は互《たが》いに殺し合わないこと」ベアトリスが自信ありげに続けた。

「過《あやま》ちを犯《おか》した人間は人間によって裁《さば》かれ、過ちを犯したドラゴンはドラゴンによって裁かれること」

ぼくは言い終わったあと、つかえることなく答えられたことがとてもうれしかった。

「そのとおり」エラスムスは言ったが、ぼくたちが全部答えられたことに少しがっかりしているようだった。

「悪のドラゴン結社は武器を取りもどそうとしているの？」ぼくは尋《たず》ねた。

「まさにそれが、やつらがやろうとしていることだ。それなのに、なぜわしは宝物《たからもの》を守るという使命に加わることができないんだ？　わしをここに送るなんて、ドレイク博士とイドリギアは何を考えているかわからん」

エラスムスは再びトゲのある言葉を使いはじめた。しかし今回は自分自身に言っているかのようだった。

「たぶん、あなたをここに送ってぼくたちと時間を過ごさせることで、イドリギアは、人間はあなたが考えるほど悪くはないと知ってほしかったんじゃないかしら」とベアトリス。

「もしそうなら、彼《かれ》はぶざまに失敗したな」エラスムスの突然《とつぜん》の怒鳴《どな》り声に、ぼくたちは皆《みな》ドキッとした。

「おまえたちがあのかわいそうな赤ん坊《ぼう》ドラゴンと交わるようすを見たあとはな」

「それってどういう意味？」ベアトリスはムッとして言葉をさしはさんだ。

エラスムスは爪《つめ》を開き、二つの小石を地面に落とした。

「これを見るんだ！」彼は腹《はら》を立てていた。

「石英と黄鉄鉱《おうてっこう》の結晶《けっしょう》じゃないか?」ダーシーが言った。

「そうよ。見て、トーチャーにあげたものとまったく同じ石よ」ベアトリスはぼくに言って、目を細めてエラスムスのほうに顔を向けた。

「トーチャーはこれをあなたにすすんで渡《わた》したの?」

「そんなことあるものか」エラスムスは鼻であしらった。

「わしはこれをあの子から取り上げざるを得なかったんだ」彼は一息つくと、ベアトリスのほうをなじるように見下ろした。

「あの赤ん坊は火を吐《は》くには幼《おさな》すぎる。それを賢《かし》く使えるはずがないんだ」

それで十分だった。「もうたくさん!」と言うと、ベアトリスは泣きはじめた。

「今すぐトーチャーを探《さが》しに行くわ!」それと同時に、ベアトリスは足をどんどん踏《ふ》み鳴らして森に向かった。

「待つんだ!」エラスムスの声に、ベアトリスはビクッとして止まった。

「今ごろ、あの赤ん坊は最後の皮を脱《ぬ》ぎすてているだろう。わしがおまえたちを連れて見つけにいこう。ダニエル、トーチャーが火を吐《は》くのにふさわしい年齢《ねんれい》になるまで火打石と黄鉄鉱《おうてっこう》を取っておくんだ。それがいつなのか、わしが知らせる」

ぼくは二つの石をポケットに入れ、白いドラゴンのあとについて森に入った。ところがトーチャーがいるはずの場所に着いてみると、どこにも姿《すがた》がなかった。エラスムスも戸惑《とまど》っているようだった。彼《かれ》は地面に新しく掘《ほ》られたところを指し示し、爪《つめ》で何度かつつくと、いくつかの赤いうろこの端切《はぎ》れを取り上げた。

「それじゃ、間違《まちが》いなくここにいたのね」ベアトリスは言ったが、声にあわてたようすが表れていた。

「どこへ行ったのかしら?」

「そうだな」とエラスムス。「あの子がわしから逃《のが》れたときに、多少カッカしていたのは事実だ。恐《おそ》らく自分をしずめるためにどこかへ行ったんだろう」

「一人だけで? 森の中で?」ベアトリスはもう切れそうだった。

「別の火打石と黄鉄鉱を見つけたくて行ったのかな」ダーシーも戸惑っていた。

ベアトリスは、激怒《げきど》した顔をエラスムスのほうに向けて言った。

「あの子がどこにいるのかわからないんでしょ？」

「わからん」エラスムスが答えた。彼《かれ》はトーチャーがいなくなったことにも、ベアトリスが激怒していることにも、まったく動揺《どうよう》していないようだった。

「あなたはあの子を守らなければならないんでしょ？」ベアトリスはそう続け、なじるように彼を指さした。

「今あの子はセント・レオナードの森の中をうろつき回って、自分を守ることさえできないのよ！」

エラスムスはあらぬ方向を見ていた。彼が困惑《こんわく》するなんてことがあるのだろうか？

第5章　行方《ゆくえ》不明

母ドラゴンから卵《たまご》を盗《ぬす》めば、かなりの褒美《ほうび》を得られるだろう。

生きた子どもドラゴンをおびき出せれば、褒美は思いのままだ。

——『マレウス・ドラコニス』（ドラゴン・ハンマー）エドワード一世

「お願い、急いで、エラスムス！」ベアトリスは叫《さけ》んだ。

「この伸《の》び過ぎた枝をとり除《のぞ》くんだ」エラスムスはうなり声を立てた。木の枝につかまったのはこれで4回目だったが、カバの木から大きな体をくねらせて抜《ぬ》け出そうとした。身長6メートルほどのエラスムスは、成長しきっているわけではなかったが、大きな翼《つばさ》が深い茂《しげ》みの森から抜けるのを困難《こんなん》にしていた。

「わしの氷のひと吹《ふ》きはここでは用無しだ。火が吐《は》ければ、木の枝など焼き払《はら》って道をつくれるのに！　こんな森など、わしのようなドラゴンのいる場所ではない！」

同情はできなかったので、ぼくはエラスムスの不満を無視《むし》し、トーチャーを探《さが》すため
に精力をすべて注ぎ込《こ》むことにした。「あの子のにおいがまだする？」

エラスムスは、長い首を木々のあいだにくねらせ、地面のにおいをかいだ。

「こんな仕事に必要なのは犬であって、ドラゴンではない」

「ドラゴンは犬よりはるかにいい嗅覚《きゅうかく》を持っていると思ってたけど」ぼくは言い返した。

ぼくたちはみんな、まだエラスムスに怒《おこ》っていたんだ。

「待て！」フロストドラゴンは体を折り曲げ、もう一度地面のにおいをかいだ。

「おかしい。ガーディアンは、この森に別のドラゴンがいるとは言っていなかった。し
かし、ここに2番目のドラゴンのにおいが残っている」

「ウィーゼルかもしれない！」ぼくは言った。「ナッカーだよ」

「ナッカーだとは言っていない」とエラスムス。

「かろうじて数えられるだけだ。トーチャーは北に向かっている。あの子は追手から逃《に》

げ切れただろうか？」

「追手？」ベアトリスの声には恐《おそ》ろしい気持ちがありありだった。

「何のにおいなの？　教えて！」

「ドレイク博士は、この森にバシリスクがいるとは言わなかったな？」

「バシリスクだって⁉」ぼくは身震《みぶる》いした。

そのドラゴンには以前一度だけ会ったことがあった。バシリスクはどんなものにも姿《すがた》を変えられる恐ろしいやつで、とどまるところを知らない食欲《しょくよく》の持ち主だ。そのために、出くわすあらゆる生きものをえじきにしてしまう。

「あの悪賢《わるがしこ》い生きものだったら自分の姿を隠《かく》せるはずだ。しかし、においは偽《いつわ》ることができない」エラスムスは鼻先を地面につけたままだ。

「少なくともわしのにおいではないし、まだなまなましい。しかしこの曲がりくねってからんでいるオークの枝は、やつにとって格好のすみかになっているはずだ」

「以前はバシリスクはいなかったよ」とダーシー。

「ドレイク博士が前に一度見つけたかもしれない。どこか別のところから来たはずだよ。それもかなり最近にね」

「でもまちがいなくトーチャーは安全よ。ドラゴンは互《たが》いをえじきにすることはないわ。そうでしょ？」ベアトリスは身震いして言った。

「どうして、ないと言い切れるんだ？　腹《はら》を空かせたバシリスクは何でも食べるさ。古い皮をぬいだトーチャーは、やつの手ごろなスナックになるだろうよ。なにせ皮をむく必要がないからな」

「よくもそんなことが言えるわね！」ベアトリスは絶望的なうめき声を出した。ぼくは自分の目にも涙《なみだ》があふれてきたのを感じていた。

「あの子は火を吐《は》いて自分を守ることもできないのよ！　おかげさまでね！」

「それは悪かったな。でもわしがなぜ非難《ひなん》されなきゃならんのだ。あのような若《わか》いドラゴンに火を吐かせるわけにはいかない。ただ、あの子が動揺《どうよう》して逃《に》げ出したことの責任がわしにあるとは思うがね」

「あなたは守るって約束したでしょ！　一人にすべきじゃなかったのよ！」

「たぶんそうだろう」エラスムスは少し考えたあと、言葉を続けた。

「ただ、可能性がなくなるまで、希望を捨《す》てちゃならん。あの子を探《さが》すんだ。少なくとも何か手がかりがあるだろう。しかし、用心するんだ。もちろんわしは、ほとんどのバシリスクとは対等に戦えるが、わしでもやつの猛毒《もうどく》の牙《きば》と催眠術《さいみんじゅつ》のえじきにならんとも限らん。おまえたちのような子どもはなおさらだ」

　ぼくはベアトリスの手を握《にぎ》った。

「トーチャーを探すんだ！」ベアトリスをせきたてると、彼女《かのじょ》はうなずいた。しかし、心配で言葉が出ないようだった。

「では、まず北の方角だ」ぼくたちの心配をよそにエラスムスが言った。

「しかしこんなメチャクチャな森をぬけるより、空を飛ぶほうがよっぽど早く行けるぞ」

「ぼくたち3人を乗せてくれるの？」

「ウーッ」ぼくの質問に、エラスムスは目に見えるほど身震《みぶる》いした。

「わしは、人間とは飛ばないことにしているんだ。しかし、今度ばかりは例外にしなくちゃならんな。ただし、二人までだぞ」

「君たち二人が行きなよ。ぼくは家にもどっているから」ダーシーが言った。

「トーチャーが自分で帰ってくるかもしれない。それなら、だれかが家にいないといけないでしょ」

「でもバシリスクが来たらどうするの？」ぼくは心配だった。

「ああ、大丈夫《だいじょうぶ》さ。でも何か問題が起きたら、ドラゴンの笛を3回吹《ふ》くことにするよ。エラスムス、あなたなら聞こえるでしょ？」

エラスムスはダーシーの言葉に気乗りしないようにうなずき、ぼくたちを背中《せなか》に乗せて、空へと舞《ま》い上がった。人を乗せるのに慣れていないためか、左右に大きく揺《ゆ》れるものだから、落ちやしないかとヒヤヒヤものだった。しばらくすると、ぼくたちは森の上を北を目指して飛んでいた。はたから見れば優雅《ゆうが》に見えたかもしれない。

飛びながらエラスムスがうなった。「おまえたち二人は重すぎる！　おまえたちがわしの背《せ》にまた乗りたいと思うのなら、ダイエットすることだ」

進む方向には何キロメートルにもわたって森が広がっていた。はるか遠くの丘《おか》の頂上《ちょうじょう》に高い塔《とう》が見えた。たぶん6キロメートル以上あるだろう。塔の上には奇妙《きみょう》な形のポールがあり、短い横棒《よこぼう》が3本ついていた。

「あの建物は何?」ぼくは指さしてベアトリスに尋《たず》ねた。

「信号塔よ。海軍が昔あれを使って、海岸からロンドンまで暗号を送ったの」ベアトリスがそれを知っていたので、ぼくはちょっと驚《おどろ》いた。

見下ろしてみると、地面ははるか下だった。

「こんな上空からでもトーチャーの跡《あと》を見つけられるの?」ぼくが大きな声で聞くと、エラスムスが叫《さけ》び返した。

「残念だがバシリスクのにおいもな」ぼくは、後ろでぼくの腰《こし》に手を回しているベアトリスのほうを振《ふ》り向いた。彼女《かのじょ》も険《けわ》しい表情をしていた。

やがて、エラスムスは旋回《せんかい》しはじめた。下には空き地があった。

「二人のにおいがここで終わっている」とエラスムス。

「二人とも？」ベアトリスは泣き出した。ぼくは腰に回された手がギュッと絞《し》められたのを感じていた。

「着地するぞ」エラスムスは言い放った。「もっと詳《くわ》しく捜索《そうさく》する」

ベアトリスとぼくはドラゴンの背中から降《お》りるとすぐに、ドラゴンの跡《あと》を探《さが》しはじめた。空き地の一方の端《はし》にイバラがあるのを見つけたが、踏《ふ》み荒《あ》らされていた。

「ここで戦ったのかもしれないね」ぼくはそれとなく言ったが、エラスムスは疑うようなまなざしを向けた。

「もしそうだとしても、大したものじゃないだろう。忘《わす》れるなよ、トーチャーは自分から進んでバシリスクについていった可能性があるということをな」

「馬鹿《ばか》げてるよ！　トーチャーは脅《おど》されてついていったんだ！」

「おまえたち人間は、バシリスクは悪賢《わるがしこ》いと思いこんでいるようだな。

もしかしたら、こいつは食事したばかりで、トーチャーをあとにとっておくのかもしれん。たぶんバシリスクはトーチャーが親しみを覚えるような姿《すがた》をしていたのだろう。別のドラゴンの子どものような。しかし、トーチャーがそいつと目を合わせたら、たちまち催眠術《さいみんじゅつ》にかかってしまうだろう。そうなったら致命的《ちめいてき》だ」

「やめて！　トーチャーが、まるで……まるで……」ベアトリスは泣きそうだった。

「まるで、何だと言うんだ？」エラスムスは驚《おどろ》いたようだった。

「まるでもう死んでいるみたいじゃない！」ベアトリスの声がこだました。

そのとき、ぼくは、トーチャーの居所《いどころ》の手がかりかもしれないものに気づいた。

「トンネルがある！　地下に向かっているよ」

エラスムスはゆっくり近づき、トンネルの入口のにおいをかいだ。

「うん、ここに入っていったな」

暗い中をのぞきこむと、ぼくは、首筋《くびすじ》の後ろの毛が逆立ってくるのがわかった。

「ここって、バシリスクの巣じゃない？」

「それはあり得ない。どんな立派《りっぱ》なドラゴンでもこんなに大きな巣は掘《ほ》れないはずだ」

エラスムスの答えに、ぼくは自分の馬鹿《ばか》さ加減を再び思い知らされた。彼《かれ》は鼻先で空気のにおいをかいだ。

「このようすでは、差し迫《せま》った危険《きけん》は去ったようだな」

「それはどういう意味？」ベアトリスはきょとんとしていた。

「確かなのは、彼《かれ》らの跡《あと》がトンネルの中に向かっていて、どちらもここから出てはいないということだ。とすれば、トンネルがかなり深くて、彼らが中にいない限り、どこかに別の出口があるかもしれない」

「それって、ぼくたちがそこまで通り抜《ぬ》けなければならないってこと？」

「我々《われわれ》ではない」エラスムスはじれったそうにため息をつき、きっぱり言った。

「わしの体ではトンネルには入れない」

「それじゃあ、私たち二人で入るわ」今度はベアトリスがきっぱり言った。

「でも、明かりが必要だよ。中はかなり暗いよ」

「ウム、火か……。どうにもならんな」エラスムスはせきばらいして静かに言った。彼はトーチャーの火を吐《は》く能力をうらやんでいるのかもしれない。

ぼくはポケットを探《さぐ》って、ろうそくを引っぱり出した。

「これがあるよ。でもマッチがない」

ベアトリスは指を鳴らした。

「別のポケットを探《さが》してみて！　トーチャーの石を持っていたんじゃない？」

もう一つのポケットに手を突《つ》っこむと、火打石と黄鉄鉱《おうてっこう》と、燃料として使えそうな結構な量の綿毛が出てきた。すぐに着火して、ろうそくに火を燈《とも》した。

トンネルの中は湿《しめ》っていて、土はぬかるんでいた。ろうそくを掲《かか》げると、二つのドラゴンの足跡《あしあと》が暗やみに消えているのが見えた。

「エラスムスは正しかった！」ぼくは大声を出した。

「何のこと？」

第５章　行方不明

「二つの足跡《あしあと》があるよ。バシリスクはトーチャーの姿《すがた》に似せているのに違《ちが》いない」ぼくは低い姿勢《しせい》になって、ろうそくを地面に近づけた。そこらじゅう木の葉だらけだった。

「二つの足跡が別々のものだって言える？」ベアトリスが聞いてきた。

「確かじゃないけど、片方の足跡の下にある木の葉はしおれているのに、別のほうはそうじゃない。バシリスクの毒液《どくえき》は強力だから、それが足からにじみ出たとは思わない？」

「ちょっと待って」ベアトリスは大声をあげ、地面に手を伸《の》ばした。「これをどう思う？」

指輪だった。ベアトリスは泥《どろ》をふき取ると、ろうそくの光にかざした。

「金のように見えるね。何か書いてない？」ぼくは身震《みぶる》いしていた。自分が考えていることを思い切って言うのが怖《こわ》かったんだ。

ベアトリスは目を細めると、手のひらの上で指輪を何度もひっくり返した。

「ドラゴン文字が書いてある」彼女《かのじょ》はささやくように言った。

「それに、へりにも何かが書いてある」

「読める？」ぼくは自分の声が震《ふる》えているのがわかった。

「短い文ね。フランス語だと思うわ」ベアトリスは指輪をさらにろうそくに近づけた。

「『Mort aux Dragons《モーロードラゴン》　ドラゴンに死を』ですって！」

「怖《こわ》いよ！　悪のドラゴン結社の指輪じゃないの？　やつら、ついにトーチャーのところに来たんだ！」

「悪のドラゴン結社がバシリスクとつながっているっていうの？」

「わからないよ。でもぼくたちは見つけたんだ。さあ、行こう！」

トンネルの奥《おく》深くに足跡をたどっていくと、通路はだんだんせまく、そして低くなっていった。ろうそくがゆらめいていた。外への出口を見つけるまでろうそくがもつように祈《いの》ったが、すでに暗くなり始めていた。

しばらくすると、トンネルは二またに分かれていた。一つは真っ暗で、もう片方《かたほう》は、先のほうに一条の光が見えていた。地面のそこらじゅうを探《さぐ》ってみると、古い土管と割《わ》れた瓶《びん》のかけらが見つかった。

「ナッカーの巣にあるようながらくたじゃないかな？」

「きっとウィーゼルの先祖が使っていたものだわ」

足跡《あしあと》はかなり薄《うす》くなってきたが、トンネルから外の方向に続いているのが、なんとかわかった。それに、まだ足跡は二つあった。

「トーチャーはバシリスクと一緒《いっしょ》に外に出たみたいだ」ぼくは少しだけ安心していた。

日の当たるところに出てみると、そこは小さな丘のふもとだった。

「ここはいったい?」

「見て!」ベアトリスが何かを指さして言った。

目の前には信号塔《とう》があった。広い道が西へ向かい、大きな通りにつながっていた。

「エラスムスを呼《よ》ぼうよ」ぼくはそう言いながら、彼《かれ》が近くにいてぼくたちを守ってくれていることに、初めてホッとした。

ベアトリスがドラゴンの笛を取り出した。それは宏偉寺《ホンウェイじ》の老師からもらったものだった。彼女は深く息を吸うと、長く、高い音を吹《ふ》いた。ぼくにはやっと聞こえる程度だったが、エラスムスには、はっきりと聞こえるに違《ちが》いない。ほどなく、彼はぼくたちのほうに舞《ま》い降《お》りてきた。今回だけは会えてうれしかった。

フロストドラゴンは指輪を見ると、すぐさま大きく吠《ほ》えたので、ぼくたちは耳をふさいでしまった。だれかほかに聞かれなければと祈《いの》るほどだった。

エラスムスはしばらく沈黙《ちんもく》してから、今度はほとんど息もつかずに話しはじめた。

「このような指輪が昔、多くの高貴《こうき》なドラゴンの心に恐怖《きょうふ》を覚えさせたんだ。あのおぞましいドラゴン文字がここにもある。悪のドラゴン結社の印だ」彼は泣いていた。

エラスムスは心を落ち着けるように、少し間を置いた。

「我々《われわれ》がもう少し早く到着《とうちゃく》していたら、悪党どもに悪事の報《むく》いを受けさせたのに！」

「でも、そもそも指輪はトンネルの中で何の役割《やくわり》を果たしていたの？」

「わしは知らん」ベアトリスの問いに、エラスムスは苦々しく答えた。

「『ドラゴンに死を』というのは、やつらの卑劣《ひれつ》な合言葉だ。わしにしてみれば、『悪のドラゴン結社に死を』だ！」

第6章　ワイバーン・ウェイ

ドラゴンを支援《しえん》する者たちによって使われる、ある秘密《ひみつ》のサインがある。彼《かれ》らの信頼《しんらい》を得るために、それをよく習得しておかねばならない。

――『マレウス・ドラコニス』（ドラゴン・ハンマー）エドワード一世

再び空に舞《ま》い上がると、トーチャーとバシリスクが残したにおいの跡《あと》を追いかけて、エラスムスは家々や教会の上を飛び続けた。

「トーチャーがこんなに遠くへ来たと思う？　森から完全に出てしまうなんてできるのかな？」ぼくは2頭の小さなドラゴンがそんなに長距離《ちょうきょり》を進むなんて想像できなかった。しかし、ベアトリスはもっと現実的だった。

「バシリスクはもっとずっと大きな生きもの、たとえばワイバーンのようなものに姿《すがた》を変えたんじゃないかしら？　そしてもっと速く移動したのよ。トーチャーはその背中《せなか》に乗っていたかもしれないわ」

ぼくたちの赤ん坊《ぼう》は今、どんな目にあっているんだろうか？

北に向かって飛ぶにつれ、散らばった村や部落がだんだんとまとまり、ついには大きな町になった。それはロンドン郊外《こうがい》の町並みだった。エラスムスは全速力で飛んだ。テムズ川にたどり着くと、大きく広がった草原に着地し、ぼくたちも降《お》りた。

「においの跡はここで方角を変えて、川を下っている」

エラスムスの話し方は前のようには冷たくなかったし、よそよそしくもなかった。

「二人はロンドンの中心街に向かったの？」ベアトリスは信じられないようすだった。

「そうだ。二つのにおいの跡はどちらもまだ新しい」エラスムスも心配そうな口ぶりだった。

「二人はそんなに遠くには行っていないはずだ。急げば、なんとか追いつくだろう」

「追いついても、街なかで白昼堂々とバシリスクと戦うことはできないでしょ？」

「そのとおり！」ぼくはそう言いながら、ベアトリスが言ったことが妙《みょう》に頭に残った。

「ドラゴンは日中人前に姿《すがた》をさらすことはできないんだ。だから、トーチャーとバシリスクもどこかで、身をひそめているに違《ちが》いない」

「そうだわ」ベアトリスも考えていた。「でも、彼《かれ》らを見つけるのに、助けが必要ね」

「そう、何が起きているかをS.《エス》A.《エイ》S.《エス》D.《ディー》に知らせなくちゃ。助けを求めるのは今だよ」

「うんダニエル、それがいいと思うわ」ベアトリスが同意してくれた。

「着地する直前に、少し前のほうに駅があるのが見えたわ。こっちの方角よ」ベアトリスはぼくたちが来た方向を指した。

「ぐずぐずしている暇《ひま》はないよ」ぼくたちは向きを変え、駅を目指して進みはじめた。

「ところで、わしには何をしてほしいんだ。森に帰ればいいのか？」とエラスムス。

「トーチャーがまだロンドンから出ていないことを確認《かくにん》してくれたら、とても助かるわ」

肩越《かたご》しに急いで後ろを振《ふ》り返りながら、ベアトリスがそう言った。

「姿を見せずにロンドンの町の周りを飛び回ることができるかしら？」

「たぶん」そう答えたエラスムスの声は、少し不機嫌《ふきげん》そうだった。でも少なくとも、できないとは言わなかった。

「お願い！」ベアトリスは彼《かれ》の気が変わる前にたたみかけた。

「においが町から外に出たかどうか、探《さぐ》ってちょうだい。できるだけ早くドラゴンズブルックで会いましょう。何かを見つけたら、ダーシーに頼《たの》んで、S.《エス》A.《エイ》S.《エス》D.《ディー》本部にいるぼくたちにメッセージを送るように言ってね」

ぼくたちは道を急いだ。

ロンドンで列車に乗るのは簡単《かんたん》だ。2時少し過ぎに、ベアトリスとぼくはドレイク博士のドラゴナリアに着いた。ワイバーン・ウェイにあるその店の地下は、S.《エス》A.《エイ》S.《エス》D.《ディー》の隠《かく》れた本部になっていた。そこにはチディングフォールド男爵《だんしゃく》の個人秘書《ひしょ》であるティブスさんがいる。でも、ぼくたちは彼のことを好きじゃなかったので、1階で店を切り盛《も》りしているフライトさんに話そうと考えた。

ところが残念なことに、フライトさんは二人の客に対応しているところだった。客は飾《かざ》り彫《ぼ》りのあるヒスイ色の箱か、うるし仕上げされている箱のどちらを買うかで口論していた。どちらの人にも見覚えがなかった。確認《かくにん》するために、ぼくはドラゴンの弟子《でし》のサインを示して見せた。でも何も反応がなかった。彼らがS.《エス》A.《エイ》S.《エス》D.《ディー》の会員でないことは明らかだったので、彼《かれ》らの前でドラゴンについての話はできない。

「おはよう、子どもたち」フライトさんは明るく声をかけながら、ぼくたちをカウンターの後ろに導いた。

「ティブスさんは地下にいるよ。もし急ぎの用なら、直接話すといい。でも言っておくけど、今はちょっと不機嫌《ふきげん》そうだよ」

ベアトリスとぼくは用心しながら階段《かいだん》を下りて、S.《エス》A.《エイ》S.《エス》D.《ディー》の本部に向かった。

「ティブスさんの機嫌がよかったことなんてある?」ベアトリスがささやいた。

「もしかしたら、少し待ってフライトさんに話したほうがいいかもね」とぼくが言うと、

「でも緊急事態《きんきゅうじたい》なのよ、ダニエル」ベアトリスがぼくに念を押《お》した。「フライトさんは

どっちみち、ティブスさんに私たちのメッセージを取り次ぐだけよ。それに、私《わたし》はティブスさんが不機嫌だからといって、やめるつもりはないわ」

彼女《かのじょ》が正しいのはわかっていた。それでもぼくは、ビクビクしていた。

ティブスさんの部屋のドアは少し開いていて、中から光がもれていた。ノックをしてみたが、返事はなかった。

「どこかへ行ったのかしら？」ベアトリスはドアからようすをうかがった。

「たぶんドラゴン・マスターの事務所にいるんじゃない？」そう言いながら、ぼくは廊《ろう》下《か》を歩きはじめた。ベアトリスは、壁《かべ》にかかったこれまでのドラゴン・マスターの肖像《しょうぞう》画《が》に目をやりながら、ぼくについて来た。

ドラゴン・マスターの事務所はしまっていた。でも反対側のドアは開いていた。ティブスさんの名まえをよんで、ノックしてみた。でも返事はなかった。中をのぞいてみると、そこはすごい部屋だった。

ドアの近くの独特な箱型のケースは見覚えがあった。ドラゴンの粉が山積みされた銀のトレイが納《おさ》められていたはずだ。ドラゴンの粉は、多くのドラゴン学者にとって非常に価値《かち》のあるものだ。ベアトリスとぼくが初めてトーチャーの卵《たまご》を見たとき、イグネイシャス・クルックがイドリギアにかけた魔力《まりょく》に反撃《はんげき》するために使ったことがあった。

書見台に開いた本が載《の》せてあった。それは、ぼくたちもよく知っている「リベル・ドラコニス」だった。そのページは、ドラゴンが吐《は》く炎《ほのお》によって文字がよみがえるまで、白紙のままだった。それなしには、ドラゴンが受ける災難《さいなん》の解決法を探《さぐ》るというぼくたちの使命を果たせないはずだった。

ドラゴン・マスターのシンボルのドラゴン・アイが、反対側の台の上にある赤いクッションに載せられていた。強敵であるイグネイシャス・クルックに奪《うば》われたものをドレイク博士が取り返した美しい宝石《ほうせき》だ。

ぼんやり考えこんでいて、ティブスさんが部屋の真ん中でぼくたちに背《せ》を向けて立っているのに、最初は気づかなかった。ぼくは思わずこんにちはと言いかけたが、ベアトリスが急にぼくの腕《うで》をつかんで、彼《かれ》のすぐ前の飾《かざ》り棚《だな》を指さした。ぼくはハッと息をのんだ。というのは、その棚には、まだアレクサンドラ・ゴリニチカが持っていると思っていた3つの宝物《たからもの》があったからだ。

一つ目は、ドラゴンを呼《よ》びよせたり操《あやつ》ったりすることができるセント・ギルバートの角。二つ目は、スプラターファックス。伝説によると、敵に岩の雨を降《ふ》らせることができるアミュレット（魔《ま》よけ）だ。三つ目は、セント・ジョージの槍《やり》。ドラゴンを完全に殺すことができる数少ない武器の一つだ。

「それらを取りもどしたんだ！」ぼくは大声を出した。

ティブスさんは驚いてパッと振《ふ》り向くと、ぼくたちに気づいて顔をひきつらせた。彼の手には、中国ドラゴンの実物大の金の爪《つめ》があった。5本のかぎ爪が巨大《きょだい》な輝《かがや》くダイヤモンドをつかんでいる。ぼくはしばらく言葉が出なかった。ぼくは見たことがなかったけれど、すぐにそれが「ドラゴンのかぎ爪《づめ》」にちがいないと思った。

「でも、悪のドラゴン結社がS.《エス》A.《エイ》S.《エス》D.《ディー》の宝物を奪《うば》っていったはずだ！」ぼくは大声を出した。「どうやってすべての宝物をここに保管していたんですか！」

ティブスさんはぼくを馬鹿《ばか》にするかのように、耳障《みみざわ》りな声で笑った。

「S.《エス》A.《エイ》S.《エス》D.《ディー》がここに本物の宝物《たからもの》を保管していると思っていたのかね？　みんなレプリカさ。上級ドラゴン学者に教えるときだけに使ったのだよ。君もよく知っているように、ドラゴンは決して本物を手放そうとはしない」

「もちろん知っていますよ」ぼくは少しきまり悪そうに答えた。

「ティブスさん、恐《おそ》ろしいことが起こっているんです」ベアトリスが口走った。

「驚《おどろ》かさないでくれ」ティブスさんが答えた。「今、何をしていたのかね？」

「何もしていませんよ。トーチャーがどこかへ行っちゃったんです」

「ほら、何かしていたろう！」ティブスさんは大きく舌打ちし、信じられないとでもいうかのように首を振《ふ》った。

「君たちを二人だけで森に置けば、よくないことが起きることはわかっていたんだ。君たちも、ビリーとアリシアと一緒《いっしょ》にチディングフォールド男爵《だんしゃく》のところにいたほうがいいんだ」怒《いか》りが一気に高まったように、ティブスさんはつけ加えた。「いったいどうやって赤ん坊《ぼう》ドラゴンを見失ったというのかね？」

「はい、トーチャーが自分の火袋《ひぶくろ》に入れていた火打石と黄鉄鉱《おうてっこう》を、エラスムスが取り出させようとして」ぼくがそう話しはじめると、「そうしたらトーチャーがあわてて走り出したんです」ベアトリスが結んでくれた。

ティブスさんはぼくたちを鋭《するど》く見つめた。

「トーチャーは、あの成長し過ぎた青年ドラゴンにではなく、君たちに任せられていると思っていたが？」その声はまるで怒鳴《どな》りつけるようだった。

「神秘《しんぴ》といにしえのドラゴン学者協会全体が活動を休止して、君たちが世話すべきだったお馬鹿《ばか》な赤ん坊ドラゴンの捜索《そうさく》に手を貸すことを、君たちは望んでいるのか？」

ティブスさんは棚《たな》の上のドラゴンのかぎ爪《づめ》の位置を変えた。

「教えてくれ」彼は怒《いか》りを鎮《しず》めて言った。「いったいどこでトーチャーを見失ったんだ？」

「トーチャーは脱皮《だっぴ》したあとで迷子《まいご》になったんです」

「それでエラスムスににおいを追ってもらったの」ベアトリスは真剣《しんけん》になっていた。

「森の中で彼《かれ》をさがしていると、トンネルがあって、その中でこれを見つけたんです」

ベアトリスは指輪を引っぱりだして、ティブスさんに見せた。

「何だって！」彼は少しのあいだぼう然としていた。そしてベアトリスから指輪をひったくると、注意深く調べ、「だれかほかの人に見せたのか？」と尋《たず》ねた。

「エラスムス以外はだれも」ベアトリスは首を振《ふ》りながら答えた。

「ああ、もう一つ伝えることがあります」ぼくは口をはさみ、ティブスさんがこちらに注目したことを確認《かくにん》してから言った。「トーチャーはバシリスクと一緒《いっしょ》です」

「だれとだって？」ティブスさんはしどろもどろになっていた。

「エラスムスは、あのにおいはバシリスクにまちがいないと言っていました。ぼくたちはにおいを追いかけてロンドンに来たんです」

ティブスさんは頭をかきむしった。「バシリスクがトーチャーをロンドンに連れてきたって？　そうエラスムスが言ったんだね？　バシリスクか、うーん。そしてセント・レオナードの森……ロンドン……」突然《とつぜん》彼は頭を後ろにそらせると、高笑いを始めた。

「わかったぞ！」彼はそう言いながら指を鳴らした。「ハハハ！　これは愉快《ゆかい》だ！」

「何がそんなにおもしろいんですか？」ベアトリスは顔をしかめた。

「わからんかね？」ティブスさんは笑いすぎて、気を取り直すのがたいへんそうだった。

「セント・レオナードの森にはバシリスクなんかいるはずがないんだ。エラスムスは君たちをドラゴン流にひっかけたのさ。たぶん、君たちにドラゴン学のレッスンをするようにドレイク博士から言われたことの腹《はら》いせさ。なぜ彼がそんなことをするかわかるかね？」ティブスさんはもう一度腹を抱《かか》えて笑いだした。

「それはな、エラスムスが心底子どもが嫌《きら》いだからだよ」

ベアトリスとぼくは顔を見合わせて、何も言うことができなかった。

「でも指輪はどうなんですか？」ぼくは問いつめた。

ティブスさんはうるさそうに手を振《ふ》った。

「ああ、それは、エラスムスがそこに指輪を置いて、悪のドラゴン結社の騎士《きし》が攻撃《こうげき》してきたように見せかけたのだろう」

「でも、エラスムスはぼくたちが指輪を見つけたトンネルの中に入ることはできなかったんですよ」ぼくは冷たく言い放った。

「トーチャーのことは?」と、今度はベアトリス。

「トーチャーはまちがいなく無事だし、いつものようにいたずらをしているんだろう」ティブスさんは、笑い涙《なみだ》をぬぐいながら言った。「きっとエラスムスが、人間の影響《えいきょう》から逃《のが》れさせるためにトーチャーをどこかに隠《かく》したのだろう」

「じゃあ、悪のドラゴン結社の指輪は、どこでエラスムスが見つけたっていうんですか?」ぼくはしつこく食い下がった。

「ふん、自分の母親が持っていたのを彼《かれ》が借りるのなんて、わけないさ」

ティブスさんは何でも答えられそうだった。

「ブライソニアは昔、気性《きしょう》が激《はげ》しいことで有名だった。彼女が悪のドラゴン結社の指輪を何個もため込《こ》んでいるのは、確実だ」

「でも、なぜエラスムスはこんな大事なときに悪ふざけなんて?」ぼくは叫《さけ》んだ。

「とにかく、今起きていることをドレイク博士に伝えて、どうしたらいいか聞いてくれませんか、お願いです！」

しかし、ティブスさんはそんなぼくたちの言葉にほだされなかった。

「ドレイク博士は今は自分のことで手いっぱいのはずだ」

「でもドレイク博士は、悪のドラゴン結社の脅威《きょうい》は真剣《しんけん》に受け止めなければならないと言っていたんです」ベアトリスは言い返した。「少なくとも彼には知らせなくちゃ」

ティブスさんの顔から笑いが消えた。

「ドレイク博士に知らせるか、知らせないかは、私が決める」怒鳴《どな》り声だった。

「馬鹿《ばか》げた話にはうんざりだ。君たちには二つの選択肢《せんたくし》がある。ビリーとアリシアと一緒《いっしょ》に、エラスムスの子どもじみた遊びにつき合わされることのない場所にいるか、家に帰っておとなしくしているかのどちらかだ」

「エラスムスはぼくたちにいたずらを仕掛《しか》けたのかなあ？」廊下《ろうか》をもどりながら、ぼくはベアトリスに尋《たず》ねた。

「どちらかといえば、彼《かれ》はまじめだから、自分の悪ふざけにのぼせ上がっているのよ」

ぼくは顔をしかめた。「やることは一つだよ。ドレイク博士に伝えなくちゃ」

「でもどうやって?」ベアトリスは半べそをかいていた。

「ティブスさんには助けてもらえないし、フライトさんは私《わたし》たちの話を、ティブスさんに差しもどすだけよ」

「ビリーとアリシアは?」ぼくは明るく言った。

「自分たちのお父さんに話してくれるかもしれない」

「でも、私たちより早く、お父さんかドレイク博士に会えるかしら」

「それじゃあ、エラスムスに、ぼくたちに正直に打ち明けているかどうか聞いてみようよ」ぼくはきっぱりと答えた。

ティブスさんの事務所を通り過ぎようとしたとき、ぼくは衝動的《しょうどうてき》にドアを開けた。

「ダニエル、何をするの?」ベアトリスが大きめのささやき声で問いつめた。

「ティブスさんについて、どうしても信用できないことがあるんだ」ぼくは小声で答えた。「彼はドレイク博士に反対していたし、ぼくたちが言ったことを何も信用しないで、いちいち口実を見つけていたよね」

中に忍《しの》び込《こ》んでみると、驚《おどろ》いたことに、小さい部屋に物がびっしりと詰《つ》め込《こ》まれていた。とくにびっくりしたのは、部屋じゅうに本や書類が散らばっていたことだ。まるで、大事な試験の前日の学生の部屋のようだった。ぼくは、机《つくえ》の上の1冊《さつ》の大きな本に目が留まった。それには、「秘蔵物《ひぞうぶつ》の手引き――古代からのドラゴンの宝物《たからもの》　アルキメデス・クルック著《ちょ》」と表紙にあった。

「秘蔵物の手引き！　何てすてきなタイトルなんだ！　どうして今までこの本を知らなかったんだろう？」

「それはね、ダニエル。S.《エス》A.《エイ》S.《エス》D.《ディー》にある本のいくつかは、上級ドラゴン学者だけしか利用できないからなの」ベアトリスが静かにさとした。

「まるでティブスさんが何かを探《さが》していたみたいだ！」

表紙を開けると、ティブスさんがふせんをつけたページがあることに気づいた。そのページにあるドラゴンのかぎ爪《づめ》の詳細《しょうさい》な絵に目が留まった。下に説明が書いてあった。

「ダイヤモンドはある種の毒の働きを妨《さまた》げ、狂気《きょうき》をおさえ、不安を取り除《のぞ》く。プリニー長老」

「これを見て！」ぼくは興奮《こうふん》のあまり、大声を出した。

「ティブスさんはドラゴンのかぎ爪のレプリカを調べていたんじゃないよ！」

「シーッ、ダニエル！」ベアトリスはやさしくたしなめた。

「ティブスさんがもどって来る前に本を閉《と》じたほうがいいわ。もし自分の事務所が調べられているところを見たら、私《わたし》たちをここから放り出そうとするはずよ。とにかくドレイク博士にメッセージを届《とど》けなきゃ」

「ここに書いてあることを読んでみるよ」

それは無視《むし》できなかった。ぼくは少し声をひそめて続けた。

ドラゴンのかぎ爪に取りつけられたダイヤモンドは現存《げんそん》する中で最大のものであり、かの有名なコイ・ヌール・ダイヤモンドより数倍大きく、計り知れない価値《かち》を持つ遺物《いぶつ》である。ひとたびその存在《そんざい》が知れるや、この宝《たから》を手に入れるために、いかなる王や皇帝《こうてい》も自らの領土を投げうつであろう。


「信じられるかい？　アルキメデス・クルックってだれだろう？」

「彼《かれ》はエベニーザーの前のドラゴン・マスターよ」ベアトリスが答えた。

「彼らは関係があるはずよ」

ぼくは、机《つくえ》の上にあった紙きれにそのことをメモした。

そのとき、机の上にふせんのついた新聞があるのに気がついた。ふせんは、「ロンドン塔《とう》の敷地《しきち》内から奇妙《きみょう》な骨格《こっかく》が出土…は虫類と鳥類のあいだのミッシング・リンクか？」という新聞の見出しにつけられていた。

ぼくがその記事を読もうとしたまさにそのとき、ベアトリスが大きく息をのんだ。

口に指を当てながら、ぼくは振《ふ》り向いた。ベアトリスは壁《かべ》にとめられている紙切れを指さした。そのいちばん上にはドラゴン文字があり、その下にこう書かれていた。「Mort《モー》 aux《ロー》 Dragons《ドラゴン》」。さらに「悪のドラゴン結社への忠誠《ちゅうせい》の誓《ちか》い」とラテン語で書かれていた。

「でも、ティブスさんは悪のドラゴン結社を信じていなかったんじゃないの？」

「どちらにしても、どうして彼《かれ》はこんなに徹底的《てっていてき》に調べまくっていたのかしら？」

ベアトリスは茶色に変色したボロボロの紙に描《えが》かれた古代の地図を指さした。それは忠誠の誓いの隣《となり》にピンで壁にとめられていて、迷路のようなトンネルが中央の部屋に導く迷宮が描かれていた。それには、「ドラゴンの墓地（Les《レ》 Catacombes《カタコーンブ》 Des《デ》 Dragons《ドラゴン》）」とタイトルが記されていた。

「ドラゴンの墓地」ぼくは息を飲んだ。「何のことなの？」

「わからないわ。でも……ちょっと待って！　だれか来る！」

廊下《ろうか》を足音が近づいてきた。数秒後にドアが開け放たれ、怒《いか》り狂《くる》ったティブスさんが入ってきた。

第7章　誘拐《ゆうかい》

ドラゴンを確実に死に至《いた》らしめる秘密《ひみつ》のスポットが、ただ１か所ある。うろこに覆《おお》われた腹《はら》をのぞき込《こ》めば見つかるはずだ。柔《やわ》らかくて、円形で、手のひらほどの場所。そこを打つのだ……深く、深く！

――『マレウス・ドラコニス』（ドラゴン・ハンマー）エドワード一世

家へと向かう旅はなかなか進まなかった。馬車の窓《まど》から情けない気持ちで外をながめていたぼくたちの頭に、さっき聞いたティブスさんの言葉が鳴り響《ひび》いていた。

「そうか、これが君たちの計画だったんだな？」彼はそう怒鳴《どな》った。

「赤ん坊《ぼう》ドラゴンが行方《ゆくえ》不明になったというつくり話をしてみろ。わたしの気をそらせるだろうよ。それからわたしの事務所を荒《あら》すんだな！」

「ティブスさんは本気でぼくたちをドラゴナリアから締《し》め出したと思う？」ぼくは勇気をふるって聞いた。

「ええ、まちがいなくね。ティブスさんはよく怒《おこ》るでしょ。でもあんなに怒《いか》り狂《くる》ったのは初めて見たわ」とベアトリス。

「爆発《ばくはつ》するんじゃないかって思ったよ」ぼくはクスクス笑いながら言った。

ベアトリスは弱々しく笑ったが、それもすぐに消え、「エラスムスはうそなんてついていないと信じるわ」とつぶやいた。

「どうやったらトーチャーを助けられるんだろう？」ぼくは嘆《なげ》くだけだった。

「もう一度エラスムスに行ってもらって、ティブスさんに気をつけるように、ドレイク博士に警告《けいこく》してもらわなきゃ！」ベアトリスは意を決した。

「絶対何かうさんくさいことが起きているはずよ」

ドラゴンズブルックにもどると、ダーシーとエラスムスがぼくたちを待っていた。

「何か新しいニュースは？」ダーシーが心配そうに尋《たず》ねた。「トーチャーは見つかった？」

「ううん、ティブスさんに会っただけだよ。彼《かれ》はものすごく怒っていたし、とても怪《あや》しげな行動をしていたんだ」ぼくはそう告げた。「とくに、ぼくたちが彼の事務所に入りこんでいるのを見つけたあとはね」

「何てこった！」ダーシーは信じられないというようすで首を振《ふ》った。

「わたしたちはドレイク博士にメッセージを早く届《とど》けなきゃならないの」とベアトリスは言うと、ドラゴンのほうを向いて真剣《しんけん》な顔つきで話しかけた。

「エラスムス！　私たちに隠《かく》していることはない？」

フロストドラゴンは戸惑《とまど》いの表情を見せた。

「わしがおまえたちに伝えていないことがあるというのか？　わしはロンドンを2回まわったが、トーチャーやバシリスクが町から出ていった形跡《けいせき》はどこにもなかった」

「ティブスさんは、あなたがぼくたちにいたずらをしたんだって、言っていた」

「いたずら？」エラスムスはドキリとしたようだった。

「なぜわしがそんなことをしなきゃならんのだ？　いたずらなどというのは人間の子ど

もがすることで、ドラゴンはやらん。それがもし謎《なぞ》かけだったとしても」

「そう、ぼくたちには謎かけなんかしている時間はないんだ。さあ……」

ぼくがそう言いかけたとき、ドアベルが鳴った。予告なしにお客さんが来るなんて、めったにないことだ。とくにこんな時間に、両親もいないというのに。

「つけられてきたんじゃないの?」ダーシーが低い声で尋《たず》ねた。

「だれもいなかったわ」ベアトリスは答えながら、駅からおんぼろの馬車に乗って帰ってきた旅を思い出していた。

「ぼくが見てくる」ぼくは扉《とびら》に向かった。

「エラスムスはどうする?」ダーシーが聞いた。

「ここにいて。もしエラスムスを隠《かく》す必要があったら、口笛を吹《ふ》くから」

ぼくは玄関《げんかん》を開けた。そこにはだれもいなかったが、馬が走り去る音が聞こえた。ぼくは訪問者《ほうもんしゃ》の形跡《けいせき》がないか、注意深く庭に目を配った。

下を見ると、玄関前の階段《かいだん》に封筒《ふうとう》が置いてあった。「ダニエルとベアトリス・クックへ」

と宛名《あてな》書きがあった。ひっくり返すと、体じゅうの血が凍《こお》りつくようだった。封筒の裏《うら》にドラゴン文字の浮《う》き出しがあったんだ！

ぼくはつばを飲み込《こ》み、みんなに伝えるために駆《か》けだした。

「だれだかわからないけど」ぼくは息を切らしながら、封筒を高く掲《かか》げ、裏にあるドラゴン文字の印を示した。「これを置いていった！」

ベアトリスは手で口をふさぐと、次に「開けて！」と叫《さけ》んだ。

ぼくはドキドキしながら封を切り、手紙を取り出して読んだ。

ダニエルとベアトリス・クックへ

おまえたちが溺愛《できあい》している赤ん坊《ぼう》ドラゴンのトーチャーを預かっている。「ドラゴンのかぎ爪《つめ》」として知られる宝物《たからもの》をこちらによこさなければ、彼《かれ》の命は風前のともしびだ。

おまえたちのことはすべてお見通しだ。おまえたちならその宝物を見つけられるはずだ。

トーチャーにもう一度会いたかったら、だれにも話さぬことだ。

今から2日後の朝10時に、トラファルガー・スクエアに近いエレナー交差点のそばで、私《わたし》の代理人がおまえたちを待っている。代理人はえりに赤い羽根をつけている。彼《かれ》の指示に従うこと。注意しろ、そして時間は正確に！

ドラゴンに死を！ ―D

ベアトリスは手で顔を覆《おお》った。「かわいそうなトーチャー。悪のドラゴン結社に誘拐《ゆうかい》されたんだわ！ 信じられない！」

「あいつらが卑劣《ひれつ》だってことはわかっていたよ」ダーシーが苦々しく言った。「ドラゴンのすみかを守っても、やつらを止めることはできなかった」

「そうだね」とぼくは言いながら、何か希望はないか考えていた。「少なくともだれがトーチャーを捕《つか》まえているかはわかったというわけだ」

「だけど、どうやったら取りもどせるの？ それと、どうやってドラゴンのかぎ爪《づめ》を探《さが》せって言うの？ どこにあるかもわからないのよ」ベアトリスの嘆《なげ》きが続いた。

「でも、どんなものかはわかるよ」ティブスさんが手に持っていたレプリカを描《えが》いてみた。「レプリカを手に入れることができれば、本物の代わりになるんじゃないかな?」

「ティブスさんは私たちを近寄らせないわ」ベアトリスが思い出させてくれた。ぼくは、店を出るときのティブスさんの怒《おこ》った顔を思い出していた。

「本物のドラゴンのかぎ爪のありかは、わしが知っている！」思いがけず、エラスムスが言いだした。ぼくたち３人は、希望をもって彼のほうを向いた。

「スクラマサックスがそのガーディアンだ」エラスムスは続けた。

「トーチャーの母親でしょ。よく知っているよ！」ぼくは思わず叫《さけ》んだ。「自分の子どもが危険《きけん》な目にあっているんだから、スクラマサックスは助けてくれるよ」

スクラマサックスは具合が悪く、２日前のドラゴン幹部会には出席していなかった。イグネイシャスに魔法《まほう》をかけられたイドリギアによって、傷《きず》つけられたためだ。

「確かに彼女はトーチャーの母親かもしれない」とエラスムス。

「しかし、これだけは言える。ドラゴン協会の会員として、彼女《かのじょ》はこれまでもそしてこれからも、自分が守ると誓約《せいやく》した宝物《たからもの》を引き渡《わた》すようなことはしない。たとえ自分の子どもの命がかかっているとしても、卑劣《ひれつ》な脅迫《きょうはく》に屈《くっ》するようなことはない」

「とにかく、ドレイク博士にメッセージを届《とど》けよう！」ダーシーが促《うなが》した。「彼《かれ》だったら何をすべきか教えてくれるはずだよ」

「その必要はない」自分の爪《つめ》を研《と》ぎながらエラスムスが言った。「それに、どうしたって、トーチャーの命を危険《きけん》にさらすことに変わりはない。まちがいなく、復讐《ふくしゅう》には絶好の機会だ！」エラスムスは頭をもたげ、意味深長に遠くを見つめた。

「おまえたちとともにエレナー交差点まで飛んでいき、その代理人とやらをぶっ倒《たお》して、トーチャーをどこに隠《かく》したか白状させてやる！　あのにっくき悪党どもに、これまでドラゴンを殺してきたことを必ず後悔《こうかい》させてやるんだ。わしのしっぽと爪でやつらをたたきのめし、氷のひと吹《ふ》きで氷柱にしてやる！」

第7章　誘拐

エラスムスがそれほど興奮《こうふん》しているのを初めて見た。最初に会ったときとはまったく別のドラゴンのように見えたので、ぼくは吹《ふ》き出しそうだった。ところがベアトリスはそれほどはおもしろがっていなかった。

「エラスムス！　もともとあなたがトーチャーを放っておかなかったら、何も起こらなかったのよ！」

「だからこそ、わしは自分の名誉《めいよ》にかけて事を納《おさ》めなきゃならんのだ」エラスムスは殊《しゅ》勝《しょう》な態度を示したが、ぼくは信用しなかった。

「でも、あなたは昼でも夜でもトラファルガー・スクエアまで行くことはできないわ」ベアトリスが念を押《お》した。「ダーシーに従うのよ。まずやらなきゃならないのは、ドレイク博士に伝えることよ」

「待って！」ぼくはそれに割《わ》り込《こ》んだ。

「晩餐会《ばんさんかい》のときに首相が話したことを思い出して！　S.《エス》A.《エイ》S.《エス》D.《ディー》に裏切《うらぎ》り者がいるってこと。ドレイク博士へのメッセージが途中《とちゅう》で邪魔《じゃま》されたらどうなる？　ぼくたちが脅《きょう》迫《はく》の手紙のことを博士に話したことを裏切り者が知ってしまったら、トーチャーはどうなっちゃうの？　殺すって言っているんだよ！」

「それじゃ、悪のドラゴン結社にドラゴンのかぎ爪《づめ》を渡《わた》すことを考えたほうがいいってことね。トーチャーの安全を確認《かくにん》したあと、かぎ爪を取りもどせばいいってことね」

ベアトリスも考えにふけっていた。

「脅迫に屈《くっ》するのか？」エラスムスはうなり声を出し、首を背《そむ》けて、信じられないといったようすで目を閉じた。「あり得ない！」

「わからないことがあるの。悪のドラゴン結社はなぜドラゴンのかぎ爪を欲《ほ》しがるの？」と、ベアトリス。

「それが最大の武器の一つだからだ」エラスムスが答えた。

「2000年以上前の中国の支配者、武王のためにつくられたときは、善行《ぜんこう》のために使われるはずだった。しかし、王の家臣の一人によって盗《ぬす》まれたときから、諸悪《しょあく》の元凶《げんきょう》となってしまった。おまえたちはレプリカを見たと言ったな？」

「うん、見たよ」ぼくは勢いよくうなずいた。

「よろしい。それでは、それが大きなダイヤモンドをつかんでいる中国の龍《ロン》の爪《つめ》だということがわかるだろう」

エラスムスの説明はこうだった。何百年も前に、爪は、サラセン王国との戦いで騎士《きし》を倒《たお》した褒美《ほうび》として、ノーフォーク伯爵《はくしゃく》に与えられた。彼《かれ》はすぐに、その偉大《いだい》な宝物《たからもの》を強力な武器に変えるチャンスに目をつけた。

伯爵は、戦争に使う兵器をつくる専門家《せんもんか》だった。彼がつくった兵器の一つに投石器があった。つまり巨大《きょだい》な石弓だ。当時は、鋭《するど》い切れ味をもつサムライの刀のほかは、ドラゴンを殺せる武器はなかった。その刀は東アジアの日本でしか入手できない。ほとんどの武器は、ドラゴンの厚いうろこに覆《おお》われた皮を突《つ》き破ることができなかったのだ。

ところが伯爵《はくしゃく》は、ダイヤモンドが自然界のすべての物質の中で最も硬《かた》いものだということを知って、実験をした。ある戦いで、投石器にドラゴンのかぎ爪を取りつけた。いざ試してみると、それがほとんどすべての物体を貫《つらぬ》くことがわかった。もちろんドラゴンの皮も。彼はそれを発見した功績で、悪のドラゴン結社の初代の指導者となった。

エラスムスはさらに続けた。最終的に悪のドラゴン結社からドラゴンのかぎ爪を手に入れたのが、ベアトリス・クロークだった。彼女は戦いのさなかに、死にかけたドラゴンの横腹《よこっぱら》に深く突き刺《さ》さっていたのを見つけたのだ。

「悪のドラゴン結社はその後間もなく敗れた。そしてドラゴンのかぎ爪もそれ以来、日の目を見ることはなかった」エラスムスの話が終わった。

「悪のドラゴン結社の歴史についてずいぶん詳《くわ》しいんだね」ダーシーは、見るからに感《かん》銘《めい》を受けたようだった。

「そしておまえたちがほとんど知らないことについてもな」彼はすぐに言い返した。

「ドラゴンは本から学ぶことはしない。その習慣は失われたか忘《わす》れられたのだろう。学ぶことはすべて脳《のう》に刻《きざ》み込《こ》まれるから、思い出せるんだ。ドラゴンのアプレンティスとして、わしは、すべてのドラゴンが、我々《われわれ》の協定の中核《ちゅうかく》をなす宝物《たからもの》の歴史を知るべきだと思う。そうじゃないかね？」

エラスムスは一人ひとりを鋭《するど》く見つめた。そしてすぐさま話題を変えた。

「おまえたちはドラゴンの赤ん坊《ぼう》を救わなくてはならんのじゃないか？」

「エラスムスの言うとおりよ！　何かしなくちゃ！　そう、スクラマサックスに話してみるのはどう？」とベアトリス。

「それがいいだろう」エラスムスが同意した。「わしが案内する」

「だめよ、エラスムス」ベアトリスには頭の中に何か計画があるようだった。

「ここで別れましょ。あなたはダーシーとドレイク博士を見つけてちょうだい。今起きていることを全部話せば、彼《かれ》は何をすべきかわかるはずよ。くれぐれも秘密《ひみつ》に進めてね。裏切《うらぎ》り者についてはまだ知らせたくないわ。それがだれであってもね」

「全員一緒《いっしょ》じゃだめなの？　絶対にそのほうが安全だよ」ぼくはちょっと心配だった。

「だめよ」ベアトリスが言い返した。

「失うものが多すぎるわ。トーチャーは今、生きるか死ぬかの瀬戸際《せとぎわ》なのよ！　私《わたし》たちは列車で、スクラマサックスのところに行くのよ」

ぼくたちは以前にベンウィヴィスで同意したことがある。ドレイク博士から連絡《れんらく》をもらうまでは、巣への入口を守ろうとするS.《エス》A.《エイ》S.《エス》D.《ディー》の会員であっても、信用するなということだ。そのうえで、トーチャーを助けるためにスクラマサックスを説得するのだ。

「ほかの方法は考えられないわ」ベアトリスはため息まじりに言った。何が起きるか想像すると、二人ともハッピーになれるわけがなかった。

「気が進まないけど、期限までに2日しかないし……。わかったよ。何でもやろう」

ダーシーとエラスムスはドレイク博士の捜索《そうさく》に出発した。ベアトリスとぼくはお父さんが使っていたドラゴン学者用の道具と、お母さんが食料を買えるようにくれたお金を準備した。数時間のうちには、ぼくたちはキングスクロス駅に向かい、エディンバラ行きの寝台列車《しんだいれっしゃ》に乗っているはずだ。

第8章　アンダーソンさん

ドラゴンのあいだでは、宝物《たからもの》は大きな価値《かち》を持つ。今後汝《なんじ》が見いだすものはすべて王にさし出すのだ。残りは、金であろうと銀であろうと宝石《ほうせき》であろうと、保管するなり処分《しょぶん》するなり、望むままにするがよい。

――『マレウス・ドラコニス』（ドラゴン・ハンマー）エドワード一世

列車は朝8時にエディンバラ駅に到着した。トーチャーのことが心配で一睡《いっすい》もできなかったぼくは、疲《つか》れ切っていた。ベアトリスも似たようなものだった。二人が個室を出ようと立ち上がったちょうどそのとき、肩幅《かたはば》の広い男の人が入口に立った。

「君たちはクック家のベアトリスとダニエルかね？」彼《かれ》は明るく尋《たず》ねてきた。

ぼくは眠《ねむ》たげにうなずいたが、自分たちの使命が秘密《ひみつ》だったことを思い出した。

「ありがたい。やっと見つけた」男の人はぼくのベッドの端《はし》にすわった。

「ドレイク博士から行くように言われたんだ。私の名まえはアンダーソン」

ぼくは、その人がこぶしを横に下ろし、1本指で床《ゆか》を指したのを見た。ドラゴンの弟《で》子《し》のサインだった。ぼくが同じサインをすると、彼はウィンクをした。

「ドラゴンは飛ぶとき……?」彼の問いかけに「目でそれを探《さが》す」と答えた。

「すばらしい！　君たちはほんとうにベアトリスとダニエルなんだね。用心するに越《こ》したことはないさ。私は協会のスコットランド支部で働いている者だ。最初からすまないが、今、君たちは危険《きけん》の真っただ中にいることを告げなくちゃならない」

彼は、ぼくたちの頭のてっぺんから足のつま先まで眺《なが》めながら言った。

「君たちはつけられているよ」

「悪のドラゴン結社ですか?」ぼくはそう尋《たず》ねながら、念のために窓《まど》の外を見た。

「こちらに来て」アンダーソンさんが静かにぼくたちを導いた。

「やつらとやり合うなんて、狂気《きょうき》の沙汰《さた》さ。まずはうまくまいて逃《に》げるんだ」

彼はパッと立ち、個室から出ると、廊下《ろうか》を確認《かくにん》した。

「顔を隠《かく》せるものがあるかい?」

「耐炎性《たいえんせい》のマントがあります」ぼくは荷物に手を伸《の》ばした。

「いいアイディアだ」アンダーソンさんが答えた。「頭の上まで引っぱり上げて!」

心配してくれる大人がいてホッとした。ベアトリスとぼくは言われるままに顔を隠して、アンダーソンさんのあとを急いだ。

「廊下《ろうか》を進んで、駅の端《はし》のほうで降《お》りよう。それなら、人目に触《ふ》れずに済《す》むはずだ」

ぼくたちは何事もなく廊下を進み、列車を降りて待合室にサッと入った。

「ここで待っていて。荷物置き場から持ってくるものがあるんだ」とアンダーソンさん。

数分後にもどってきたとき、彼《かれ》は重そうな長い木箱を後ろに引きずっていた。

「これは何ですか?」

「心配することはないよ」アンダーソンさんは言った。

「追手の男たちを、今プラットホームで見かけた。いきり立っているようだった。さあ、つぎにどこに行けばいいかな? ドレイク博士の電報は短かったんだ。ただ、彼が到着《とうちゃく》するまで君たちに危害《きがい》が及《およ》ばないよう守ってほしいということと、私《わたし》が君たちに会ったら、すべてを説明してもらえるはずだということだった」

「ぼくたちの両親のことは何か知っていますか？」

「残念ながら何も。ただ、ドレイク博士が我々《われわれ》に追いつくまで待つべきではないと思う。あとで彼が最新のニュースを知らせてくれるさ」

「でも、私たちがどうすべきか、博士は何も言ってくれなかったんですか？　それに、どうして自分で来ないんですか？」ぼくはベアトリスの質問にドキッとした。

「ドレイク博士はできるだけ早く来ると約束したよ。でも今、彼は危険《きけん》な状況《じょうきょう》にいるんだ。我々が考えていたより、悪のドラゴン結社がさらに強力になっている。やつらはどうも、時間をかけて再結集しているようなんだ」アンダーソンさんは深刻《しんこく》そうに答えた。

「博士は君たちの以前の冒険《ぼうけん》を私に話してくれ、君たちはとても能力の高いドラゴン学者だと言っていた。君たちなら正しい道を進んでくれると信じているようだよ」

「ぼくたちは、ベンウィヴィスに行かなきゃならないんです」ぼくがそう言ったとき、ベアトリスがキッとにらみつけたのがわかったが、ぼくは気づかない振《ふ》りをした。

「スクラマサックスに急いで会う必要があるんです」

「ベンウィヴィスにだって？」アンダーソンさんは大げさな声をあげた。

「それでは、インヴァネス行きのつぎの列車に乗らなくては。ついておいで。あまり時間がないよ」彼《かれ》が箱を持ち上げると、皆《みな》で跨線橋《こせんきょう》を駆《か》け上がり、別のプラットホームへの階段《かいだん》を下りた。そして、車掌《しゃしょう》の笛が鳴り響《ひび》くと同時に列車に飛び乗った。

アンダーソンさんはぼくたちを個室に案内し、ブラインドを下ろした。彼《かれ》はドアのそばにすわり、追手が来ないかを注意深く見ていた。列車がグランピア山脈の渓谷《けいこく》を煙《けむり》をはきながら進むあいだ、トーチャーがいなくなったあとのすべてのことをぼくは説明した。ベアトリスは最初のうちは疑《うたぐ》っていたが、アンダーソンさんがぼくたちに同情してくれたので、だんだん敵意が消えていったようだった。

「こんな戦いに子どもを巻《ま》きこむなんて、あいつらはどこまで落ちぶれたら気が済《す》むんだ！　でも安心しなさい。悪のドラゴン結社からどんなやつが来ようとも、私《わたし》が追っ払《ぱら》ってやるよ。ドレイク博士が来られなくても、ドラゴンのかぎ爪《づめ》を見つけてトーチャーを救ってやろう」

「でも、スクラマサックスは私たちにドラゴンのかぎ爪を渡《わた》さないでしょう？」心配で額にしわを寄せたベアトリスが言った。「ドラゴンはどんな犠牲《ぎせい》を払《はら》っても、脅威《きょうい》に屈《くっ》することはないとエラスムスが言っていました」

「そんなに不安になることはないさ」アンダーソンさんがなぐさめてくれた。

「なんとか説得してみよう。正しい方法で近づきさえすればいいんだから」

「スクラマサックスを知っているんですか？」ベアトリスの顔は、希望に輝《かがや》きはじめた。

「いいや、残念だが。私はもっと西の、ヘブリッジスのほうで働いていたんだ。でも、ドラゴンに関係する場所については、経験は豊富だよ」

　列車がインヴァネス駅に入ると、アンダーソンさんはぼくたちを個室に待たせ、荷物を下ろし、プラットホームに追手がいないか見てくれた。

「大丈夫《だいじょうぶ》！」もどってくるとそう言い放ち、ぼくたちを駅前広場に連れ出した。

「移動の手配をしたんだ」彼《かれ》はにこやかに、二輪馬車を指し示した。ベアトリスとぼくは顔を見合わせた。ぼくたちだけだったらこんなに手際《てぎわ》よくできただろうか？

「河口をフェリーで横切って、ディングウォール経由で進めば、ベンウィヴィスはここから20キロメートルほどだよ」

「それって、どれくらいかかる……」ぼくが尋《たず》ねようとしたとき、ベアトリスがもっと差し迫《せま》ったことを聞いた。

「それには何が入っているの？」例の木箱が、馬車の後ろにしばりつけてあった。

「駅に置いていけば、もっと早く行けるんじゃないですか？」

「たいしたものじゃないさ。ドラゴン学に関する備品《びひん》だよ」アンダーソンさんは気にするなとでも言いたげに手を振《ふ》りながら答えた。「きっと役に立つはずさ」

「どんな種類の備品なんですか？」ぼくは純粋《じゅんすい》な興味から聞いた。

「使う理由が生じたら、中身が何だかわかるはずだよ。ただ今は時間がない。ドラゴンの赤ん坊《ぼう》を助けなきゃならない！」

アンダーソンさんは馬車の前に乗り込《こ》み、ぼくたち二人が乗るのを待って、馬にむちを振るって駈《か》け出した。

道は最初、思いのほかなめらかだったが、じきにでこぼこの泥道《どろみち》に入った。ベアトリスとぼくは振り落とされまいと、つかまっていた。馬車はその後無事にフェリーに乗り、ディングウォールを通り過ぎ、山に向かって進んでいった。

ぼくは、アンダーソンさんが何度も後ろを振り向いているのに気づいていた。

「追手が来るって、ほんとうに思っているんですか?」でこぼこ道を走る馬車のガラガラ音に負けまいと、ぼくは大きな声で聞いた。

「エディンバラまではだれかが追ってきていたかもしれない」彼《かれ》も大きな声を出した。

「やつらはドラゴンズブルックに手紙を残したあとも、君たちを見張っていたはずだ。でも、今のところはうまく逃《に》げているようだね」

「どうして私《わたし》たちを追いかけているの?」とベアトリス。

「もし、トーチャーと交換《こうかん》する前にドラゴンのかぎ爪《づめ》を君たちから奪《うば》えたら、やつらはトーチャーの命を助ける必要はないんだ。それに、スクラマサックスも殺してしまおうとするかもしれない」

ぼくは突然《とつぜん》気分が悪くなった。馬車に酔《よ》ったのかもしれない。それよりも、こうして悪のドラゴン結社の追手をスクラマサックスの巣に導いているかもしれないことにむかついたのかもしれない。

やっと馬車が止まったのは、山のふもとだった。アンダーソンさんが振《ふ》り向き、「ここからは歩かなきゃならない」と宣言《せんげん》した。

「でも、S.《エス》A.《エイ》S.《エス》D.《ディー》から送られた者がスクラマサックスの巣までの道を守っているとしたら、私《わたし》たちは警戒《けいかい》したほうがよさそうだね」

「その人に助けを求めちゃいけないんですか?」ベアトリスが尋《たず》ねた。

アンダーソンさんはおびえたような表情をした。

「それはだめだ!　S.《エス》A.《エイ》S.《エス》D.《ディー》に裏切《うらぎ》り者がいるとしたら、だれでも簡単《かんたん》には信じちゃならない」彼《かれ》は振り向くと山腹《さんぷく》を見渡《みわた》した。「巣への道はどちらかね?」

「入口は山の反対側にあります」ぼくはそう答えた。

「それでは広い道は避《さ》けて行こう」アンダーソンさんはそう言うと一度馬車から降《お》り、馬車の後ろに取りつけられた例の箱を持ち上げた。

「中の備品は全部必要なんですか?」ベアトリスが尋ねた。重たい箱があると、確かに遅《おそ》くなってしまうだろう。

「たぶん必要ないだろう。しかし、ここに置いていくわけにもいかない」アンダーソンさんが答えた。「ダニエル、運ぶのを手伝ってくれないかな?」

ぼくは箱の片方の端《はし》を持った。二人でもけっこう重い。箱は揺《ゆ》れ、中でガチャガチャ音がした。こんなにたいへんな思いをして、どれほど価値《かち》のあるものが入っているのだろうか?

硫黄《いおう》のにおいがしてきた。何度もかいだことがあるものだ。道を進むと、肉がきれいにはぎ取られたシカとヒツジの骨《ほね》が散らばっていた。巣はもう近いはずだ。

ぼくたちは少しのあいだ岩の後ろに身をひそめた。S《エス》.A《エイ》.S《エス》.D《ディー》.から派遣《はけん》されただれかと出くわしたくなかった。

「だれもいないみたいね」しばらくたってから、ベアトリスが言った。

「ドレイク博士もまだだな」用心深く確かめながら、アンダーソンさんが言った。

「スクラマサックスには私《わたし》たちが話さなければならないようだね」

ぼくたちは少しずつ、注意しながら巣に近づいた。

「何か考えがあるかい？」アンダーソンさんが小声で尋《たず》ねた。彼《かれ》は箱の片方《かたほう》の端《はし》を下げはじめた。ぼくもそれに合わせて箱を下ろした。３人とも好奇心《こうきしん》に駆《か》られて、ゴツゴツした岩に囲まれた暗いほら穴《あな》の入口をのぞきこんだ。

「とにかく入って、彼女《かのじょ》に話してみませんか」ぼくは提案したが、自信がなかった。

「でも、むずかしいかもしれませんね。だってスクラマサックスはとっても気が短いし、自分の子どもを救うためでも、脅迫《きょうはく》に屈《くっ》しないと、エラスムスが言っていました」

「それに気をつけていないと、彼女はトーチャーを探すためにすぐにロンドンへ飛んでいってしまうでしょう」ベアトリスがそうつけ加えた。

「ドラゴンのかぎ爪《づめ》を渡《わた》してくれるよう、説得できると思いますか?」

アンダーソンさんはむずかしい顔つきをした。

「とにかくやるしかないね。ドラゴンは見ず知らずの人間が巣の中に入って来るのを好まないはずだね。君たちは以前にこのドラゴンに会ったことがあるが、私は遠くからしか姿《すがた》を見てないんだ。君たちが中に入って、外に出て私と話をするようスクラマサックスを招《まね》くのはどうだい? ドレイク博士はもうすぐ来ることを知らせてやるんだ。そうすれば彼女は気分がほぐれるだろうし、外に出てくれれば、私から宝物《たからもの》を引き渡すように説得できる」

確かにそれしか方法がなさそうだった。ベアトリスとぼくはろうそくを用意し、トンネルの入口から中へ急いだ。巣の内部は暖《あたた》かくて心地よかった。しかし、奥《おく》に進むと、硫黄《いおう》の刺激臭《しげきしゅう》が強烈《きょうれつ》になり、嫌悪感《けんおかん》を覚えるほどだった。少しずつ暗さも増し、ほら穴にしみ出した雨水のはね返りがこだまする以外、何も聞こえなかった。

侵入者《しんにゅうしゃ》よけの地面のどくろ印を通り過ぎたころ、ドラゴン文字で書かれたメッセージが壁《かべ》にあるのに気がついた。以前にこの巣を訪《たず》ねたときにそれを解読できなかったことを思い出した。ぼくがろうそくを近づけると、ベアトリスが読んでくれた。

「ここにドラゴンあり」ぼくたちの心は、興奮《こうふん》と不安が入りまじっていた。

「スコーチャーがぼくたちを覚えていると思う?」

「きっと覚えているわよ」ベアトリスはそう言うと、トーチャーの兄さんのことを思い出してほほ笑《え》んだ。

少しして、引っかくような、羽ばたくような音が聞こえてきた。生きものが1頭、飛びはねながらぼくたちのほうに走ってきた。その生きものは真っすぐこちらに向かってきたので、ベアトリスとぼくはびっくりした。熱く、硫黄臭《いおうくさ》いドラゴンの息がぼくたちの小鼻を刺激《しげき》し、ザラザラした革《かわ》のような舌がぼくたち二人の顔をなめ上げた。スコーチャーはぼくたちを忘《わす》れていなかった。

「プライシク・ホヤーリ!」

「スコーチャー、待って!」ベアトリスは止めようとしながらも笑っていた。

「プライク・ボヤール！　でもあなたはお客に対してもっとやさしくしなきゃ！」彼女《かのじょ》はやさしくたしなめた。「そう、あなたに会いに来たの。でもあなたのお母さんにも話すことがあるのよ。ここにいる？」

スコーチャーはぼくたちの前を小走りに進みながら、頭を片方《かたほう》にかしげていた。ぼくたちが前を見られるようにしてくれていたんだ。

ぼくは前にこの巣を訪《たず》ねたときのことを思い出していた。トーチャーが生まれる直前だった。スクラマサックスが2、3時間ごとに強烈《きょうれつ》な炎《ほのお》を卵《たまご》に浴びせていたのだろう。ひどい熱さだった。しかし、そのとき不快に思った原因は別にあった。イグネイシャス・クルックが一緒《いっしょ》にいたんだ。ぼくはその恐《おそ》ろしい記憶《きおく》に身震《みぶる》いした。

スコーチャーはぼくたちを中央の部屋に導き、入口のすぐそばで待った。部屋の壁《かべ》はドラゴンの粉できらめいていた。部屋を満たすものすごい量の宝物《たからもの》を見て、ぼくは息が止まりそうだった。手に持つろうそくの小さな光だけでも、金や銀がきらめき、宝石《ほうせき》がちりばめられたアクセサリーが輝《かがや》いていた。ぼくはその中に、ドラゴンのかぎ爪《づめ》がないかと思って注意してみたが、無駄《むだ》だった。

輝《かがや》く宝物《たからもの》の山の上にスクラマサックスがたたずんでいるのに気がつくまで、少し時間がかかった。大きく呼吸《こきゅう》をし、具合が悪そうだった。頭をゆっくりもたげると、空気のにおいをクンクンとかいだ。

「ダニエル・クックとベアトリス・クック！」スクラマサックスはそう言うと、ぼくたちに鋭《するど》いまなざしを向けた。

「あなたたちですね！　前に会ってからまだ1日しかたっていない気もしますが、1年以上はたっているのですね？」

「あなたにぜひお知らせしたいことがあるんです」ベアトリスが言った。

「でも、その前にあなたの具合を聞かなくちゃ。傷《きず》は治ったんですか？」

スクラマサックスは頭をゆっくりと振《ふ》った。しゃべる前に、答えはわかっていた。

「イドリギアの牙《きば》が私《わたし》の肉深く食い込《こ》んだんです」彼女《かのじょ》は見るからにつらそうだった。

「傷が治るまでには1年以上かかります。でも、休んだおかげで、少し元気になった気がします。スコーチャーが助けてくれていますから」

ぼくたちはスコーチャーのほうを向いた。彼《かれ》は鼻高々のようだった。

「スコーチャーの弟はどうしていますか？」スクラマサックスが尋《たず》ねた。「トーチャーと名づけたそうですね？」

「あの子を自慢《じまん》に思っていいですよ。トーチャーはドラゴン幹部会で、あなたの代理を立派《りっぱ》につとめたんです」ぼくはそう報告した。

「ええ、そう聞いています」スクラマサックスは優雅《ゆうが》にうなずいた。「あなたたちがよく訓練してくれたおかげです」

スクラマサックスが体をずらすと、宝物の山から金の鎖《くさり》や銀食器、また豪華《ごうか》な宝石が下に落ちた。

「今は物騒《ぶっそう》な時代だし……。ドラゴンの殺し屋たちがもどってきているそうです。それがほんとうかどうか知っているのですか？」

「残念ですが、そのとおりです」ぼくはうなだれた。ニュースがもう伝わっていたので、ちょっと気まずかった。

「それでぼくたちはやってきたんです。つらいことを言わなければならないんですが、トーチャーが悪のドラゴン結社に誘拐《ゆうかい》されました」

「何ですって？」スクラマサックスは頭を急にもたげた。

「ここにメッセージがあります」ぼくは続けた。「トーチャーを返してほしければ、その見返りに……」ぼくがその先を言おうとすると、突然《とつぜん》スクラマサックスが怒《いか》りと苦悶《くもん》で吠《ほ》えたてた。それがあまりに大きかったので、足元の地面が揺《ゆ》れ、宝物《たからもの》の山がくずれて宝石《ほうせき》がさらにこぼれ落ちた。ぼくは、つぎに続く、耳をつんざくようなうめき声を避《さ》けようとして耳をふさいだが、無駄《むだ》だった。

スクラマサックスは鼻の穴《あな》から黒い煙《けむり》をもうもうと上げ、しっぽを乱暴《らんぼう》に振《ふ》り回した。

「トーチャーを誘拐した悪党《あくとう》はどこにいるんです！　そいつらを焼き殺し、爪《つめ》でずたずたにしてくれる！　私《わたし》を怒《おこ》らせたからには生かしてはおかない！　いったい、やつらはトーチャーの命と何を交換《こうかん》しようとしているんです？」

「ドラゴンのかぎ爪《づめ》です」ベアトリスがこわごわ答えた。

「ドラゴンのかぎ爪ですって？　たとえ私が持っていたとしても、渡《わた》すはずがないでしょう！」

「えっ、それってどういう意味……？　ドラゴンのかぎ爪はここにないんですか？」

ベアトリスはがく然としていた。

「あなたがそのガーディアンだって、エラスムスが言っていましたよ！」

ぼくは混乱《こんらん》していた。スクラマサックスは、少し落ちつきを取りもどして答えた。

「確かにそうですが、私は具合が悪い。S.A.S.D.《エスエイエスディー》は私の巣を守る者を送ってくれませんでした。でも今は物騒《ぶっそう》な時世です。だから安全に保管するために、ドラゴンのかぎ爪はイドリギアが持っていったのです。すぐにウォーンクリフのイドリギアのところへ行って、それを取りもどしてください」

ぼくは悔《くや》しさのあまりうめき声を上げた。なんと時間を無駄にしたことか！

「でもその前に、どうしてこうなったのか、手短に教えてくれませんか？」

ベアトリスとぼくはここ2、3日に起こったことをすべて話した。スクラマサックスは耳を傾《かたむ》けていたが、額に深いしわを寄せ、目を細めて涙《なみだ》を浮《う》かべていた。

「エラスムスは、ほんとうにドレイク博士のところに行って話をしていると思いますか？」

ぼくたちの話のあとで、スクラマサックスが尋《たず》ねた。

「あいつがどれほど人間をきらっているかを知っているのですか？」

「私《わたし》たちが頼《たの》んだようにやってくれると信じています。彼《かれ》はトーチャーの行く末に責任を感じているみたいでした」ベアトリスが言った。「それにダーシーが一緒《いっしょ》です」

「ウーン」スクラマサックスはしぶしぶ納得《なっとく》したようだった。

「それはそうと、今回はあなたたちだけではありませんね。ほかの人間のにおいがしています。いったいだれなんです？　外で待っているのですか？」

「アンダーソンさんです」ぼくはあせって答えた。そのときはもう、イドリギアのところに行ってドラゴンのかぎ爪《づめ》を受け取り、トーチャーを救いだすことしか考えられなくなっていた。

「神秘《しんぴ》といにしえのドラゴン学者協会の会員で、ぼくたちを助けるためにドレイク博士が送ってくれたんです。あなたと話したがっています」

「よろしい。それではアンダーソンに会うとしましょう」

スクラマサックスはため息まじりに、うろこの体をゆっくりとほどき、宝物《たからもの》の山からすべりおりた。動くにつれて、いくつかの宝物がガチャガチャと床《ゆか》に落ちた。

「スコーチャー、見張り！」そう命じられて小さなドラゴンは立ち上がり、気をつけの姿勢《しせい》をとった。スクラマサックスはトンネルの中を少しずつ進んだ。ぼくたちはろうそくで照らしながら、彼女《かのじょ》の数歩前をゆっくりと進んだ。

第9章　ベンウィヴィスの戦い

騎士《きし》たちよ進め！　心に喜びを持って、歌を口ずさみながら、あのうろこだらけのけだものを殺すのだ！　汝《なんじ》らの子孫に偽《いつわ》ることなくいつかこう言える日を待ち望むのだ。「ドラゴンなんていない」と。

――『マレウス・ドラコニス』（ドラゴン・ハンマー）エドワード一世

突《とつ》然《ぜん》に日の光にさらされて、一瞬《いっしゅん》目がくらんだ。そこに、アンダーソンさんはいなかった。彼は10メートルほど向こうでひざをつき、野砲《やほう》としか言いようのない銃《じゅう》口《こう》をこちらに向けていた。ぼくは敗北感に打ちのめされた。

「ベアトリス、下がって！　銃《じゅう》だよ！」

「おまえは察しがいいな、ダニエル」アンダーソンさんはあざ笑った。

「これは持ち運びできる野戦用の銃だ。なかなか強力なしろものだ。さあ、どちらも馬《ば》鹿《か》なまねはよすんだ。できることなら、私《わたし》だって君たちを傷《きず》つけたくない」

「なんて馬鹿だったんだ！」ぼくは泣き叫《さけ》んだ。

「彼《かれ》が悪のドラゴン結社の手先だったんだ！」

「あなたはドラゴンを撃《う》てないわ！」ベアトリスが挑戦的《ちょうせんてき》に叫んだ。彼女《かのじょ》はこれまで、ぼくほどにはアンダーソンさんのことを信用していなかった。ぼくは、今の状況《じょうきょう》が自分の過《あやま》ちから始まったことを、だんだんと理解しはじめていた。

「どいていろ！　二度とは言わんぞ。私が欲《ほ》しいのは、スクラマサックスとドラゴンのかぎ爪《づめ》だけだ」

「銃を構えたあなたをスクラマサックスが見たら、それを使う前に殺されるよ！」ぼくはただ憎《にく》らしかった。なぜこんなやつを信じてしまったんだろう？

トンネルの奥《おく》からごう音が響《ひび》いてきた。スクラマサックスがやってきたんだ。

「スクラマサックス、出ちゃだめ！」ぼくがわめいたのと、アンダーソンが引き金を引くのと同時だった。目のくらむような閃光《せんこう》が走り、雷のような轟音《ごうおん》が山腹《さんぷく》を揺《ゆ》るがした。

ぼくはあわててベアトリスを引っぱり、小石と泥《どろ》がシャワーのように降《ふ》ってくるのを避《さ》けようとした。ほら穴《あな》の奥《おく》の硬《かた》い花こう岩に風穴が開けられていた。足元では、小さな石がザーッと山腹《さんぷく》を落ちていった。

「まだ小手調べだぞ」銃《じゅう》に再び弾《たま》を込《こ》めながら、アンダーソンは流し目をくれた。

「何ができるかわかったろう。どいていたほうが身のためだ！」

ぼくたちの後ろのトンネルから、怒《いか》りの雄叫《おたけ》びがとどろいてきた。ぼくは必死で立ち上がった、こんな馬鹿《ばか》げたことはやめさせたかった。

スクラマサックスが怒《いか》りに震《ふる》えてトンネルの入口から飛びだし、アンダーソンに向けて吠《ほ》えた。オレンジ色の炎《ほのお》が口からほとばしり出ていた。しかし、アンダーソンは動じることなく照準を定めた。ぼくはつぎに起こることを考えると、恐《おそれ》ろしさのあまり息もできなかった。

引き金が引かれた。砲撃《ほうげき》でさらに砕《くだ》かれた岩が、スクラマサックスの脚《あし》を直撃《ちょくげき》した。アンダーソンはしくじったようだ。ぼくは息をついた。とにかく、アンダーソンになんとか近づこうとした。

ドラゴンは再度、怒りの雄叫びをあげた。けがさえしていなければ、彼女《かのじょ》はすばやく動き、アンダーソンがつぎの弾を込める前に彼《かれ》のもとに届《とど》いただろう。アンダーソンはそれにはお構いなく、３発目の弾を込め終わった。

しかし同時にぼくはアンダーソンの横に回り込むことができた。一度に二つの目標をねらえないはずだ。

スクラマサックスは、アンダーソンが彼女《かのじょ》の急所にねらいをつけようとしているところに飛びついた。彼が無理やり引き金を引こうとしたとき、ベアトリスとぼくが銃身《じゅうしん》に体ごとぶつかり、３回目の砲撃直前に銃口《じゅうこう》をそらすことができた。

スクラマサックスはそのしっぽでアンダーソンを一撃《いちげき》した。彼は空高く飛ばされ、５メートルほど遠くに落ちた。彼の脚はおかしな方向に曲がっていた。ドラゴンは彼に突《とっ》進《しん》し、口を大きく広げた。

「だめ、スクラマサックス！」ベアトリスはそう叫《さけ》ぶと、ドラゴンとアンダーソンのあいだに割《わ》り込《こ》んだ。「だめ、殺さないで！」

「許すわけにはいかない！」スクラマサックスはわめき、爪《つめ》を振《ふ》り上げた。

「だめだ！　やめて！」ぼくも泣き叫んだ。

「なぜです！」スクラマサックスが叫んだ。

「こいつはどろぼうです。しかもあなたたちを殺そうとしたのです！　守る理由は何もないはずです！　そのいまいましい鉄のかたまりを取り上げて、こなごなに砕《くだ》いてくれる！　私《わたし》の宝物《たからもの》と、大事な赤ん坊《ぼう》ドラゴンとを取引しようとするなんて、焼き殺して灰《はい》にしても足りないくらい！　焼け焦《こ》げた骨《ほね》にかじりついて……」

「やめて、お願い！」ベアトリスは必死に叫んだ。「条約を思い出して！」

「ベアトリスの言うとおりだよ！」ぼくも加わった。「今、人間を殺したり、逆に人間がドラゴンを殺したりすれば、人間とドラゴンの関係は永遠にだめになっちゃうよ！」

アンダーソンはよろよろ立ち上がり逃《に》げようとしたが、脚《あし》が折れていたのか、すべって転んでしまった。スクラマサックスはもう一度吠《ほ》えた。でも、ほんの短い戦いですら、深傷《ふかで》を負った彼女の体には相当こたえていた。

「こいつは私の赤ん坊《ぼう》がどこにいるか知っています！」ぜいぜい息をしながら、ドラゴンはうめいた。「少なくともそれだけは白状させるのです！」

「そのとおりよ。トーチャーの居場所を絶対に知る必要があるわ」とベアトリス。

スクラマサックスはアンダーソンに顔を近づけた。彼《かれ》はまともなほうのひざに寄りかかり、真《ま》っ青《さお》な顔をしてふらついていた。銃《じゅう》はほうり出されて、開けられた木箱からは残りの弾《たま》がこぼれ落ちていた。

「言うのです！」スクラマサックスはうろこのついた口先を彼の顔に近づけた。

「さあ私《わたし》の子どもはどこです？」低く、迫力《はくりょく》のある声だった。同時に、熱い息を顔に吐《は》きかけていた。アンダーソンは額に玉の汗《あせ》を浮《う》かべながら、やっとのことで声を出した。

「そ……そこに」言葉をつまらせながら、彼は、空になったはずの木箱を震《ふる》える手で指さした。「な……中を見て……くれ」

彼が指さす方向をぼくたちが見たとき、彼は精いっぱいの速さで、脚《あし》を引きずりながら山を下りはじめた。

スクラマサックスは力尽《つ》きドスンと倒《たお》れ込《こ》んだ。荒《あら》く息をしている。ぼくたちだけでアンダーソンを追いかけるわけにはいかない……。ぼくは銃《じゅう》の箱に注意して近づき、中をのぞきこんだ。何か変わったものはとくに見当たらず、わずかにいくつかの道具と、書類があるだけだった。書類を広げてみて、ぼくは息を飲んだ。ロンドンのティブスさんの事務所で見たのとまるで同じ、ドラゴンの墓地の地図だった。

「あいつはどうやってこれを手に入れたんだろう？」ぼくは驚《おどろ》きながら、振《ふ》り返ってベアトリスに見せた。

「これはティブスさんの地図じゃないの！」彼女は目を丸くし、顔をしかめた。

「ティブスって何てやつなの！　これでも、あの人はこのことと何もかかわりがないっていうの？」ぼくはベアトリスの指摘《してき》にあっけにとられてしまった。ティブスさんは政府の役人だし、S.A.S.D.《エスエイエスディー》のまさに心臓部《しんぞうぶ》に所属している。

「疑《うたが》いの余地がないじゃないの」ベアトリスは鼻であしらった。

「ティブスさんは私《わたし》たちをだましていたのよ！　どうしてあの人は、悪のドラゴン結社について秘密《ひみつ》に調べていたくせに、その存在《そんざい》を否定《ひてい》していたの？　彼《かれ》は最初からこの恐《おそ》ろしい計画にかかわっていたのよ！　よく考えてみて！」ベアトリスはスクラマサックスと同じくらい怒《おこ》っていた。

「ティブスさんにとっては、ドラゴンの巣の場所を悪のドラゴン結社に教えるなんて簡《かん》単《たん》よ。私たちを監視《かんし》するためにアンダーソンさんをよこしたんだわ」

「でも、彼がドラゴンを殺そうとする理由は何？」ぼくは尋《たず》ねた。ティブスさんは確かに気が短いし、ドレイク博士に対しても敵対心を持っていたけど、協会を裏切《うらぎ》る動機があったなんて考えにくかった。

「私にはわからないわ」ベアトリスは答えた。

「でも、彼がなぜドレイク博士に敵意を持っていたかの理由になるかもしれないわ。晩《ばん》餐会《さんかい》のとき、首相がS.《エス》A.《エイ》S.《エス》D.《ディー》の仲間うちに裏切り者がいるかもしれないって言ったとき、彼がどれだけ気まずそうだったか思い出してみて」ベアトリスは手を腰《こし》に当てて言った。「あの人は裏切り者よ！」

確かにベアトリスの指摘《してき》は当を得ている。

「それじゃ、トーチャーがどこにいるかは彼が知っているはずだ！」ぼくは指をパチンと鳴らして言った。

「もちろん」ベアトリスが答えた。「でも、その地図にも手がかりがあるかもしれない」

ぼくは地図を持っていることを忘《わす》れかけていた。気を取り直して、もっとよく調べてみることにした。それには走り書きが全面にあり、羊皮紙に書かれた小さなメモがコーナーにとめられていた。メモの筆跡《ひっせき》は、走り書きとは違《ちが》ったものだった。

「ぼくたちが見たときには、こんなメモや走り書き、なかったよね。でも、そのほかはまったく同じでしょ？」

「そのとおりよ。私たちが最後にティブスさんに会ってから、だれかがつけ加えたんだわ。何て書いてあるの？」

「わからないんだ」ぼくは羊皮紙の言葉に注目してみたが、無駄《むだ》だった。ぼくにとっては無意味な謎《なぞ》めいた言葉だけだった。「たぶんフランス語じゃないかな？」

ベアトリスはメモをぼくの手から引ったくると、「聞いてちょうだい！」と叫《さけ》んだ。

「メモにはこう書いてあるわ。『L'antrée se situe á la base de la Tour de Lanthorn.《ラントレスシチュアラバーズドゥラツールドゥランソーン》 入口はランソーン塔《とう》のふもとにある』！」

「それって、どこなの？」

「わからないわ」ベアトリスは肩《かた》をすくめた。

「やつらはそこにトーチャーを隠《かく》していると思う？」ぼくたちのかわいい赤ん坊《ぼう》ドラゴンが監獄《かんごく》に閉《と》じ込《こ》められているなんて、考えるだけでも耐《た》えられなかった。ぼくはふと疑問《ぎもん》に思って、「バシリスクについては何も書いてない？」と尋《たず》ねた。

「メモにはほかには何も。でも地図を見せて！」ベアトリスは地図を調べた。

「この走り書きは何かの指示のようね。『Appuyez sur les yeux et tirez la langue.《アプュイエシュールレジューエティレララーング》 目を押《お》して、言葉を引け』ですって？ 意味をなさないわね」

ぼくは地図上にいくつかの文字があるのに気がついた。それらは意味ありげに一辺に沿《そ》って並んでいた。「これが解読できる?」

そのうちのAの文字のそばに、目の色以外はまったく同じ3頭のドラゴンの頭が描《えが》かれていた。一つは赤い目で、つぎは緑、3つ目は青。さらにその下に文字が書かれていた。

「Pour《プール》 arrêter《アレテ》 les《レ》 larmes《ラルム》 d'acide《ダシッドゥ》, fermex《フェルメ》 l'œil《ロイユ》 rouge《ルージュ》.」

「『酸《さん》の涙《なみだ》を止めるために、赤い目を閉《と》じよ』という意味よ」

「フランス語でなかったらよかったのに」

「悪のドラゴン結社の騎士《きし》たちが使っていたのはフランス語です」スクラマサックスが、ベアトリスの肩越《かたご》しに見ながら、か弱い声で説明してくれた。

「馬鹿《ばか》らしい！　なぜイギリス人がフランス語を話していたの！」

「フランス語は、あなたたちがウィリアム征服王《せいふくおう》とよんでいる支配者の時代にこの国にやってきたのです。英語が普及《ふきゅう》したのは、エドワード一世のころに過ぎない……」

「聞いて！」スクラマサックスの歴史の講義をさえぎって、ベアトリスが言った。

「この地図のちょうど真ん中にこうあるの。『Utilisez《ユティリゼ》 la《ラ》 Serre《セール》 du《デュ》 Dragon《ドラゴン》 ici.《イシ》 ここでドラゴンのかぎ爪《づめ》を使え！』」

そのとき、突然《とつぜん》スクラマサックスが叫《さけ》んだ。

「ドレイク博士です！　イドリギア、エラスムスと一緒《いっしょ》に飛んできます！」

「ああ、よかった！」ベアトリスが言ったけれど、ぼくたちにはまだ何も見えなかった。スクラマサックスはどんな人間よりもはるかに優《すぐ》れた視力《しりょく》を持っていた。少しずつ少しずつ、２頭のドラゴンが飛ぶ姿《すがた》が視界《しかい》に入ってきた。数分後には、イドリギアとエラスムスはぼくたちから少し離《はな》れた山腹《さんぷく》に降《お》り立った。ドレイク博士がぼくたちのほうに走り寄ってきた。

「二人とも！　無事だったかい？」博士は近づきながら大きな声を上げた。「早く来られなくって申し訳ない。トレギーグルが攻撃《こうげき》を受けたんだ。君たちのご両親は勇敢《ゆうかん》だった。しかし、助けなしに敵を撃退《げきたい》することができなかった。エラスムスが到着《とうちゃく》したときは、まだ激《はげ》しい戦いのさなかだったんだよ」

「母さんと父さんは大丈夫《だいじょうぶ》なんですか？」ベアトリスが心配そうに尋《たず》ねた。

「心配ないよ。二人とも元気だ」ドレイク博士はベアトリスを安心させた。

「敵のうち何人かはエラスムスを見ただけで、恐《おそ》ろしさのあまり凍《こお》りついてしまった」

博士はそう言いながら、厳《きび》しい表情であたりを見回した。そして、銃《じゅう》が地面に転がっているのを見つけると、いっそう顔をこわばらせた。

「ここで何があったんだ？」

「アンダーソンさんが持ってきたものです。銃で山の一部が吹《ふ》っ飛んでしまいました」

「アンダーソン！　いったい何者だね？」博士はぼくたちと銃を見比べた。

「悪のドラゴン結社のメンバーです。ここへ向かう列車の中で会ったんです。あなたから派遣《はけん》されたと言っていました」ベアトリスが説明した。

「何だって！」いつも穏《おだ》やかなドレイク博士が、このときばかりは声を荒《あら》げた。

「彼《かれ》は秘密《ひみつ》のサインと合言葉、そのほか全部知っていました」もっと疑うべきだったことを十分承知しながら、ぼくはそうつけ加えた。

ドレイク博士は額の汗《あせ》をぬぐい、口ひげを引っぱりながら、トンネルの入口周辺の被《ひ》害《がい》のようすを見ていた。

「悪のドラゴン結社が硬《かた》い岩でも吹《ふ》き飛ばすような武器を持っているとしたら、古代の宝物《たからもの》にはたしてどんな必要を感じているのかと、みんな不思議がるだろうな」

彼《かれ》は射抜《いぬ》くような視線《しせん》をこちらに向けてきた。「それで、アンダーソン氏は今どこにいるのかね？」

「脚《あし》をけがしていますから、まだ遠くには行っていないはずです」ぼくは答えた。

ドレイク博士は向きを変えて、勇敢《ゆうかん》なドラゴンのほうに歩み寄った。

「それでは、彼がさらに悪さをする前に、イドリギアと私《わたし》で即刻《そっこく》見つけてやろう」

「待って！」ぼくは叫《さけ》んだ。博士はその場で止まり、ぼくのほうに顔を向けた。

「アンダーソンさんは良いこともしてくれたんです。裏切《うらぎ》り者がわかりました」

「裏切り者？」ドレイク博士は驚《おどろ》いたようだ。「いったいだれだと言うんだね？」

「ティブスさんです！」ベアトリスが、地図を持って答えた。

「なんとまあ！」ドレイク博士は笑い出した。「何かの冗談《じょうだん》かね？」

彼はベアトリスから地図を受け取ると、少しビクッとしたようだった。

「いったいどこでこんなものを？……ドラゴンの墓地の地図なんて……」

彼は羊皮紙《ようひし》に注目した。イドリギアも物珍《ものめずら》しそうにのぞき込《こ》んでいた。

「ティブスさんです！」ぼくは言い放った。

「彼がアンダーソンさんに渡《わた》したんです。トーチャーが誘拐《ゆうかい》されたあと彼に会いに行ったとき、12の宝物のレプリカがある部屋に彼がいるのを見つけました。ドラゴンのかぎ爪《づめ》を調べていたんです。誘拐犯《ゆうかいはん》が欲《ほ》しがっているものです。彼は、悪のドラゴン結社などないと言っていました。でも、あとで事務所を見たとき、結社に関係するものが山ほど出てきたんです」

「彼の事務所を調べたっていうのかい？」ドレイク博士はぼくたちをひとにらみしたが、とくには驚《おどろ》いていなかった。

「ぼくたちは彼を信用していません」ぼくの言葉に、ベアトリスがつけ加えた。

「トーチャーが消えたことを彼《かれ》に話したとき、博士にメッセージを送るのを拒《こば》みました。それで、彼のことを確認《かくにん》しようと思ったんです」ぼくは、ドレイク博士の顔の表情をこわごわ見ながらそう続けた。「それで、あろうことか、この地図と、悪のドラゴン結社の誓《ちか》いの言葉の写しをそこで見つけたんです！」

ドレイク博士はぼくたちを交互《こうご》に見ながら、額に不安そうなしわを寄せていた。

「なんと言ってよいものやら。これはそう簡単《かんたん》なことではないらしいな。ティブス氏は長年にわたってS《エス》.A《エイ》.S《エス》.D《ディー》.の忠実《ちゅうじつ》な会員だ。彼がそんなことをするなんて……」

「地図にメモがついていました」ベアトリスが言葉をさしはさみ、メモを渡《わた》した。

「ドラゴンの墓場への入口は、ランソーン塔《とう》のふもとにあると書かれているでしょ」

「ランソーン塔のふもとだって？」ドレイク博士は繰《く》り返した。

「少なくとも、それは何かを説明しているのだろうな」

「説明って何ですか？」ぼくは尋《たず》ねた。

「ランソーン塔というのは、ロンドン塔の一部なんだ。何百年も前に火事で焼けて、遺《い》跡《せき》のままで残されていた。しかし、現在復元されようとしている」

「では入口はロンドン塔にあるんですね！」ぼくは興奮《こうふん》をおさえられなかった。

「そして復元工事で掘《ほ》ってくれるおかげで、悪のドラゴン結社はそこにたどり着けるっていうわけね」ベアトリスが意見を述べた。

「トーチャーを隠《かく》しているのも、まちがいなくそこだわ！」

「ティブスさんがドラゴンのかぎ爪《づめ》を欲《ほ》しがったのも、それが理由だったんだ」ぼくは自分の言葉に、少し満足感を得ていた。

「地図の印を見て！『ドラゴンのかぎ爪をここで使う』」

これですべてつじつまが合った。ドレイク博士もぼくたちに同意せざるを得なかった。

「わかった。いつものことだが、君たち二人はよくやってくれた。必ず真相を突《つ》き止めよう。しかし、ティブスがあの悪巧《わるだく》みの片棒《かたぼう》を担《かつ》いでいたとは、まだ信じられないがね。とにかく、この先はイドリギアと私が引き継《つ》ごう」ドレイク博士は続けた。

「アンダーソンを見つけ出し、ドラゴンのかぎ爪を手に入れて、トーチャーを救い出すんだ。もっとも、彼《かれ》のほんとうの名前はわからんがね」

「私《わたし》たちはどうしたらいいですか?」ベアトリスは少しがっかりしたようすだった。ぼくたちはもうドラゴンのかぎ爪《づめ》を探《さが》せないんだ。

「そうだね。とにかく君たちを安全な場所へ連れていこう」ドレイク博士は頭をかきながら言った。

「ロンドンのチディングフォールド男爵《だんしゃく》の屋敷《やしき》に行ってはどうかね? ティブス氏については信じないように警告《けいこく》してくれ。ただ、くれぐれもわかってほしいんだが、彼を糾《きゅう》弾《だん》する前に確実な証拠《しょうこ》が必要だ。私が調査中であることと、私の到着《とうちゃく》までは彼の行動に気をつけること以外、何もしないようにと言っておいてくれないか?」

博士の提案を聞くと、この2、3日に経験してきたことが急に思い出され、ドッと疲《つか》れが出てきたし、少し不満な気持ちがわいてきた。

「ロンドンに帰るのには、列車で何時間もかかりますよ」

「エラスムスが君たちを連れていってくれるだろう」イドリギアがそう言って、同意を求めた。「どうかね、エラスムス？」

「何だって？」エラスムスは喜んでいないようだった。

「そんなに遠くまで、子どもを二人も乗せて飛べるかわからん。ダーシーのような太っちょを乗せて、わしはまだ疲れているんだ」

「ドラゴンの生命が危機《きき》にさらされているんだ！」イドリギアがきつくさとした。「それに、おまえがアプレンティスでわしがガーディアンである限り、わしの依頼《いらい》を断れないはずだ。おまえはまだ、人間を守ることについてたくさん学ばなきゃならん！」

「結構」エラスムスはため息をついた。

「さあ、上に乗るんだ、子どもたち。ただな、乗り心地については保証できんぞ」

「できるだけ快適にしてあげるんだ」気分屋の若い弟子《でし》に対し、イドリギアはついに我慢《がまん》できなくなったようだ。「あとで私に報告するんだ！」

エラスムスは毅然《きぜん》としていたが、ぼくたちが背中《せなか》に上るときは押《お》し黙《だま》っていた。2、3歩助走し、何度か羽ばたくと彼《かれ》は飛び立ち、ぼくたちは雲上の人となった。

「さよなら、スクラマサックス！」ぼくは叫《さけ》んだ。「傷《きず》が早く治るように祈《いの》っているよ！」

「さよなら、子どもたち！」スクラマサックスは答えた。

「すぐにまた会えるよね」偉大《いだい》なドラゴンが自分の巣にゆっくりともどって行くのが上空から見えた。その姿《すがた》は、だんだんと小さくなっていった。

ベアトリスとぼくはエラスムスの背中《せなか》にしっかりつかまり、グランピアン山脈の峰《みね》の頂《いただき》を越《こ》えようとしていた。今はエラスムスは少し穏《おだ》やかになり、ぼくたちが最後に彼《かれ》と会ってから起きたことを聞いてきた。ぼくたちは、彼に聞いてもらおうと大きな声で叫びつづけたので、声がしわがれてしまった。

「ドラゴンのかぎ爪《づめ》についておまえたちに与《あた》えた情報はどうも古かったようだ」

ぼくの話を聞いたエラスムスは、ややぎこちなく答えてきた。「そのために、経験しなくてよかったはずの危険《きけん》におまえたちが遭遇《そうぐう》したというのであれば、すまなかった」

ぼくたちは顔を見合わせた。エラスムスがあやまるなんて！　まったく予想外だった。

「もしウォーンクリフで一度降《お》りれば、爪を取ってくることができるんだが……。おまえたちが望むならばな」エラスムスが提案してくれた。

「わしの母のブライソニアがほら穴《あな》を守っている。彼女《かのじょ》は戦いのあとずっとそこにいて、ガーディアンとして部屋を守り続けている。悪のドラゴン結社に対して防御《ぼうぎょ》するよう、イドリギアとドレイク博士から言われていることもあるしな」

「ブライソニアは私たちに爪を渡《わた》してくれるかしら？」ベアトリスは疑《うたぐ》っていた。

「たぶん無理だろう」エラスムスが答えた。

「それなら、かぎ爪はドレイク博士とイドリギアにまかせて、わしは全力でロンドンに向かって飛ぶだけだ」

　彼は何回かせわしなく羽ばたき、さらに高くのぼり始めた。ぼくたちは空気が冷たくなるのを感じ、ドラゴンの背中にうずくまって暖《だん》を取った。

「しっかりつかまるんだ」ドラゴンは叫んだ。「おまえたちがこれまで経験したことがないほど、速く飛んでやる」

第10章　ロンドン

手袋《てぶくろ》を着けずに、ドラゴンに触《ふ》れることなかれ！

——『マレウス・ドラコニス』（ドラゴン・ハンマー）エドワード一世

エラスムスは南《みなみ》に向かって飛びながらときどきゴロゴロとうなったが、疲《つか》れたそぶりは見せなかった。飛行速度はすばらしかったものの、揺《ゆ》れもひどかった。太陽が沈《しず》みかけ、空が徐々《じょじょ》に暗くなると、ようやく彼《かれ》は口を開いた。

「ロンドンはもうすぐだ」そう言われて、ぼくたちはホッとした。

「到着《とうちゃく》は夜になるから、おまえたちを公園に降《お》ろそう。人目にはつかないだろう」

「ハイドパークはどうかな?」ぼくは提案した。エラスムスが着地するのに十分な広さがあったはずだし、チディングフォールド男爵《だんしゃく》の家もそれほど遠くなかったはずだ。「ボートが浮《う》かぶ池があるから、空から簡単《かんたん》に見つけられるよ。池の名まえは何だったかなあ？」ぼくはベアトリスのほうを向いた。

「サーペンタインのこと？」すぐに答えが返ってきた。さすがベアトリスだ。

「ハイドパークだな？」エラスムスは確認《かくにん》した。「降りたら、おまえたちは何をする？」

「チディングフォールド男爵を探《さが》して、助けてくれるように頼《たの》んでみるよ。誘拐《ゆうかい》の手紙にあったとおり、期限が2日間なら、トーチャーが隠《かく》されている場所を見つけるのに残された時間はわずかだよ。ぼくはただ、ドレイク博士とイドリギアが時間内にぼくたちに追いついてほしいと望むだけだよ」

「わしがイドリギアを見つけて、おまえたちが安全だということを伝えてやる」

「でも先に、ドラゴンズブルックへ飛んでいって、何が起きているかダーシーに伝えることはできるかな？」

「それとティブスさんに気をつけるように言ってちょうだい」ベアトリスがつけ加えた。

エラスムスは雪のように白い頭を下げて、うなずいた。

空気が澄《す》んでいて、夜になるにつれ寒さが増してきた。でも雨になることはないだろう。眼下に見えるグレート・ノース・ロード沿《ぞ》いには明かりが燈《とも》りはじめていた。エラスムスはかなりの上空を飛んでいたが、ロンドンへと続く道からそれることはなかった。しばらくすると、ガス燈《とう》の明かりが密集《みっしゅう》するようになり、巨大《きょだい》な都市に達したことがわかった。ぼくたちはホッとして、首都の夜景をうっとりと眺《なが》めた。エラスムスは街の中心に向かって飛びつづけた。通りがだんだん広くなり、ぼくたちは広い公園を探《さが》した。

「あそこ！」一点を指して、ベアトリスが叫《さけ》んだ。「ハイドパークじゃない？」

「エラスムス？　サーペンタインはヘビのような形の池だけど、見当たらないかい？」

今度はぼくが質問した。

「池がある」とエラスムス。「でも、ヘビのような形ではない。どちらかと言うと矢じりに見える。ライオンの檻《おり》が見えるぞ。ゾウもいる。シロクマのようなものも見える」

「ホッキョクグマよ！　リージェンツパークに違《ちが》いないわ。ロンドン動物園の動物たちよ！」ベアトリスはうなずいた。自分たちがどこにいるのかわかったのでひと安心だ。

ハイドパークまでは遠くないはずだった。ロンドンの地図は何度も見てきた。ぼくは目を閉《と》じ、そのうちの一つを頭の中で再現しようとした。

「南西の方角にもう少し飛ぶ必要があると思うよ。そっちに公園が見える？」

「長方形の形の公園に、池が二つあるのが見える。一つは確かにヘビの形に見える。左の方角に湾曲《わんきょく》しているようだ」とエラスムスが答えてくれた。

「それがサーペンタインだよ！」はやる思いで叫び、ぼくは目を開けた。「そこに着地できる？」

エラスムスは直前まで空高く飛んでいたが、急降下《きゅうこうか》すると、その大きな爪《つめ》で立派《りっぱ》な緑の草地に着地しようとした。しかし、ちょうどそのとき、驚《おどろ》いたような叫び声が2回聞こえた。エラスムスはすぐさま舞《ま》い上がった。

「ほかに近くで降《お》りられるところはないかしら？」とベアトリス。

「グリーンパークがあるよ」ぼくは頭の中の地図を確認《かくにん》しながら、提案した。

「すぐ向こう側に別の公園が見えない？」エラスムスにもう一度呼《よ》びかけた。

エラスムスはうなずくと、広い芝地《しばち》になっているところを目がけて降下《こうか》しはじめ、わずかな衝撃《しょうげき》とともに着地した。

やっと地面に降《お》り立つことができて、心底ホッとしていた。ベアトリスとぼくはドラゴンの背《せ》からすべり降りた。周囲にはだれもいないようだったが、エラスムスはすぐにこの場を立ち去ろうとしていた。だれにも見られたくなかったのだ。

「幸運を祈《いの》る」エラスムスは飛び立つ準備をしながらぼくたちにささやいた。

「気をつけてね、エラスムス！」ぼくはびっくりしながら、笑顔《えがお》で答えた。

「今『幸運を』って言ってくれたけれど、人間に対する思いはまだ変わらない？」

フロストドラゴンは少しイラついたようだった。

「ドラゴンスピードで行くんだ！」彼《かれ》はそれでぼくを黙《だま》らせようとしたようだ。

「赤ん坊《ぼう》ドラゴンに何が起こっているのか探《さぐ》ってくれ」

ぼくたちは、エラスムスが夜空に消えていくのを見送ることもなく、とにかく急いだ。

もちろん、小さな池のフラミンゴが、立ったまま一本足で眠《ねむ》っているのを眺《なが》めることもなかった。待てよ……。

「ベアトリス！　グリーンパークには池なんてなかったはずだよ」ぼくは声をひそめて言った。

「えっ、そうなの？」ベアトリスはびっくりしたようだ。

「聞いたこともないよ。フラミンゴがいるってこともね」

「私《わたし》はロンドンの公園は詳《くわ》しくないけど。じゃあ、私たちはいったいどこに降りたの？」

公園の向こう側には、どこかで見たような大きな建物があった。3階か4階建てで、クラシックな柱があり、長方形の窓《まど》と、壁《かべ》に沿《そ》って彫刻《ちょうこく》されたパネルがあった。屋根の上には旗が掲《かか》げられていた。

「たいへんだ！」ぼくは恐《おそ》ろしくて息を飲んだ。そこがどこなのかがわかったからだ。

「エラスムスは、ぼくたちをバッキンガム宮殿《きゅうでん》の中庭に降ろしてしまったんだ！」

「ええっ！　それじゃここから出なくちゃ。急いで！」今度はベアトリスが大声を出す番だった。

ぼくたちは池を通り過ぎ、庭の周りをぐるりと回った。見えたのは信じられないくらい高い壁《かべ》と、その上にある尖《とが》った泥棒除《どろぼうよ》けだけだった。

「通用門の一つが開くかもしれないわ」

「やってみる価値《かち》はあるね」ぼくはベアトリスの提案に同意した。壁のへりに沿《そ》って宮殿《きゅうでん》のほうに進むと、突然恐《とつぜんおそ》ろしげに吠《ほ》える声が聞こえた。

「イヌよ！」ベアトリスはその場に立ちすくんでしまった。

「女王はペットを飼《か》ってなかった？」それで姉さんが安心するわけがなかった。

「小型のポメラニアンだったはずよ」ベアトリスは泣きだしそうになった。「あの吠え声は大型シェパードのようだったわ！」

イヌがリードから外され、ぼくたちをかぎつけたときのことを考えたくなかった。やつらはまちがいなくぼくたちの服にドラゴンのにおいをかぎ取るだろう。その先に何が起こるか……。

「しようがないな。守衛を探《さが》して、チディングフォールド男爵《だんしゃく》のところにぼくたちを連れていってくれるようにお願いするしかないよ」ぼくたちは現実を認《みと》めざるを得なかった。しぶしぶ向きを変え、宮殿の建物の方角にもどり始めた。

すぐに、吠え声がいっそう激《はげ》しくなった。通用門から建物に向けて照明が点灯され、2階の窓《まど》が開いた。

ぼくたちは手を頭の上にあげて、叫《さけ》んだ。「降伏《こうふく》します！　何もしません！」

「子どもです！」そう叫んだベアトリスの声は震《ふる》えていた。「静かにします」

少し間をおいて、3人の男たちが芝生《しばふ》を横切ってぼくたちに向かってきた。腰《こし》にはランタンが揺《ゆ》れていた。きっと女王の近衛兵《このえへい》だろう。2人は赤い制服にベアスキン帽《ぼう》をかぶり、長いライフルを持っていた。3人目は警察官《けいさつかん》の黒い制服姿《すがた》だった。それぞれに、怒《いか》り狂《くる》ったイヌをつないだリードを握《にぎ》っていた。ベアトリスが正しかった。イヌたちは、ほんとうにどう猛《もう》そうだった。

ぼくはふと2階の窓を見上げた。一つの影《かげ》がこちらをのぞき込《こ》んでいたが、室内にもどろうとするときに姿《すがた》がチラッと見えただけで、そのあと窓《まど》は閉《し》められた。

「そこから動くな！　見えるように、手を高く挙げるんだ！」警察官《けいさつかん》が命じた。

３人の男はぼくたちが立っているところにずんずんと進んできた。イヌたちは近づくにつれ、垂《た》らすよだれが多くなっていた。

「ほんとうにすみません……」男たちはベアトリスの言葉をまるで無視《むし》した。

「さて、さて」歯をむくイヌをぼくたちのひざ先まで近づけて、最初の男が言った。

「見たところ、いつものごろつきどもとは違《ちが》うようだな。身なりがよすぎる」

「おまえたちはどうやってここに入った？」２番目の近衛兵《このえへい》が問いつめた。

「わしは一晩《ひとばん》じゅう見張りについていたが、おまえらを見ることはなかったぞ」

「ええと……」ぼくは説明しようとした。

「おおかた居眠《いねむ》りでもしていたんじゃないのか？　どうなんだ？」最初の近衛兵が話に割《わ》り込《こ》んで仲間に悪態をつこうとしたが、ぼくたちのことは完全に無視していた。イヌがぐるぐる回りはじめた。ドラゴンのにおいをかぎつけたんだろうか？

「この子たちをどうする？」警察官が尋《たず》ねた。

「尋問《じんもん》するには、今日は遅《おそ》すぎる」２番目の近衛兵が答えながら、イヌをぼくたちから離《はな》そうとした。「今夜は守衛所《しゅえいじょ》でこの子たちを見張ろう。明日になったら、警察のほうで何とかしてくれ」

彼《かれ》はぼくたちに向かって威嚇《いかく》するように指を振《ふ》った。ぼくは囚人《しゅうじん》のように扱《あつか》われるかと思うと恐《おそ》ろしくなったが、それよりも、トーチャーのことが心配だった。一晩時間を無駄《むだ》にすることなんてできない。悪のドラゴン結社が悪だくみを実行するまでには、あと一晩しか残されていないんだ。ぼくは言わなきゃならなかった。

「ぼくたちは……」ところが２番目の近衛兵がぼくの言葉をさえぎった。

「まったく！」彼は意地悪そうな含《ふく》み笑いをしながら言った。「おまえたちの両親が、今いる場所を知ったらしこたま叱《しか》られるだろうな！」

「両親に責任《せきにん》がある場合はな」最初の近衛兵が同意した。

「こんな悪さは、言ってみればアメリカの東部13州のようなもんだな」

この人たちは、ぼくたちをからかっているのだろうか、それとも大まじめなんだろうか？　まったく腹立《はらだ》たしかった。とにかくイヌを離《はな》してほしかった。

「わかってください！　ぼくたちはチディングフォールド男爵《だんしゃく》に会わなきゃならないんです！」ぼくはついに口走った。

「男爵のだれだって？」警察官《けいさつかん》は頭が真っ白になったようだった。

「チディングフォールド男爵なんていう名まえを聞いたことはないぞ」

「とにかく急いで彼《かれ》に会って、伝えなければならないたいせつな用事があるんです」

今度はベアトリスが懇願《こんがん》した。

「周りを見るんだ、お嬢《じょう》さん」最初の近衛兵《このえへい》がちらちらこちらを見ながら言った。「君たちは見てのとおり、ひと悶着《もんちゃく》起こしているんだよ。とにかく静かにしているんだ。つくり話でもしようものなら、事態《じたい》は悪くなるだけだぞ」

「でもほんとうに、チディングフォールド男爵に話さなくちゃならないんです」

ぼくは言い張ったが、彼《かれ》らにぼくたちの話をまじめに聞いてもらうためにどう言ったらいいのか、まったく頭が回らなかった。

「首相《しゅしょう》に聞いてもらえませんか？」ぼくはやけくそ気味に言った。

「首相なら、ぼくたちがだれだか言ってくれますよ！」

「なんと、今度は首相が友人だと言うのか？」警察官はあざ笑って、言い返した。「たわ言はもうたくさんだ。今夜はだれにも話すことはできないぞ。おまえたちはな……」

警察官が続けようとしたときに、別の叫《さけ》び声で止められた。守衛が芝生《しばふ》を横切って、腕《うで》を振《ふ》りながらぼくたちのほうに走ってきた。ぼくはとっさに幸運を祈《いの》り、このひどい状況《じょうきょう》から救い出してくれる奇跡《きせき》が起こることを期待した。

「これでさらにのっぴきならない羽目になったな！」最初の近衛兵がぼくたちに言葉をかけ、意味ありげに笑いながら怒《いか》り狂《くる》ったイヌをなだめていた。

「女王陛下《へいか》がおまえたちをご覧《らん》になったんだ。陛下《へいか》は侵入者《しんにゅうしゃ》を快く思っておられないはずだ」今度は耳ざわりなほど笑った。

「陛下はおまえたちを牢獄《ろうごく》に閉《と》じ込《こ》めることもできるんだぞ！」警察官がつけ加え、3

人の男たちはいっせいに高笑いした。ベアトリスとぼくはあせりと心配の気持ちを押《お》さえるのに必死だった。

守衛は近づいてくると、ぼくたちの頭から足の先まで、とがめるような目でにらみつけた。

「女王陛下《へいか》はこの子どもたちを宮殿《きゅうでん》内に連れてくるようにとの仰《おお》せだ。彼《かれ》らが着いたところをご覧《らん》になっていて、連行される前に質問をしたいとおっしゃっている。私《わたし》は二人をすぐに、音楽の間に送り届《とど》けなければならない」守衛は一気にまくしたてた。

近衛兵《このえへい》はびっくりしていた。警察官《けいさつかん》も口あんぐりだ。ぼくたちは釈放《しゃくほう》された。守衛について歩き出すと、イヌたちのがっかりしたような声が聞こえた。これはぼくが望んだ奇跡《きせき》なんだろうか？　それとももっと深みにはまり込《こ》んでしまうんだろうか？

守衛について芝生《しばふ》を横切ったぼくたちは、クラシックな柱の横にある小さな扉《とびら》から中に入った。彼《かれ》は、2本のちいさなろうそくがあるだけの暗い部屋にぼくたちを案内した。ぼくの目は、天井《てんじょう》の石こうのバラ模様《もよう》からつり下げられた、豪華《ごうか》なつくりのシャンデリアに引きつけられた。その下には、大きなピアノがあった。明かりがつけられていなかったので、ピアノの横に立っている人影《ひとかげ》に気づくまで、しばらく時間がかかった。小柄《こがら》な女性だったが、ボリュームのある、レース仕立ての黒のドレスを着ていた。だれあろうヴィクトリア女王だった！

女王は想像していたより背《せ》が低かった。その不機嫌《ふきげん》な表情を見たとき、悪い予感がした。普通《ふつう》なら、偉大《いだい》な元首にお会いするのは大感激《だいかんげき》だったはずだ。ところがこのような状況《じょうきょう》で、ぼくはすっかり作法を忘《わす》れてしまった。頭を下げることもできず、ぼう然としてこの偉大な貴婦人《きふじん》の前に立ち尽《つ》くしていた。恐《おそ》ろしい運命が待っていることを考えると、苦しさしか感じなかった。

女王はぼくたちに目をすえると、守衛に下がるように言った。彼女《かのじょ》は扉が閉《し》まるのを待ってから、ぼくたちのほうを向き、まゆをひそめた。

「知っておるか？　昔は、危険《きけん》なけだものと一緒《いっしょ》に宮殿内に入り込《こ》んだ者はだれであろうと斬首《ざんしゅ》されたのじゃ」

「誠《まこと》に申し訳ありません、女王陛下様《へいか》」ベアトリスは言った。「何か害を加えようなどとしたのではございません」ベアトリスは深い恭順《きょうじゅん》の意を示し、お辞儀《じぎ》をした。

「害を加えようとしたのではないとな？　宮殿《きゅうでん》の芝生《しばふ》に、火を吐《は》く巨大《きょだい》なドラゴンと降《お》り立ったのに？　朕《ちん》のペットを怖《こわ》がらせるだけにとどまらず、けだものがすばやく飛び立つことがなかったら、この宮殿《きゅうでん》の守衛たちの命をも危険《きけん》にさらしていたというのに！」

「こんなことはもう二度と起こしません、女王陛下様」ぼくはそう約束しながらも、やっと作法を思い出して、できるだけ低くお辞儀《じぎ》をした。

「二度と、起こさないようにすべきであるな」鋭《するど》く言い返した女王のくちびるは、非難《ひなん》するようにキッと結ばれていた。

そのあと突然《とつぜん》に、女王はやさしい笑顔《えがお》を見せた。目を輝《かがや》かせ、少し含《ふく》み笑いをしているようだった。「実を言うとね」声の調子もやさしくなっている。彼女は打ち明けはじめた。「現在《げんざい》では打ち首のような習慣はないのよ。厄介《やっかい》で、不快な仕事だわ。ということで、あなたたちを許《ゆる》さなくてはならないようね」

ベアトリスが息をつき、ホッとしているのがわかった。ぼくの心臓《しんぞう》の高鳴りもやっとおさまった。

「バッキンガム宮殿《きゅうでん》にドラゴンで降《お》り立つような勇敢《ゆうかん》な子どもは、この国には二人しかいないはずよ」女王はぼくを見て、つぎにベアトリスに目を移した。「私《わたし》は、高名なドラゴン学者のダニエルとベアトリスのクック姉弟《きょうだい》と、今話しているのね」

口をあんぐり開けて1分ほど立ち尽《つ》くしていただろうか。そのあと、ぼくはやっと声を出せた。「はい……、そうです。女王陛下《へいか》様」

「グラッドストーン首相《しゅしょう》が、チディングフォールド男爵《だんしゃく》とドレイク博士、それとお仲間のドラゴン学者たちの果たしている仕事について、知る限りを話してくれています。ただ私はこの目でドラゴンを見ようとは思ってもいませんでした。その経験をさせてくれたお二人には感謝しますよ」

ぼくは混乱《こんらん》していた。最初に、ぼくたちは斬首《ざんしゅ》の話で脅《おど》かされた。ところが今度は、女王は宮殿《きゅうでん》の中庭に降り立ったことに感謝してくれている！

「さてダニエルとベアトリス、この宮殿にドラゴンが降り立ったことに気づいた者はほかにいないはずです。あなたたちは幸運ですね。ところで、あのドラゴンの名まえは？」

「エラスムスです、陛下《へいか》」

「エラスムス……、なんとすばらしいのでしょう」女王は深みのある声で言った。

「ガーディアンの弟子《でし》（アプレンティス）ね！　ただ私はあなたたちにあやまらなければなりません」彼女《かのじょ》は伏《ふ》し目がちになった。

「あなたたちの大事なドラゴンの赤ん坊《ぼう》の、トーチャーが連れ去られたでしょう？」

「どうしてそれをご存《ぞん》じなのでしょうか、陛下？」それ以降《いこう》、話し合いはいっそうおかしな方向に向かっていった。

女王はいわくありげにほほ笑《え》んだ。「お話ししたように、グラッドストーンが報告してくれているのよ。ドラゴンの赤ん坊が見知らぬ男たちに閉《と》じ込《こ》められている事実は、わが王室にとっても重大な関心事なの」

「ぼくたちは、S.A.S.D.《エスエイエスディー》に裏切《うらぎ》り者がいることを心配しています」

「裏切《うらぎ》り者ですって？」女王は大きな声を出した。「でも、いったいだれが……」

「残念ですが、それはティブスさんです、陛下《へいか》」ベアトリスが注意深く言った。

「ティブス、ティブス、ちょっと待って……」女王は少しのあいだ考えていた。

「ああ、わかったわ！　チディングフォールド男爵《だんしゃく》の個人秘書《ひしょ》でしょう？　苦虫をかみつぶしたような顔をしている男性ね？　ライムジュースに酢《す》を混ぜたものを一杯《ぱい》ひっかけたように見える人ね」彼女は自分の考えが楽しかったようで、しばし笑った。

「でも、彼《かれ》は任務《にんむ》を着実に果たす男だと聞いているわ。ほんとうに彼を疑《うたぐ》っているの？」

「残念ですが、証拠《しょうこ》があるんです」ぼくは重々しく答えた。

「だから、すぐにチディングフォールド男爵《だんしゃく》に会って、警告《けいこく》する必要があるんです。それが、トーチャーを救い出すためのたった一つの望みかもしれないんです！」

「たった一つの望みですって？」女王は繰《く》り返した。

「それでは、あなたたちを一刻《いっこく》も早くチディングフォールド男爵の家に送り届《とど》けなきゃならないわね」

女王は暖炉《だんろ》に近づくと、凝《こ》った飾《かざ》りと刺《し》しゅうのついたベルのひもを引っ張った。そのあと、こちらを振《ふ》り向いた顔は、ほほ笑《え》みでしわだらけになっていた。

「あなたたち二人とこうしてお話ができたことは、この上ない喜びでした。次回はもっと長く滞在《たいざい》して、ドラゴンの冒険《ぼうけん》のことを話してくださいな。あなたたちの手柄《てがら》についてたくさん聞いていますよ。でも直接聞きたいわね。例えば、ナーガ・ドラゴンに訪《おとず》れた災難《さいなん》とか、あなたたちがどのようにヒドラを説得してジャイサルメールへ連れていってもらったかとか、それに宏偉寺《ホンウェイじ》はどのような寺だったのか、などね。ああ、ほんとうに聞きたいことがたくさんあるわ！」

「女王陛下《へいか》がお望みでしたら、私《わたし》たちは喜んで、いつでももどってまいります」ベアトリスは答えながら、わずかにお辞儀《じぎ》をした。

「それではその準備もしましょう」女王は手をたたいた。

「でも今はあなたたちの幸運を祈《いの》りましょう。さあ、行ってちょうだい。あなたたちが言うように、ドラゴンスピードで！」

女王は部屋の外に控《ひか》えていた守衛を呼《よ》びいれ、ぼくたちがチディングフォールド男爵《だんしゃく》の家まで安全に行くための手配をするように指示した。

ほんの数分後には、ぼくたちは通りを走る馬車の中にいた。同乗していたのは、ぼくたちを牢獄《ろうごく》に入れると言っていたあの警察官《けいさつかん》だった。今度は、別人のような態度《たいど》だった。

「女王陛下《へいか》があなたたちをご存《ぞん》じとは！」彼《かれ》は驚《おどろ》いていた。

「今はこうしてチディングフォールド男爵の家に向かっておりますが、これだけでよろしいのでしょうか？」

「それではあなたはチディングフォールド男爵を知っているのですね？」ぼくはわざと冷たく聞いてみた。ぼくは何もばらすつもりはなかった。

「もちろんであります。あの庭にいたときは、お二人が男爵のような身分の高い人とどのような関係があるのか知らなかっただけです」

しばらくすると、堂々とした都会の邸宅街《ていたくがい》に差しかかった。そして馬車は22番と記された扉《とびら》の外に横付けされた。

「こちらがチディングフォールド男爵の邸宅《ていたく》です。何かほかに御用《ごよう》はございますか？」

警察官は言った。

ベアトリスは目を細め、馬車から降《お》りながら「ありがとう」と答えた。

「あとは私《わたし》たちだけで進められるわ」

「結構ですな、お嬢《じょう》さん。それでは私はもどるとしましょう」ベアトリスの敵対心を軽く受け流した警察官は、ほがらかにほほ笑《え》み、帽子《ぼうし》に触《ふ》れながら言った。

「私はゴワーと申します。宮殿《きゅうでん》の庭で次に何か不都合がございましたら、いつでもお申し付けください。必ずやお助けにまいりましょう」

馬車が石畳《いしだたみ》をガラガラと音を立てて去ると、ぼくたちはチディングフォールド男爵の家の大きな黒い扉まで階段《かいだん》を3段《だん》上った。よく輝《かがや》いている真鍮《しんちゅう》のノッカーを握《にぎ》り、ノックした。よく響《ひび》く音がその一帯にこだまし、夜のしじまを破《やぶ》った。しばらく待った。ところが、だれも現れなかった。

第11章　正体が明かされる

けだものの巣に向かって進む前に、甲冑《かっちゅう》が万全であることと、手持ちの武器が研《と》ぎ澄《す》まされていることを確認《かくにん》するのだ。さらに、君子危《あや》うきに近寄らず、ということを忘《わす》れてはならぬ。

――『マレウス・ドラコニス』（ドラゴン・ハンマー）エドワード一世

ぼくたちは、チディングフォールド男爵《だんしゃく》の玄関扉《げんかんとびら》を10分ほどノックし続けた。やっと、カギ束のガチャガチャという音で、だれかが扉を開けようとしていることがわかった。ガウンとスリッパ、そして白いナイトキャップをかぶった男の人が扉をわずかに開け、にらみつけてきた。男爵の執事《しつじ》だった。

「だれだ？　今何時かわかっているのか？」

実際のところ、それまであまりにも多くのことが起こったので、ぼくたちは時間の感覚がまったくなくなっていた。この時間にチディングフォールド男爵が床《とこ》についていようなどと、一瞬《いっしゅん》たりとも考えていなかった。

「ほんとうにすみません」ベアトリスが懇願《こんがん》するように答えた。

「こんな遅《おそ》い時間にあなたを起こすつもりなどなかったんです。もしこれが……」

「生死にかかわることでなければ！」ぼくがさえぎって言った。

「私《わたし》たちはベアトリスとダニエルのクック姉弟《きょうだい》です」ベアトリスが続けた。

「男爵に大至急《だいしきゅう》お伝えしなければならないことがあるんです！」

執事は明らかにイライラしながら、懐中時計《かいちゅうどけい》を取り出して見た。

「明日の朝11時過ぎにもう一度来るんだ」

「11時ですって？　それじゃ遅《おそ》すぎるんです！」ぼくはうめき声をあげた。

「残念だが」執事はそう言いながら、目の前で扉をバタンと閉《し》めた。

「待って！」ベアトリスは大声で呼《よ》び、ぼくのほうを向いた。「どうすればいいの！」

「やっぱり、あの警察官《けいさつかん》に付き添《そ》ってくれるようお願いすべきだったのかも」

「手遅《ておく》れよ！　時間がどんどん過ぎるわ。なんとかして男爵《だんしゃく》に会わなくちゃ！」

「ビリーとアリシアが中にいるはずだ」ぼくはひらめいた。「あの子たちに連絡《れんらく》できないかな？」

ぼくは縁石《えんせき》に小石があるのに気づき、しゃがんで拾い上げた。一つを右手にしっかり握《にぎ》り、残りを左手で握った。

「気をつけて！」ベアトリスはぼくが何をしようとしているかをすぐに理解し、あえぐように言った。「もうこれ以上もめ事に巻《ま》き込《こ》まれたくないわ」

「でも、何もせずにここにいるわけにはいかないよ」

右手を後ろにかまえながら、ぼくは何か手がかりはないかと窓《まど》を見渡《みわた》した。建物は4階建てで、屋根の上に小さな窓がいくつかあった。

「どれから試《ため》してみようか？」ぼくは手の中で石を転がして、投げる準備をした。

「屋根の窓じゃないわ」ベアトリスは、もういつものように落ち着いていた。

「あれは召使《めしつかい》の部屋よ」

「わかった。それじゃ3階の窓にしよう。たぶん家族の寝室《しんしつ》だと思うよ」

「こんなこと言いたくないけど、ダニエル」ベアトリスは少し顔を曇《くも》らせていた。

「お願いだから、何も壊《こわ》さないでね」

ぼくはねらいをつけて石を投げた。最初の石はねらいから大きく外れた。今度はもっと集中して、ねらいをしっかりと定めた。なんとか3階の同じ窓に、1回、2回、3回と石を当てることができた。

「執事《しつじ》の寝室じゃありませんように」ベアトリスが言った。

窓からだれかが顔を出した。ぼくたちは2、3歩後ろに下がって通りから見たが、暗くて顔は確認《かくにん》できなかった。

「ビリーじゃない？」ベアトリスはホッとしたように叫《さけ》んだ。

ぼくはもう一つ石を投げようとして振《ふ》りかぶった。でも、ベアトリスがぼくの腕《うで》をつかんで離《はな》さなかった。ギシギシと窓が開く音が聞こえ、だれかが身を乗り出した。

「ねえ！」聞きなれた声だった。「何をしているの？　だれなの？」

ぼくはS《エス》.A《エイ》.S《エス》.D《ディー》.の合言葉を言った。「ドラゴンが飛ぶときは……?」執事《しつじ》が目覚めないように、ぼくはささやいた。

「それを目で探《さが》す!」声が返ってきた。「ダニエル、君なの?」

「そうだよ、ビリー。シーッ!」ぼくは声をひそめた。「執事に聞かれたくないんだよ」

「ごめん」ビリーが押《お》し殺した声で答え、下がよく見えるように、窓《まど》からさらに身を乗り出した。「いったいどこにいたんだい?」

「スクラマサックスに会ってきたんだ」ぼくは声をひそめたままだった。

「それで今度は君のお父さんに至急《しきゅう》話さなくちゃならないんだ」

「でも、お父さんは今、ウォーンクリフだよ!」ビリーがささやいた。

「ブライソニアに会いにいくって言っていた。明日までは帰ってこないよ」

窓から二人目が顔を出した。

「あなたたち!」アリシアが叫《さけ》んだ。ぼくたちに会えてうれしかったようだ。

「みんな心配していたのよ。悪のドラゴン結社に誘拐《ゆうかい》されたんじゃないかって。ティブスさんが来て、わたしたちに家でおとなしくしているように言ったの」

「ティブスさんが？」ぼくは思わず大声を出した。

「シーッ！」ベアトリスは指を口に当てて、鋭《するど》いまなざしを向けた。

「そうよ」アリシアは続けた。

「お父さんが彼《かれ》に頼《たの》んで、わたしたちから目を離《はな》さないようにしてもらったの」

「でも彼に……！」ぼくは叫んだ。

「彼にはそんなことはさせられないよ！　裏切《うらぎ》り者なんだ！」

「何ですって？」

つぎの言葉を口にする前に、チディングフォールド家のポーチに明かりがつき、扉《とびら》が開け放たれ、そこに見慣《みな》れた姿《すがた》が浮《う》かび上がった。

「ティブスさんだ！」ぼくはベアトリスに叫んだ。「逃《に》げるんだ！」

でも、ぼくの足はそこに根が生えたように動かなかった。ティブスさんが飛んできて、ぼくのえりくびをつかむと、家の中に引っぱり入れた。ベアトリスは、恐怖《きょうふ》におののきながら後ずさった。

「よかった。二人は無事だったようだな」ティブスさんはぶっきらぼうに言った。

「無事ですって？　無事って、どういうことかしら？」

「危害《きがい》を加えられなかったということだよ。当たり前だろ」

ベアトリスはもう少し後ろに下がった。

「急げ！」ティブスさんは、すっかり身支度《みじたく》を整えた執事《しつじ》に命じた。

「あの子を中に入れるんだ。こののろま！　この子たちを中に入れないなんて、いったい何を考えているんだ！」

執事はそんな言葉を気にすることなく、ベアトリスに近づいていった。

「逃《に》げろ！」ぼくはせき立てた。

でも、執事はあっと言う間にベアトリスをつかまえてしまった。彼《かれ》はベアトリスの肩《かた》に右腕《みぎうで》を回し、建物の中に導いた。ティブスさんは、不安そうな顔つきで通りをあちこち見渡《みわた》しながらも、ものすごい力でぼくをつかんでいた。

「だれにもつけられなかったか？」彼は心配げに尋《たず》ねた。

「ここにいて、私《わたし》の指示なしには家からだれも出入りさせないようにするんだ。何が起きたのか調べなきゃならん」彼は執事に向き直って言った。

「承知しました」

「ああ、それと馬車を呼《よ》ぶんだ」

「かしこまりました」執事が急いで通りに出ていくと、ティブスさんはドアを閉《し》め、ぼくたちを客間に引っぱっていった。

「どうしてトーチャーを誘拐《ゆうかい》したの？」ベアトリスは間髪《かんぱつ》を入れずに聞いた。ぼくたちは今、S《エス》.A《エイ》.S《エス》.D《ディー》.の裏切《うらぎ》り者を相手にしているのだ。

「おまえたちはいったい何を言っているんだ？」ティブスさんは少し混乱《こんらん》しているようだった。

「何もかも知っているんでしょ！」ベアトリスは鋭《するど》く言い返した。

「わかっているのよ。だからあなたに聞いているの！」

「何を言っているのか、さっぱりわからん」ティブスさんは怒鳴《どな》り散らした。心配そうな顔はすぐにイライラしたようすに変わった。ホールで音がしたので振《ふ》り向くと、ビリーとアリシアがちょうど部屋に入ってきたところだった。

彼《かれ》らの顔を見ると、ぼくがティブスさんについて言おうとしていたことを理解したようだった。彼らが疑《うたが》いの目を向けると、ティブスさんは動揺《どうよう》したようだった。ぼくは彼がすぐにも白状《はくじょう》するかと思ったが、そうではなかった。

「どうして私《わたし》のところにまっすぐ来なかったんだ?」不機嫌《ふきげん》な声で尋《たず》ねた。「私がおまえたちを助けてやれたのに」

「おやおや、このあいだぼくたちを助けてくれたようにですか?」

「S.《エス》A.《エイ》S.《エス》D.《ディー》の本部に、私たちが助けを求めに行ったときのことよ!」ベアトリスが彼に思い出させた。

「ああ、そうだったな」彼は口調を弱めて答えた。「それについては申し訳《わけ》ない。そのときは事の重大さを十分に理解していなかったんだ」

その声はほんとうらしく聞こえた。しかしアンダーソンにこっぴどくだまされたあとだったので、ぼくたちはまったく受け入れられなかった。

「そんな見え透《す》いたうそはやめて」ベアトリスが言った。

「わたしたちに何をしようとしているのか、言ってちょうだい」

「君たちに何をするって言うんだ？」ティブスさんは大声を出した。

「さっきからいったい何を言っているんだ？　私《わたし》が知っているのは、チディングフォールド男爵《だんしゃく》からもらったメモにあったように、君たちが、トーチャーと引き換《か》えにドラゴンのかぎ爪《づめ》を要求する手紙を受け取った、ということだけだ。彼は、君たちがベンウィヴィスからもどったら、君たちを見守るように私に依頼《いらい》したんだ」

「あなたが、私たちを見守る、ですって！」ベアトリスは感情を爆発《ばくはつ》させた。

「あなたこそ、トーチャーを誘拐《ゆうかい》して私たちを殺そうとした当人じゃないの！　知っているのよ。さあ、もう認《みと》めてもいいんじゃないのかしら。あなたがS.《エス》A.《エイ》S.《エス》D.《ディー》の裏切《うらぎ》り者だっていうことを！」

「裏切《うらぎ》り者?」ティブスさんはすっとんきょうな顔をしている。

「馬鹿《ばか》なことを言うんじゃない。どうして私《わたし》が君たちを殺さなきゃならないんだ? それにトーチャーを誘拐《ゆうかい》してどんないいことがあるって言うんだ?」ティブスさんは顔を曇《くも》らせて言った。「ドレイク博士が君たちに吹《ふ》きこんだのか?」

「あなたはぼくたちに尾行《びこう》をつけたじゃないですか。スクラマサックスを殺したかったんでしょ!」ぼくは叫《さけ》んだ。

「アンダーソンを使って、銃《じゅう》で殺そうとしましたね!」

「馬鹿な! ドラゴンは銃では殺せないんだ。君たちも知っているはずだ!」

「そうね、でもアンダーソンはできると思っていたようね。それに、彼《かれ》の銃は巣に大きな穴《あな》を開けるほどすごかったのよ。ダニエルが勇敢《ゆうかん》に働かなかったら、私たち二人ともここにいられなかったわ」ベアトリスが言った。

「アンダーソンはドラゴンの墓地の地図を持っていた」今度はぼくの番だ。

「ぼくたちがドレイク博士にその地図を見せたことで、博士も真実がわかったんだ。博士は今ここに向かっている。彼が着いたら、あなたは後悔《こうかい》するはずさ」

「『わかっている』って、いったい君たちは何をわかっているって言うんだ？」

そう尋《たず》ねたティブスさんの額には、深いしわが刻《きざ》まれていた。

「ぼくたちはあなたの事務所で地図を見たんですよ。それに悪のドラゴン結社の忠誠《ちゅうせい》の誓《ちか》いもあった！」

「そうか、私《わたし》の事務所でそんなことをしていたのか。君たちは私のことをスパイしていたんだ！」ティブスさんはカーッとなって言い返した。

「そうよ、だから私たちはわかったの！　私たちはチディングフォールド男爵《だんしゃく》に警告《けいこく》するためにここに来たの。でも、代わりにあなたがいたわ」だんだんとベアトリスの声のトーンが落ちてきた。

「要するに……、あなたの勝ちっていうわけね」彼女は意気消沈《しょうちん》して、足元のペルシャじゅうたんを見つめた。

「でも少なくともあなたは、ドラゴンのかぎ爪《づめ》を手に入れることはできない！」ぼくは彼《かれ》をまっすぐ見つめ、挑戦的《ちょうせんてき》に腕《うで》を組んだ。

「ドラゴンのかぎ爪《づめ》を手に入れる？」ティブスさんは当惑《とうわく》したようすで頭をかいた。

「君たちがずうずうしくかぎまわったことから、こんな馬鹿《ばか》げた誤解《ごかい》が出てきたのか！　私《わたし》がもっと真剣《しんけん》に、トーチャーについての君たちの警告《けいこく》に注意を払《はら》うべきだったことは認《みと》めよう。悪のドラゴン結社に対する考え方を変えはじめたこともな。しかし、アンダーソンなどという男がだれなのかも、銃《じゅう》のことも何も知らんし、馬鹿げた話としか思えん！」

ベアトリスは明らかに彼《かれ》の反応に不意を突《つ》かれていた。

「でも、あなたはドラゴンの墓地の地図を持っていたでしょ？」

「そうだ。悪のドラゴン結社の復活が、ドラゴンが攻撃《こうげき》されたほんとうの理由かどうか、私にはわからん。しかし、何かおかしなことが起こりつつあるし、それがやつらの伝説に関連していることも確かだ。その組織について調べたんだが、調べること自体は別にむずかしいことではなかった。ドラゴン・マスターだったエベニーザー・クルックが、悪のドラゴン結社に事実上とりつかれていたようだ。その問題についての彼のすべてのメモが、ワイバーン・ウェイで私が見つけた古い箱にあったのだ。地図も一緒《いっしょ》だった」

ベアトリスは、納得《なっとく》できないというように目を細めた。

「私たちが見た地図にはフランス語の走り書きがあったわ。いろんな種類の指示があった。あなたがアンダーソンのために書き加えたもののはずよ」

「フランス語で？」ティブスさんはほとんど笑い出しそうだった。

「私はフランス語の単語一つも読めやしないさ！」

ベアトリスは疑《うたが》いの目をティブスさんに向けながら、「ほんとうに？」と言った。

アリシアがそっとせきばらいした。

「ほんとうよ、ベアトリス。私たちは少し前にお父さんとパリに行ったの。ティブスさんはまったくフランス語を話せなかったわ。ビリーよりひどいかもね」

ベアトリスはためらい、ぼくを見た。ぼくたちは結論《けつろん》を急ぎすぎたのかしれない。

「それではあの地図ですけど。墓地への入口が示してあるのですか？」

「入口だって？」ティブスさんはにわかに興奮《こうふん》しだしたようだった。

「墓地については、いつも大きな謎《なぞ》がつきまとってきた。地図には入口など示されていない。君たちはそれがどこだか見つけたのかね？」

「ええ、見つけました」ぼくは思わず認《みと》めたけれど、答えを言ってもいいものかどうかわからなかった。

「それで？　アンダーソン……が、地図の写しを持っていたのだな……」ティブスさんが確《たし》かめるように言った。

「それには入口の印があったのか？　それで、やつは私《わたし》から派遣《はけん》されたと君たちを信じ込《こ》ませたのか？」

「地図は持っていました。でも彼《かれ》はドレイク博士から派遣されたと言っていました。列車がエディンバラ駅にちょうど入ろうとした時に会ったんです」

「彼はドラゴン学者の秘密《ひみつ》のサインを知っていました」とベアトリス。

「それで協会内部のだれかと関係があるはずだと思ったんです。わかるでしょ？　それはS《エス》.A《エイ》.S《エス》.D《ディー》.に裏切《うらぎ》り者がいるってことを意味しているの！」

「わかった」ティブスさんは理解したようだ。

「ただ、その裏切り者が私だと君たちが疑《うたぐ》っていたことがとても残念だ」

ぼくたちがティブスさんを疑っていたのには、正当な理由がなかったようだ。

「すみませんでした」ベアトリスはきまり悪そうにあやまった。

「でも、あなたがドレイク博士のドラゴナリアから私たちを追い出したとき、ものすごく怒《おこ》っていたでしょ？　それに地図と私たちがその日に見たほかのすべてが、完ぺきにつじつまが合ったように見えたんです」

でも、ティブスさんはまだ納得《なっとく》していなかった。ティブスさんが一連の事件の背後《はいご》にいるのでないとしたら、いったいだれが？　いろいろな考えが頭の中を駆《か》け巡《めぐ》っていた。

「それじゃ、交換《こうかん》を要求する手紙を出したのはアンダーソンかもしれませんね。彼は、ぼくたちがドラゴンのかぎ爪《づめ》を見つけるために出発するだろうと考え、つけてきたんだと思います。スコットランドに行くときも、たぶん同じ列車に乗っていたんだ……」

「もし彼《かれ》がドラゴンのかぎ爪《づめ》しか眼中になかったら、たぶん別の攻撃《こうげき》の仕方があったんじゃないのかな?」今度はビリーの意見だった。

「悪のドラゴン結社はすべての宝物《たからもの》を手に入れようとしているのじゃないかしら? なかでも、ドラゴンのかぎ爪には特別に重要な何かがあるようね」とベアトリス。

ティブスさんが潔白《けっぱく》だということを完全に納得《なっとく》したわけじゃないが、ぼくはもう一つ質問をしなければならなかった。

「ティブスさん、ぼくたちが宝物のレプリカがある部屋であなたを見たとき、どうしてドラゴンのかぎ爪のレプリカを調べていたんですか?」

「エベニーザー・クルックのメモに、ドラゴンのかぎ爪が悪のドラゴン結社の騎士《きし》の存在《ざいそん》に不可欠だと書かれていたからだ。でも、そのかぎ爪が実際何に使われるかは書いてないんだ」彼はためらうことなく答えた。

次いで、アンダーソンの地図にあったかぎ爪についての説明を話そうとしたときに、ぼくはベアトリスが動揺《どうよう》しはじめたことに気づいた。彼女《かのじょ》は、応接間の暖炉《だんろ》の上にある、大きな音で時を刻《きざ》んでいる真鍮製《しんちゅうせい》の豪華《ごうか》な時計に目を注いでいた。

「私《わたし》たちはいちばんたいせつなことを忘《わす》れているわ。かわいそうなトーチャー。ドラゴンのかぎ爪はまだないし、だれかはわからないけど、誘拐犯《ゆうかいはん》からトーチャーを取り返すのに明日の朝の10時までしか時間がないのよ！」

「ドレイク博士が爪を持って到着《とうちゃく》してくれさえすれば、すぐにでもトーチャーを探《さが》しに出発できるのに」ぼくは言った。

「そのとおりだね」ティブスさんはそう同意したあと、自信がなさそうに聞いた。

「墓地の入口の位置を、私に教えてもらえないかね？」

それ以上、情報を自分たちだけにとどめておく理由は、もうなかった。

「ランソーン塔《とう》のふもとです。ご存《ぞん》じでしょ、ロンドン塔ですよ」

「わかった」ティブスさんはそう言うと、コートと帽子《ぼうし》をつかんだ。「馬車が来ているか見てこよう」

「でも、ドラゴンのかぎ爪がないじゃない。それに、ドレイク博士が爪を持ってきてくれるのに、どれだけ時間がかかるかもわからないわ！」ベアトリスが叫《さけ》んだ。

「レプリカがあるじゃないか」ティブスさんが思い出させてくれた。

「当面はなんとかなるだろう。子どもたちはここで待っているんだ。私《わたし》が墓地へ行ってトーチャーを探《さが》してくる。ドレイク博士が着いたら、本物のドラゴンのかぎ爪を持って急いで追いかけてくるように言ってくれないか！」

「一人でランソーン塔《とう》に行くつもりですか？」ぼくは尋《たず》ねた。

「私たちも行きます！」ベアトリスが叫んだ。

ティブスさんは顔をこわばらせた。

「一緒《いっしょ》には行けない。君たちをそんな危険《きけん》な目にあわせるわけにはいかない」

「トーチャーを助けるのにぼくたちが手伝えますよ！」

「これまでにドラゴンの子どもの面倒《めんどう》をみたことがありますか？」ベアトリスが続けた。

「私たちはありますよ。そんなに簡単《かんたん》じゃないですから！　それに、トーチャーは私たちを信頼《しんらい》しているし」

「彼《かれ》にこれをあげなくちゃならないんです」ぼくはポケットから取り出した火打石と黄《おう》鉄鉱《てっこう》のかけらを見せた。エラスムスが何日か前にトーチャーから取り上げたものだ。

ティブスさんは手で額をこすった。「たぶん、君たちのほうが正しいだろう」

「ドラゴン学の私の研究は常に理論の上だけで、実際に即《そく》していなかった。確かに私はトーチャーを探すのにあまり役立たないかもしれない。本物の生きたドラゴンと良い関係を築くことが、これまで私にはできなかった」彼は少し間を置いて考えた。

「私がトーチャーを救い出したあとで、彼の世話をするのに君たちの援助《えんじょ》があったら助かるんだが。ただし私の指示に従《したが》うことと、何か危険《きけん》があったら後ろに下がっていること。いいかね？」

「もちろんそうします」ベアトリスとぼくはホッとして同意した。

「それでは急ごう」

ティブスさんはビリーとアリシアに家で待機し、ぼくたちの行動についてチディングフォールド男爵《だんしゃく》とドレイク博士にいつでも伝えられる用意をするように言った。玄関《げんかん》から通りへと躍《おど》り出ると、執事《しつじ》と馬車が待っていた。ティブスさんはついてくるようにぼくたちを手招きした。

「ワイバーン・ウェイの入口まで行ってくれないか」

ぼくたちが乗り込《こ》むと、彼《かれ》は御者《ぎょしゃ》に告げた。御者はむちをピシャリと鳴らした。気がつくと、ぼくたちはポール・モールをガラガラと走り、セントマーティンズ・レーンからドラゴナリアに向かっていた。

店の中で、ティブスさんはろうそくに火をつけ、ぼくたちを地下へ誘《さそ》ってS《エス》.A《エイ》.S《エス》.D《ディー》.本部の彼《かれ》の事務所に招き入れた。薄暗《うすぐら》いガス燈《とう》が点滅《てんめつ》する中を、ぼくたちは彼がドラゴンのかぎ爪《づめ》のレプリカを持ってくるのを待った。机には書類が散らかったままだった。ドラゴンの墓地の地図は『秘蔵物《ひぞうぶつ》の手引き』のいちばん上にあった。

ティブスさんは机の引き出しを開け、古い型のピストルを持ちだした。ほんのつかの間、ぼくは心臓《しんぞう》が止まりそうだった。彼はほんとうに裏切《うらぎ》り者じゃなかったんだろうか?

すると、彼はぼくの表情に気がつき、ほほ笑《え》み、ピストルの弾倉《だんそう》を開けてそれが空であることを示した。

　ティブスさんはため息をついた。

「君たちが最初にトーチャーのことを私《わたし》に話したとき、君たちを信じなかったことをもう一度あやまりたい。でも、その埋《う》め合わせはするつもりだ。これさえあれば」

　彼はピストルを持ち上げながら、2つの弾薬《だんやく》カートリッジをポケットにすべり込《こ》ませた。

「悪党《あくとう》たちに罰《ばっ》を逃《のが》れさせたりはしない！」

「使ったことがあるんですか？」ベアトリスが心配そうに尋《たず》ねた。

「若《わか》いときに軍隊にいたんだよ」ティブスさんは部屋の中を忙《いそが》しく動き、メモとほかの道具を探《さが》しながらそう答えた。ついに、準備ができたようだった。

「時間が来た」彼はぼくたちに告げた。「バッグの中を確かめるんだ。君たちが必要だと思うものは何でも入れていいぞ。私はレプリカの爪を持っていく。ドレイク博士に簡《かん》単《たん》なメモを残しておこう。それではランソーン塔《とう》に出発だ」

第12章　トレイターズ・ゲート

ドラゴンを駆逐《くちく》すべき最初の場所は、首都ロンドン。悪魔《あくま》の翼《つばさ》を持ったうろこだらけの生きものが、人びとが知らぬうちに屋根の上に棲息《せいそく》している。やつらは大聖堂《だいせいどう》の美観を損《そこ》ない、高貴《こうき》な宮殿《きゅうでん》を汚《けが》しているのだ。

—『マレウス・ドラコニス』（ドラゴン・ハンマー）エドワード一世

ぼくたちがワイバーン・ウェイの店から出るころには、もう朝になっていた。ベアトリスとぼくはティブスさんについて暗い通りを急ぎ、テムズ川へ続く階段《かいだん》を下りた。朝もやにけむる明かりの中を渡《わた》し船が行きつもどりつしていて、ティブスさんが手を挙げてその1隻《せき》を停《と》めた。

「だんな、どちらまで？」渡し船に乗ろうとするとき、船頭が尋《たず》ねた。

「トレイターズ・ゲートまで、できるだけ急いでくれ！」ティブスさんが指示した。

「トレイターズ・ゲートですか！」船頭はヒューッと口笛を吹《ふ》くと、にやりと笑った。「この二人のどちらかが首を切ってもらうんですかい？　ちょっと若《わか》すぎやしませんか？」

ティブスさんは、待ちきれずに男の手にコインを押《お》しつけながら言った。「これでなんとか頼《たの》むよ」船頭はコインをポケットに突《つ》っ込《こ》み、静かに船を出した。

連続する橋を次つぎとくぐるうちに、早朝のロンドンは徐々《じょじょ》に活気づいてきた。川はすでに船でいっぱいだった。魚のにおいをプンプン漂《ただよ》わせながら、市場に向かう船もあった。

しばらくしてロンドン塔《とう》が見える位置まで来た。船は埠頭《ふとう》の下を通り、トレイターズ・ゲート（反逆者の門）として知られる中世のアーチを過ぎるまでこぎ進んだ。ロンドン塔はかつての監獄《かんごく》。ぼくは、大勢の囚人《しゅうじん》が、二度と世間にもどれないと思いながら、この門をくぐっていったことを想像して、身震《みぶる》いした。

船が係留され、ぼくたちは岸壁《がんぺき》への急な階段を上った。塔は目の前だった。その大きさが想像以上だったので、ぼくはしばらく見とれてしまった。

「こっちだ！」ティブスさんの叫《さけ》び声が、ぼくの思いを中断させた。

走って追いつくと、二人は、ゴチャゴチャしたレンガのかたまりのようなものの周りを囲んだ足場を目指していた。発掘《はっくつ》作業中らしいが、朝早いので、職人たちはまだ仕事を始めていないようだった。今のところ、だれにも気づかれていない。

「これがランソーン塔《とう》？」

「そう、ここだ。川を上ってくる船を導くために、塔のてっぺんにつり下げられたランタンから名前をつけられたんだ。もともと、エドワード一世の父親のヘンリー3世の宮《きゅう》殿《でん》の一部だった」

それで、悪のドラゴン結社につながったというわけか。

「ドラゴンの墓地への入口の印が見当たらない。どこかにあるはずなんだが」ティブスさんが続けた。

「がれきで隠《かく》されているんじゃないですか？」

入口は長いあいだ発見されずにいたはずだ。はたして見つけることができるのだろうか？　ぼくたちは建物をグルッと回って探《さが》した。セメント袋《ぶくろ》や職人の道具を持ち上げたが、何も見つからなかった。

すると、ティブスさんが短い階段《かいだん》を見つけ、ついて来るようにぼくたちを手招きした。下まで降《お》りると、木製のはね上げふたが敷石《しきいし》に組み込《こ》まれていた。

「これだ。これが、塔が建てられたときの基礎《きそ》だ。ふたを開けるのを手伝ってくれないか、ダニエル？」

道具の中にバールがあったので、それを使ってはね上げふたの端《はし》をわずかに持ち上げることができた。ティブスさんがそこに手をすべりこませ、こじ開けようとした。重そうだったが、最後には自分の体重をかけて一気に開けた。ティブスさんは、はやる思いで中をのぞきこんだが、ガッカリしてため息をついた。

「空っぽの石の小部屋以外のなにものでもないな」彼《かれ》は中を見渡《みわた》した。地下の暗やみの中で何かを判別するのは困難《こんなん》だった。

「待て……。ここからは見えないが、外への出口があるかもしれない」

彼《かれ》ははしごを下り、小部屋の中に入った。ベアトリスとぼくもそれに続いた。うす暗がりの中では輪郭《りんかく》がおぼろげにわかるだけだった。

「何もなさそうだな……」

「あそこにたいまつがたくさんありますよ！」ぼくは言った。

「これも変よ」ベアトリスはそう言いながら、壁《かべ》にほられた大きな彫刻《ちょうこく》を指した。それは盾《たて》の形をしていて、3頭のライオンが彫《ほ》られていた。

「ちっとも変じゃないよ。中世の建物なんだから」

「そうね。でも、ここはただの地下の物置よ。どうしてわざわざこんな手の込《こ》んだ彫刻で飾《かざ》らなきゃならないの？」

ベアトリスは盾の大きさを計ってみた。なんと、ぼくの身長より大きかった。

「そのとおりだね。ここは確かに奇妙《きみょう》な場所だ」

ぼくたちの意見に同意しながら、ティブスさんは盾に近づいた。彼がライオン像に指を言《は》わせているとき、ぼくは頭にパッとひらめいたものがあった。

「地図だ！　アンダーソンの持っていた地図！　あれにメモがついていた。覚えてない？　ライオンの目のことが何か書かれてなかった？」

「そうよ！　確かにあったわ」ベアトリスは少し考えてから言った。「『目を押《お》して、言葉を引け』……。あっ、『langue《ラーング》』には『舌』という意味もあったわ。『舌を引け』よ！」

ぼくはうなずきながら、二人と一緒《いっしょ》に盾の前に立った。

「このライオンがそうなのか。試してみよう！」

盾に刻《きざ》まれたライオンは眼球が醜《みにく》く飛びだしているが、舌はないようだった。ベアトリスはいちばん上のライオンに手を伸《の》ばして、目のくぼみに2本指を突《つ》き刺《さ》してみた。しばらくは何も起こらなかった。ところが突然《とつぜん》カチッという音がしたかと思うと、真ん中のライオンから舌が飛びだした。ぼくたちは心臓《しんぞう》が飛び出るほど驚《おどろ》いた！　ベアトリスはそこに立ち尽《つ》くし、次に何をすべきか、途方《とほう》に暮《く》れていたようだ。

「次は引くんだ！」ぼくは促《うなが》した。のんびりなんてしていられるわけがない。

「何が起こるの？」ベアトリスは恐《おそ》ろしそうにしていた。

「やってみないとわからないよ」

ベアトリスは突《つ》き出た舌をグイッと持ち上げ、ライオンの口から引っぱりだすようにした。するとそれが長い鎖《くさり》で盾《たて》につながれていることがわかった。ベアトリスは石の舌から手を離《はな》した。するともう一度カチッという音がして、盾が揺《ゆ》れながら扉《とびら》のように内側に開き、暗い通路が現れた。ぼくは中に入ろうとした。

「待て！」ティブスさんが叫《さけ》んだ。たいまつを持ちあげ、急いで火をつけて言った。

「私《わたし》が先に行く。何があるかわからんぞ」

たいまつの明かりがあるおかげで、ぼくは通路の中をもう一度のぞき込《こ》むことができた。そこには息を飲むような光景があった。トンネルの中に骨《ほね》が積みあげられていたのだ。それも数えきれないほどの！

「骨でいっぱいだ！」ぼくは大声を出しながら、恐ろしげに突き出た大きな白い頭《とう》がい骨《こつ》を見た。体が震《ふる》えてきた。

第12章　トレイターズ・ゲート

ベアトリスは舌打ちして、ぼくのほうを見た。

「もちろんそうよ。だから墓地なんじゃない、馬鹿《ばか》ね。ここは死んだドラゴンの地下墓地に違《ちが》いないわ」

彼女《かのじょ》も中をのぞき込《こ》むと、「ちょっとドキドキするわね」とつけ加えた。

ぼくはベアトリスが何を言いたいのかわかっていた。骨《ほね》を観察しながら、ぼくは震《ふる》えが走るのを感じた。

「それじゃ、これが悪のドラゴン結社の仕業《しわざ》だってこと？」

「たぶんそうだね」ティブスさんが答えた。

「ここは、悪のドラゴン結社の騎士《きし》たちが虐殺《ぎゃくさつ》したドラゴンの骨がため込《こ》まれた場所だ。地下で年じゅう涼《すず》しく、湿気《しっけ》があるから、千年以上にわたって骨が保存《ほぞん》されてきたんだ」

「失われたイギリスのドラゴンですね」ぼくは驚嘆《きょうたん》した。

「こんなに多くの骨が残されているなんて、だれが想像できるっていうの！」ベアトリスは両腕《りょううで》で自分の肩《かた》を抱《だ》いた。

「まったくだ。大虐殺《だいぎゃくさつ》以前には、何千ものドラゴンがいたんだ」ティブスさんは重苦しくうなずいた。

「それで今、悪のドラゴン結社が復活して、任務を果たそうとしているっていうことですか？」ぼくはつばを飲み込《こ》みながら言った。

「そうだ、たしかにだれかが任務を果たそうとしているね」ティブスさんが答えた。彼《かれ》は悪のドラゴン結社の存在《そんざい》にまだ納得《なっとく》がいかないようだった。

ティブスさんはベアトリスにたいまつを手渡《てわた》し、墓地への入口の上に彫《ほ》られた文字にかざすように言った。ぼくたちは気を取り直してそれを確かめた。

「Bienvenue《ビィアンヴニュ》 au《オー》 Royaume《ルワイヨーム》 des《デ》 Dragons《ドラゴン》 Morts《モール》.」ティブスさんが読んだ。

「またフランス語だわ」ベアトリスがささやくような声でそれを訳《やく》した。「亡《な》くなったドラゴンの王国へようこそ！」

その言葉は、ぼくたちを体の芯《しん》まで凍《こご》えさせた。でも、今はこんなところで恐怖《きょうふ》に震《ふる》えているときじゃないんだ！　生きたドラゴンを救い出さなきゃならない！

ティブスさんは床《ゆか》に地図を広げた。ぼくたちは腰《こし》を下ろして近くで見つめた。

「もしこれが正確なら、ドラゴンの墓地へ我々《われわれ》を導いてくれるはずだ」ティブスさんは手でしわを伸《の》ばし、真ん中の文字を指さした。

「中央の部屋、悪のドラゴン結社の総本部へ、とある」

ベアトリスは地図をよく見ようと体を傾《かたむ》けた。

「盾《たて》の扉《とびら》が開いたように、恐《おそ》らく解かなきゃならない謎《なぞ》がまだあるはずだわ」

「実際、地図には書かれていないことに万全の注意を払《はら》わなければならんな」とティブスさん。

「悪のドラゴン結社は自分たちの本部を秘密《ひみつ》にし、安全に保つためなら、必ずどんなことでもするだろう。ここにどれだけのわなが仕掛《しか》けられているのか、あるいはそのうちのどれほどがまだ機能しているのか、まったくわからない。君たち二人はできる限り私《わたし》から離《はな》れないようについてくるんだ」

ティブスさんにたいまつを返して、ぼくたちは全員で一歩ずつ迷宮《めいきゅう》を進みはじめた。

ベアトリスとぼくは、ティブスさんの歩幅《ほはば》に合わせるために、大またで歩いた。無数のドラゴンの遺骨《いこつ》のあいだを歩くのは、なんとも薄気味《うすきみ》悪かった。しかも、なお悪いことに、トンネルはどこも同じに見えて、方角の感覚がなくなってきた。

「地図を落とさないように、しっかり握《にぎ》っていたほうがいいわね」とベアトリス。

「もしなくしでもしたら、ここから二度と出られないかもしれないわ」

ぼくたちはトンネルと壁《かべ》いっぱいのドラゴンの骨《ほね》のあいだを慎重《しんちょう》に進んだ。

「大きな毛糸の玉を転がして、来た道がわかるようにしたらよかったね」ぼくは明るく冗談《じょうだん》を言った。

「それならかなり長い糸が必要だね。もう400メートルほど進んだはずだし」ティブスさんが言い返した。

ベアトリスも冗談の言い合いに加わった。

「パンを持ってきていたら、ヘンゼルとグレーテルのようにパンくずを落として目印にすることができたのに」ぼくたちは少しばかりでも、目の前の恐怖《きょうふ》から意識を遠ざけようとした。

「パンくずだったらネズミに食べられてしまうかもな」ティブスさんが少し険しい顔で言った。

「ネズミ！」急にベアトリスが叫《さけ》び、震《ふる》えだした。「そんなこと、言わないでください」

ベアトリスは骨《ほね》の山から恐《おそ》る恐る1本の骨を引き抜《ぬ》いた。

「この骨を使って、通ってきたトンネルに印をつけましょう。そうすれば、少なくともどのトンネルを通って、どれを通らなかったかわかるでしょ？」

「そんなことしたら、罰《ばち》が当たるよ」ぼくは答えた。

「死んだドラゴンたちが気にすると思っているの？」つぎのトンネルの入口に大きな骨を置きながら、ベアトリスは言い返した。

「私《わたし》たちには共通の敵がいることを忘《わす》れないで。それに、骨は出るときに元にもどせばいいじゃない」

それからさらに100メートルほど進むと、トンネルは広くなった。ティブスさんがたいまつを高く掲《かか》げると、その光に照らされて、色鮮《あざ》やかで妙《みょう》に美しい無数の点が見えた。それが何であるかわかるのにそれほど時間はかからなかった。

「宝石《ほうせき》だわ！」ベアトリスが叫んだ。「でも、なんだか目みたいね……」

ティブスさんはうなずき、不愉快《ふゆかい》そうに言い出した。

「死んだドラゴンの目玉さ。それぞれ二つずつある。どうやら部屋の中心近くに来たようだな。ここから先は、さらに慎重《しんちょう》に進まなければならない」

彼《かれ》はたいまつを低くすると、突然《とつぜん》ピタリと止まった。

「だめだ。二人とも動くんじゃない！　足に何かひっかかるものを感じる。何てこった！」彼は言葉を切った。

「何なの？」ベアトリスが不安な気持ちで聞いた。

「はっきりとはわからん。しかし、ネズミ捕《と》りみたいなものだ」

「それって、ぼくたちがわなに掛《か》かったっていうことですか？」

ぼくは心臓《しんぞう》の音が聞こえるほどドキドキしていた。

ティブスさんはゆっくりとうなずいた。「残念ながら、まさにそのとおりだ。後ろを見てごらん」彼《かれ》は食いしばった歯のあいだからそう答えた。

ぼくたちは振《ふ》り返り、通ってきたトンネルを見た。ちょうど広くなっているところから、透明《とうめい》な液体が天井を伝ってポタリポタリと垂《た》れはじめていた。積み重なった骨《ほね》にしたたり落ちる液体は、シューッという音を立てて煙《けむり》となっている。つんと鼻を突《つ》くにおいが、ぼくたちのほうに漂《ただよ》ってきた。

「見て！　ドラゴンの頭《とう》がい骨《こつ》よ！　あの目から出ているわ！」ベアトリスは泣き叫《さけ》んだ。

「液体が触《ふ》れて、骨が溶《と》け出しているのよ！」

「酸《さん》の涙《なみだ》だ！　アンダーソンの地図に書かれていたよ。ベアトリス、覚えている？」

煙が小鼻を満たし、息をつくことも話すことも困難《こんなん》になってきた。ベアトリスはむせび始めた。

「口と鼻をふさぐんだ！」そう言うティブスさんも苦しそうだった。

今や酸は壁《かべ》伝いのしずくから濃《こ》いしぶきとなって、天井をはう雲のようにぼくたちのほうへ向かってきた。

「急げ！　先に進むんだ！」ティブスさんも必死だった。

ぼくたちは次の角を曲がったが、トンネルの反対側から同じように酸の雲が近づいてきた。新鮮《しんせん》な空気を求めて身をかがめても、のどと目の痛《いた》みは絶《た》え間なく続いた。話すことさえむずかしかったが、それでもなおぼくの頭は回り続けた。

「見て……あの……ドラゴンの……頭！」

「な……に？」ティブスさんもしどろもどろだった。

「目の一つ……何かを……閉《と》じなきゃならない……」ぼくは息を切らした。酸はいっそう激《はげ》しくなった。「確か……地図に……」

「Fermez《フェルメ》 l'œil《ロイユ》 rouge《ルージュ》……」ベアトリスはしゃがれ声を出しながら、前日に訳《やく》した言葉を思い出そうとした。

ティブスさんはドラゴンの頭を広く見渡《みわた》した。

「何も……ないぞ」彼は叫ぼうとしたが、そのときには、両側から押《お》し寄せる酸の雲が部屋の半分ほどを満たし、さらに濃《こ》くなっていた。

「骨《ほね》の……山の後ろ……見て！」せき込《こ》みながらベアトリスが叫《さけ》んだ。

ティブスさんはベアトリスにたいまつを渡《わた》し、骨の山の一つに夢中《むちゅう》でよじ登った。そこは酸《さん》の雲がいちばん濃くなっているところで、彼《かれ》は押《お》さえきれずにしばらくせきこんだあと、なんとか落ち着いて上着で口をふさいだ。彼は山のてっぺんから骨をすくい始めた。「これでは時間がかかりすぎる！」

ベアトリスはハンカチを取り出して口をふさいだ。そしてぼくのポケットからもハンカチを取り出すと、ぼくに渡した。その動作の最中によろめいたとき、たいまつが揺《ゆ》れ、別の骨の山を一瞬《いっしゅん》照らし出した。ぼくはあるものに目がくぎづけになった。ぼくは、その緑色の宝石《ほうせき》を手で覆《おお》った。何も起こらなかった。起こったことと言えば、酸の雲がさらに速く近づいているだけだった。

ベアトリスが手を揺らすにつれて、たいまつの明かりがトンネルを薄気味《うすきみ》悪く照らし出すのが目の端《はし》に見えていた。姉さんは何を言おうとしているんだろう？　ほとんどその声は聞こえなかったが、煙越《けむりご》しに、彼女《かのじょ》のくちびるの動きが見えた。

「Fermez l'œil rouge《フェルメロイユルージュ》」彼女《かのじょ》はそう言おうとしていた。「赤……緑じゃない！」

「わかった！」ぼくは自分をぶん殴《なぐ》ってやりたかった。つぎの頭《とう》がい骨《こつ》に移ったが、それも緑色だった。そのつぎは……赤だ！　腹立《はらた》ちまぎれに夢中で宝石を手で押さえると、酸のシャワーがたちまち止まった。手をどけると、シャワーがまた始まった。

「何をしているの？　ふさぐのよ！」ベアトリスの声はしゃがれていた。

きっと、何かの光の光線が宝石につながっていて、酸が出るようになっているんだ。だから宝石を押さえ続けなければならない！

ぼくは手をそのままにして、ハンカチを口から外し、きれいな空気を吸《す》おうとした。そうだ！　ぼくはハンカチを丸めて、ドラゴンの頭がい骨の眼《め》のくぼみに突《つ》っ込《こ》んだ。

「やった！　ここから急いで出るんだ！」ぼくは足を大きく踏《ふ》み出したが、だれかに肩《かた》をつかまれた。

「待つんだ！」ティブスさんだった。下を見ると、酸の液体が床《ゆか》でうずを巻《ま》いていた。

雲は消えていたが、床《ゆか》にはまだ酸《さん》がしたたっていた。しばらく待つと液体《えきたい》は徐々《じょじょ》に床にしみていき、廊下《ろうか》を埋《う》めた骨《ほね》からわずかに蒸気《じょうき》が出るだけになった。

ティブスさんがたいまつを持ち、ぼくたちはさらに進んだ。床に残った酸を避《さ》けるように、一歩ずつ慎重《しんちょう》に歩いた。トンネルの曲がり角で、ぼくはティブスさんの横から向こうをのぞいてみた。今度は何があるのだろうか？

「真っすぐ行ったところにある扉《とびら》の前に、何かがありますよ。何だか見えますか？」

ベアトリスもよく見えるように首を伸《の》ばし、目を細めて言った。

「何かの像だと思うわ」

ティブスさんはたいまつを下げて、ぼくたちがよく見えるようにしてくれた。

「中世の騎士《きし》のようだな」

「また、わなじゃないですか？」ぼくは注意した。

「そうじゃないことを望むわ」ベアトリスが言った。

「もしわなだったら、それを通り過ぎるための手がかりはもうないわよ」

数分後、ぼくたちは堂々《どうどう》とした2体の像の前に立っていた。石造りの騎士は全身よろいで覆《おお》われ、それぞれ本物の剣《つるぎ》を持って、両側のトンネルを指していた。それはまるで、そこを通る者はだれでもそれで打ち倒《たお》そうとするかのようだった。頭の上にはそれぞれ旗印が刻《きざ》まれ、一つには「ノーフォーク」、もう一つには「ノースアンバーランド」とあった。ぼくは前に進んで、それを確かめた。

「ダニエル、止まるんだ！」ティブスさんが大きな声でたしなめた。

「わなかもしれない。慎重に扱《あつか》って、わなのスイッチを見つけるんだ」

「何を？」ぼくは一瞬《いっしゅん》まごついた。

「わなのスイッチだ。君が気づかないうちにそれを踏《ふ》んで、その像が動き始めたかもしれない、スイッチだ。剣が鋭《するど》いのがわかるだろう？　一つでも私《わたし》たちに降《ふ》りかかってきたら、どんな結果になるか考えてごらん」

注意深く調べたが、とくに何も見つからなかった。

「君たちはここで待つんだ。通過できるかどうか、私が見てみよう」

「気をつけてください！　ティブスさん」ベアトリスは心配でしかたがないようすだ。

ティブスさんはたいまつを前に掲《かか》げ、像にぴったりと身を寄せて、剣《つるぎ》が降《お》りてきて人を打たないかどうか確かめた。像を上から下まで何度も眺《なが》めながら、少しずつ像の前を通った。何も起きなかった。今度は左足を使って、わなの線やスイッチがないか確認《かくにん》しながら、反対側まで進んだ。ゆっくりと、また入念に、目に見えない装置《そうち》がないか確認しながら、彼は像の前を確実に渡《わた》りきった。

「やったわ！」ベアトリスが叫《さけ》んだ。

ティブスさんはホッとして額の汗《あせ》をぬぐった。

「さあ君たちの番だ！　でも気をつけるんだぞ。できるだけそっと動くんだ。常に目の前に注意を払《はら》うんだ。スイッチが動かなかっただけかもしれないからな」

ベアトリスが2体の像の前を通りすぎ、向こう側になんとか着くまでのあいだ、ぼくはずっと息を詰《つ》めていた。ぼくの番だ。心臓《しんぞう》が口から飛びだしそうだった。

「やりましたね！」像の向こう側に達して二人に合流すると、ぼくは叫んだ。

しかし試練はそれだけではなかった。今度は目の前に4つの扉《とびら》があった。それぞれの扉の中央には、十数センチメートルほどのすき間があった。そのうちの2つは、赤と緑色の中世のよろいをまとった騎士《きし》の像で飾《かざ》られていた。ほかの2つは、赤と緑色のドラゴンの像がついていた。4つの扉すべてに、赤い文字でメッセージが書かれていた。

「Choisissez《ショワジセ》 avec《アベック》 soin.《スワァン》」

「『注意して選べ』というわけね」ベアトリスが訳《やく》してくれた。

「でも何を選べっていうの？」

「わからないよ。もう一つの地図を持ってきていたらなあ。ドレイク博士に持たせるんじゃなかった！」

「でも墓地に来るなんて思いもしなかったじゃない。どちらにしても、ドレイク博士にはここにいてほしかったわね」

ティブスさんはしばらく黙《だま》りこくっていた。ドアの前をゆっくり行き来し、それから像のほうを振《ふ》り向いた。すると、片方《かたほう》の手で自分のあごをたたき、もう一方の手でたいまつを掲《かか》げたかと思うと、突然《とつぜん》、像の一つに向かって歩きはじめた。

「私《わたし》が正しければ、この細長いすきまが何かの手がかりになるはずだ。剣《つるぎ》の刃《は》の幅《はば》とぴったり当てはまるように見えるんだが」

「それはいい考えだわ、ティブスさん！」ベアトリスは、彼《かれ》のあとについて像に近づきながら言った。

彼は一つの像の剣をグイッと引っぱった。するとそれは騎士《きし》の手からするりとすべり落ちた。もう一つも簡単に取り上げられた。

「さあ今度は、どちらの剣をどのすき間に入れるか、決めなきゃならないわね」

「フーン。君はさも簡単《かんたん》なことのように言うね」ティブスさんは悲しげなほほ笑《え》みを浮《う》かべた。

「でも、きっと単純《たんじゅん》な方法に違《ちが》いないわ」

「たぶん、暗号になっているんだよ。緑色と赤が何かを意味しているじゃないかな？」

ぼくの直観だった。

「緑が進めで、赤が止まれ、っていうのはどう？」

「でなければ、赤は、悪のドラゴン結社の擁護者《ようごしゃ》のセント・ジョージの色かもしれない」

ぼくはベアトリスの答えに異議《いぎ》を唱えた。

「扉《とびら》の上の文字はどう？」とベアトリス。「『Choisissez avec soin.《ショワジセ アベック スワアン》』の文字は赤い色をしているわ。たぶんこれが探《さが》している手がかりじゃない？」

ぼくはティブスさんがだんだんイライラしてきたのがわかった。

「それでは、どんな結果でも受け止めようじゃないか。トーチャーを救うための時間は、それほどないはずだしな」まったくそのとおりだ。

「わかりました。やってみましょう！」

「後ろに下がって！」ティブスさんはそう命じると、剣の一つを赤い騎士の扉《とびら》のすき間にさし込《こ》んだ。するとそれはカチッという音とともにはまった。彼は赤いドラゴンの扉にも同じようにやってみた。やはりカチッという音がして、二つの扉は開いた。そこにはさらにトンネルが続いており、横の壁《かべ》にはドラゴンの頭部の像が施《ほどこ》されていた。

「やったわ！」ベアトリスが手をたたき、ジャンプしながら叫《さけ》んだ。

「確かに、それほどはむずかしくはなかったね」とティブスさん。

たいまつを集め、ぼくたちは呼吸《こきゅう》を整えて新しいトンネルに入った。

「あの床《ゆか》にあるのは何？」それは真っ黒い粉《こな》に覆《おお》われているように見えた。

「すすのようだわ」ぼくたちがよく見えるように、ティブスさんがたいまつを低くしてくれた。

ちょうどそのとき鈍《にぶ》い衝撃音《しょうげきおん》があり、振《ふ》り返ると扉《とびら》が閉《し》まったのが見えた。ベアトリスはすぐにもどって力いっぱい押《お》してみた。

「ピクリともしないわ！」

突然《とつぜん》、ガサガサ、パチパチという音がわずかに聞こえてきた。ドラゴンの口が赤やオレンジ色に光り、燃える舌が飛びだしてきた。それは暗いトンネルを驚《おどろ》くほどの明るさで照らし出した。さらに耳をつんざくようなやかましい音が聞こえてきた。

「たいへんだ！　まちがった扉を選んじゃったみたいだ！」

「火を消す水なんかないぞ！」ティブスさんが騒《さわ》がしさにかき消されないように声を張り上げた。

ベアトリスはリュックサックの中をいじくりまわしていた。

「姉さん、何してんだよ！　時間を無駄《むだ》にできないんだよ！　何かできることを考えてよ！」

「一つ思いついたことがあるの！」彼女《かのじょ》は言い返した。手にはくしゃくしゃになったドラゴンの皮膚《ひふ》のかたまりが握《にぎ》られていた。

「そうだ、耐炎性《たいえんせい》のマントだ！　ベアトリス、天才だよ！」

「急いで！」ベアトリスは鋭《するど》く叫《さけ》びながら、自分のマントを頭にかぶろうとした。

「二人とも、ここに入って！」ぼくはちょっとためらい、自分のマントをリュックサックから取ろうかとも考えたが、時間がなかった。

全員でマントの下に入り込《こ》み、壁《かべ》を背《せ》にしてかたまった。そのときには、ドラゴンの像から噴《ふ》きだす炎《ほのお》がぐんと強くなっていた。トンネル内はすぐに耐《た》えられないほど熱くなり、ぼくたちは水を求めてあえいだ。それでもマントが焦《こ》げるようなことは一切なかった。

そのあと唐突《とうとつ》に、パチパチいう音がやみ、始まったときと同じようにすばやく炎《ほのお》が収《おさ》まったと思ったら、トンネルのいちばん奥《おく》の扉《とびら》がギシギシいいながら開いた。ぼくたちは皆《みな》、口の中が乾《かわ》き息を切らしたままだったが、心底ホッとした。

「マントを入れておいてよかった！　危《あや》うく焼かれてしまうところだったわ！」

「まったく、すすになっていたかもしれない」ぼくはベアトリスに同意した。

「なんと恐《おそ》ろしいことだ！」ティブスさんがつけ加えた。

「ところで、我々《われわれ》はまだ一つの質問に答えたにすぎない」

「ええっ？」ぼくは彼《かれ》が何を言っているのかわからなかった。

「さて、すすがどこから来たのかはわかった！」

ぼくたちは開いた扉を急いで通り抜け、後ろで閉《し》めた。

「4つの扉のうちどれを選んだら、私《わたし》たちを安全に通してくれたのかしら？」ベアトリスが独《ひと》り言を言ったとき、突然《とつぜん》、ぼくの頭の中ですべてがぴったりと収まった。答えがわかったんだ！

「悪のドラゴン結社の騎士《きし》になったと想像してごらん。考えなくても、何をするかわかるだろう？」

「ほんとう？　いったい何なの？」ベアトリスは戸惑《とまど》っていた。ぼくは説明を始めた。

「まずね、色は何も関係ないんだ。ぼくたちは考えすぎたんだよ。悪のドラゴン結社の騎士なら、間髪《かんぱつ》入れずに2頭のドラゴンに剣《けん》を突《つ》き刺《さ》すだろうね」

ぼくは、ベアトリスがこのひらめきを褒《ほ》めてくれるのを待った。ところが彼女《かのじょ》はため息をつき、こうつぶやいた。

「どうしてもっと早くそのことを考えついてくれなかったのよ」

ぼくたちはトンネルを進み、分かれ目にぶつかったら骨《ほね》を十字型に組んだものを置き、地図から目を離《はな》さないようにした。トンネルは徐々《じょじょ》に広がり、ついにはまるで巨大《きょだい》なドラゴンの体の内部に来たかと思えるほどになった。天井は、ドラゴンの背中《せなか》に見られるような大きなうろこに覆《おお》われ、床《ゆか》は腹《はら》のうろこのようにも見える、無数の色つきタイル状のものでできていた。

ティブスさんはぼくたちの前で急に立ち止まり、腕《うで》を広げてぼくたちが追《お》い抜《ぬ》けないようにした。

「あせらないで行こう」そう言うと、隅々《すみずみ》まで見逃《みのが》すまいと、室内に目を走らせた。

「また別の謎《なぞ》だと思いますか？　うろこには全部、ドラゴン文字が書かれているみたいですね」とベアトリス。

「とにかく早く通り過ぎたほうがいいかもしれないよ」そう、ぼくは提案した。

ティブスさんは恐《おそ》ろしさのあまり息を飲んだ。

「だめだ、だめだ！　君がまちがったうろこを踏《ふ》んだら、ほぼ確実につぎのわなが動き出すはずだ」

ぼくたちは像のように立ちすくみ、何か手がかりがないか部屋のすべてに目を配った。

見上げると、天井に赤いドラゴン文字が書かれた印があった。それは「Mort aux《モーロー》

Dragons《ドラゴン》!」と読めた。

「これがつぎの謎じゃないかしら?」ベアトリスがため息をつきながら言った。

印の下に何かがあったが、消えかけていた。近くで見ると、赤いドラゴンが巻物《まきもの》を口にくわえた絵であることとわかった。ティブスさんは恐《おそ》る恐る一歩を踏《ふ》み出し、たいまつを掲《かか》げた。何か書かれている。「Just《ジャスト》 but《バット》 valiant《ヴァリアント》 knight《ナイト》, walk《ウォーク》 with《ウィズ》 care《ケア》 on《オン》 that《ザット》 which《フィッチ》 is《イズ》 missing《ミッスィング》 from《フロム》 this《ズィス》 quizzically《クィズィクリィ》 exquisite《イクスクィズィト》 puzzle《パズル》. 勇敢《ゆうかん》な騎士《きし》よ、この疑《うたが》わしくも精巧《せいこう》なパズルから失われたものの上を注意して歩くのだ」

「少なくとも今回は英語だね。でも意味がわからないよ」

「『失われたもの』って、いったい何を意味しているのかしら?」

「そこにないものの上をどうやって歩けって言うんだ?」ぼくは率直《そっちょく》に疑問《ぎもん》を口にした。

「たぶん、指示の中にある文字と関連しているのよ」とベアトリスが答えた。

「待って……。見て、この文には、アルファベットのほとんどの文字がふくまれているわ。XやYやZだけでなくQもUも。みんな普通《ふつう》はあまり使われない文字じゃない?」

「ああそうだ！　床《ゆか》のドラゴン文字を見てみよう」

そう言いながら、ティブスさんはたいまつを自分の前に持ってきてうろこの模様《もよう》を調べた。ぼくは彼《かれ》の視線《しせん》の先を追った。

「ドラゴン文字のA、B、Cがある。それに……、ドラゴン文字のDがたくさん。数えきれないよ！」

「Dは悪のドラゴン結社のDね！」ベアトリスが言葉をはさんだ。

ぼくは振《ふ》り返り巻物《まきもの》の文を見た。

「これだ！　結局、手がかりは文の中にあったんだ。この文にはDが使われていないよ。それが『失われたもの』だ！」

「何てことだ、そのとおりだよ！」ティブスさんは笑っていた。ぼくの推理力《すいりりょく》に感心してくれたようだった。

「よく見てごらん。Dのドラゴン文字のうろこがこちらから向こう側までずっと伸《の》びているぞ！」

「それが道だわ！　やってみましょう！」ベアトリスは俄然《がぜん》張り切っていた。

ティブスさんは良く考えてうなずいた。

「そのようだね。でもほんとうに注意しなくてはいけないよ。一度に1歩ずつだ。それでもし何かが起こったら、ジャンプして後ろにもどるんだ」

ぼくたちはDのドラゴン文字の通路を入念に調べ、いざというときに備えた。ティブスさんはたいまつをしっかり握《にぎ》っていた。

「私《わたし》が先に行くぞ。私の身に何も起こらなかったら、君たち二人は私が通ったあとをそのまま進むんだ」

最初のうろこの前にすき間があったので、ティブスさんは大股《おおまた》でそれを越《こ》えなければならなかった。ぼくは息を詰《つ》めて見ていたが、今回は酸《さん》の噴《ふ》きだしやドラゴンの燃える舌なども なく、問題なく進めた。彼がたいまつを掲《かか》げると、ぼくたちの前に通路がきれいにできており、それ以上の試練はなさそうだった。

彼は最初のうろこの端《はし》まで2、3歩下がり、両手を差し伸べた。

「Dのドラゴン文字だ。さあ、ベアトリス。私《わたし》の腕《うで》をつかんでジャンプするんだ！」

ベアトリスは深呼吸《しんこきゅう》すると、ティブスさんのところへジャンプした。ぼくもそれに続いた。うろこは大きかったが、ぼくたち3人全員がたった1枚《まい》のうろこの上に立ったので、ぎゅうぎゅう詰《づ》めだった。

「よし」ティブスさんは緊張《きんちょう》が少しほぐれたようだった。

「私が先に進むあいだ、君たち二人はここにいるんだ。その先で君たちが来るまで待っているから」

ティブスさんは最初はゆっくり、そしてだんだんとスピードを速めた。そして、振《ふ》り返ってぼくたちをよんだ。「大丈夫《だいじょうぶ》だ！　私が通ったあとをそのまま通るんだ！」

ぼくたちは部屋をほとんど横切っていた。そろりそろりと動いたのは、正しいうろこを踏《ふ》みはずして想像を絶《ぜっ》するような恐怖《きょうふ》が現れやしないかと、怖《こわ》かったからだ。トンネルの中はジメジメして寒かったが、集中していたので、寒さは感じなかった。

「フーッ！　私たち、やったわね！」ベアトリスは最後のうろこをとぶと、ハンカチで口元を押《お》さえた。

振《ふ》り返ると、曲がりくねった通路があった。こちら側にいれば安心だったが、まちがったうろこを選んでいたらどうなっていたことだろう？　ぼくは止まる前に、ドラゴン文字のCがついたうろこを足のつま先で触《さわ》ってみた。

「ダニエル、何をしているの！」ベアトリスが叫《さけ》んだが、手遅《ておく》れだった。

シュッと音がしたかと思うと、そのタイルが落ちこんで、床《ゆか》の真ん中に大きな穴《あな》がパックリと口を開けた。ぼくは驚《おどろ》いてとびのいてから、もう一度身を乗り出して穴をのぞき込《こ》んでみた。穴はやたら深く、水がたまっているようだった。先のとがった恐《おそ》ろしい槍《やり》が地面から突《つ》き出ていた。

「困《こま》ったやつだ！」ティブスさんはピシャリと言い、怒《いか》りで顔を真っ赤にした。

「やっぱり子どもなんか連れてくるんじゃなかった」

「ぼくらがいなかったら、この通路を見つけられなかったでしょ！」ぼくは言い返した。

でも彼《かれ》が正しいことはわかっていた。ぼくは馬鹿《ばか》なことをしでかしてしまった。

「通路を通って元にもどれなくなったじゃないか！」ティブスさんが怒鳴《どな》った。

「別の出口を探さなきゃならん」でも好奇心が勝《まさ》ったようで、少し間を置いてから、彼《かれ》も身を乗り出して穴《あな》をのぞき込《こ》んだ。

「どうしてこんなことをしちゃったんだろう？」

「少なくとも君がこのことから何かを学んでくれることを望むね。二度と問題を起こさないと約束するんだ！」ティブスさんはため息をつきながら言った。

ベアトリスもまちがいなくぼくのことを怒《おこ》っていた。ぼくは、だれかにぼくのことを馬鹿《ばか》だと思わせたことが残念でならなかった。


来た道をもどることができないので、トンネルの分かれ目に骨《ほね》を置く必要はなさそうだった。ありがたいことに、ぼくたちはそれ以上わなに行き当たることはなかった。通路はついに、大きな部屋につながった。赤々と燃えるたいまつの明るさに目がくらんだ。ぼくはまた心臓《しんぞう》がドキドキした。いったいだれが明かりを……？

ティブスさんは止まって地図を調べ、「どうやら着いたようだな」と言った。

「悪のドラゴン結社の総本部の控《ひか》えの間だ。着替《きが》え室だな」

「ドラゴンのにおいがするわ！」ベアトリスは空気をかいで言った。ぼくもおなじみの硫黄《いおう》のにおいに気づいていた。気持ちの良いものではなかったが、気分が急に高揚《こうよう》した。

「たぶんトーチャーが近くにいるんだよ！」ぼくは興奮《こうふん》してきた。俄然《がぜん》希望がわいてきたんだ。

「ここで何をしますか？」ベアトリスが尋《たず》ねた。

ティブスさんは部屋の反対側にある大きな2枚扉《まいとびら》のほうに進んで行った。

「後ろに下がっているんだ！」彼はきっぱりと指示した。

「それと静かにしているんだ。扉を少し開けて、反対側に何があるかをまず見てみる。もしだれかいたとしても、そのときは少なくともこれがある」彼はポケットのピストルをたたいた。

「たいまつをここに置いておこう。君たち二人は地図を持っていてくれ。私《わたし》の身に何か起こったら、ここからなんとか逃《に》げ出し、急を知らせるんだ」

「そこにだれもいなかったら？」ぼくは尋《たず》ねた。

「それだとしたら、幸運にも、邪魔者《じゃまもの》はだれもいないとうことだから、だれにも見つからずにトーチャーを探《さが》せるということだ」

ベアトリスとぼくは、ティブスさんが扉《とびら》のほうに歩み寄るのを心配げに見ていた。近づくと、ドアが開いた。彼《かれ》は少しこわばり、上着のピストルを手探《てさぐ》りで探しはじめた。そして歩きつづけ、後ろを振《ふ》り向いては、ぼくたちの方を注意深く見た。

「中にはだれもいないようだ」

「それじゃ、だれが扉を開けたの？」ベアトリスが小声で聞いた。

ティブスさんは肩《かた》をすくめ、先に進んだ。そのとき、ぼくたちはキーッという叫《さけ》び声を聞いた。それに続いて、低く、ガラガラした泣き声が聞こえた。ドラゴンが痛《いた》みを感じているときの独特《どくとく》の声だ。ティブスさんは扉のほうに急いだ。

ベアトリスがハッと息を飲んだ。「トーチャーだわ！」

　ぼくたちは走って扉を抜《ぬ》け、壮大《そうだい》な円形の部屋に入った。ドーム状《じょう》の天井には複雑な装飾《そうしょく》が施《ほどこ》され、壁《かべ》は凝《こ》った彫刻《ちょうこく》とドラゴンの絵で飾《かざ》られていた。立派《りっぱ》な椅子《いす》が内側を向いて配列され、大きな円形をつくっていた。いちばん奥《おく》には、まばゆい金のうろこで飾られ、後ろ脚《あし》で立ってまるで挑《いど》みかからんばかりに頭をもたげた、壮麗《そうれい》なヨーロッパドラゴンの像があった。目のくぼみにはルビーがきらめき、広げられた翼《つばさ》は天井に届《とど》かんばかりだった。

「見て！　片方《かたほう》のかぎ爪《づめ》がない。ドラゴンのかぎ爪がぴったり収《おさ》まるように見えるよ」

「それは違《ちが》うわ。ドラゴンのかぎ爪は中国の龍《ロン》から来ているのよ。ヨーロッパドラゴンのものじゃないわ」

「悪のドラゴン結社はそんな細かいことにこだわらなかったんじゃないかな」ティブスさんが皮肉っぽく言った。

「やつらにとっては、ドラゴンはドラゴンであって、すべて死に値《あたい》するんだ」

　ドラゴンの鳴き声がやんで、部屋は不気味なほど静かになったが、長くは続かなかった。突然《とつぜん》、姿《すがた》の見えない声がとどろいた。それは部屋じゅうにこだまし、まるでドラゴンの像の口から発せられたかのようだった。

「ようこそ、よそ者たちよ！　おまえたちにここで会うことになるとは考えていなかった」その声はいったん、もったいぶるようにやんだ。

「我々《われわれ》はエレナー交差点で会う約束をしていなかったかな？　ダニエルとベアトリス、自分たちの使命をだれにも話さないようにという指示に、従《したが》わなかったな」声の主の憤《いきどお》りはだんだんと増し、声は最高潮《さいこうちょう》に達したようだった。

「ティブスが一緒《いっしょ》だっただけで、おまえたちがこの危険《きけん》な迷路《めいろ》を生き抜《ぬ》いたことは驚《おどろ》きだ。とにかくおまえたちはここに来た。ということは、ドラゴンのかぎ爪《づめ》を持ってきたということだな？　持ってきていない場合に、おまえたちをどのように扱《あつか》ったらよいかなどと、おれに考えさせるなよ」

「だれなの？　姿を見せて！」ベアトリスはこんなときにいつも大胆《だいたん》だ。

「私《わたし》は悪のドラゴン結社の秘密《ひみつ》の首領《しゅりょう》だ！　さあ、かぎ爪《づめ》を見せるんだ！」

「あなたがだれだかわからないうちは、見せることはできないわ！」。

「おまえたちは私と取引するような立場にはない」その声は、驚《おどろ》いているようだが、楽しんでいるようにも聞こえた。

ティブスさんが、持ってきていたドラゴンのかぎ爪を高く掲《かか》げた。その顔は真っ赤になり、こめかみの血管が脈打っていた。

「トーチャーはどこだ？」そう問いつめたティブスさんの声は異常《いじょう》に高まっていた。

「おお、そこにいたのか」今度は落ち着き払《はら》った声が聞こえた。

「セント・ジョージの肖像画《しょうぞうが》の下の檻《おり》を見てみろ」

ぼくたちはすぐさま肖像画を探《さが》し、その下の檻の前に駆《か》け寄った。ティブスさんが檻をギシギシ揺《ゆ》すったが、下に横たわっている赤ん坊《ぼう》ドラゴンの目を覚まさせることはできなかった。

トーチャーを見つけて、ぼくは涙《なみだ》で前が見えなくなった。最愛の赤ん坊ドラゴンは横向きに寝《ね》て、ほとんど動かなかった。目は閉《と》じられ、うろこのはえた首は後ろの壁《かべ》につながる太い鎖《くさり》で巻《ま》かれていた。

「けだもの！　あの子に何をしたの！」ベアトリスが泣き叫《さけ》んだ。

「ただ静かにさせているだけだ。しかし問題があるとしたら、私がその子に何をしたかではなく、これから何をしようとしているかだろうな。すべておまえたち次第だがな」

一言一言を聞くごとに、聞いたことがあるという感じが強くなっていった。聞いたことがあるのはまちがいなかったが、どこでだか思い出せなかった。像の後ろにいる男はぼくたち3人を知っているはずだ。こいつがS.《エス》A.《エイ》S.《エス》D.《ディー》の裏切《うらぎ》り者だというのか？

「かぎ爪をよこすんだ、ティブス」その声は命じた。

ティブスさんは言われたとおりにした。どこか遠くで、古い機械がガラガラするような音が聞こえた。檻の格子《こうし》がゆっくりと動き、キーキーとすりつぶすような音を出しながら、地面から1メートルほどまで上がった。

ベアトリスとぼくは猛然《もうぜん》と飛びだした。

「中に入っちゃだめだ！　わなかもしれないぞ！」ティブスさんが警告《けいこく》した。

しかしもう遅《おそ》かった。ぼくたちは檻《おり》の中にすべり込《こ》んだかと思うと、次の瞬間《しゅんかん》には、トーチャーのそばにいた。かわいそうな赤ん坊《ぼう》ドラゴンは虫の息だった。なでたりたたいたりしても、反応はなかった。

「見て！　死にかけているわ！」ベアトリスは涙《なみだ》を浮《う》かべていた。

その一方で、声は引き続き部屋じゅうに響《ひび》いていた。

「ティブス。ドラゴンのかぎ爪《づめ》を像のくぼみに置くんだ」

ティブスさんはかぎ爪をぎゅっと握《にぎ》っていた。彼《かれ》がこの状況《じょうきょう》から抜《ぬ》け出す方法を考えていることが、ぼくにはわかった。でも見る限りでは、何もなかった。

トンネルの中で試練が続いたあとで、その声の主が目的のためなら手段《しゅだん》を選ばないことが、ぼくたち三人はわかっていた。ティブスさんは像のほうに一歩ずつ進み、レプリカのドラゴンのかぎ爪をくぼみに押《お》しこんだ。

「それではドラゴンのかぎ爪を自分のほうに引くんだ」

ティブスさんは爪を引いたが、何も起こらなかった。腕《うで》はピクリとも動かなかった。

「もう一度やってみろ、ティブス！」その声は待ちきれずに命じた。

「私《わたし》にはできない」ティブスさんが言った。

「できない？　いったいどういうことだ？　やれない、という意味なのか？」

その脅《おど》すような怒《いか》り方には、確かに覚えがあった。ぼくは神経を集中させた。突然《とつぜん》、声の主がだれだかわかった！　だれもが死んだと思っていた男だ。

「悪のドラゴン結社の首領《しゅりょう》なんかじゃない！　イグネイシャス・クルックだ！」

答えはなかったが、檻《おり》の格子《こうし》がキーキー、ミシミシと音を立てながら下がり、バタンと閉《し》まってしまった。ぼくは身動き一つできなかった。ベアトリスと二人、わなに閉《と》じこめられたのだ。

第13章　宝《たから》の山

ドラゴンの殺りくに失敗することは、王への背信《はいしん》だと見なされる。追跡《ついせき》を成功させられない騎士《きし》たちは、その報《むく》いを受けなければならない。彼《かれ》らには厳《きび》しい選択《せんたく》が提示される。すなわち、追放か、死かだ。

——『マレウス・ドラコニス』（ドラゴン・ハンマー）エドワード一世

イグネイシャス・クルックがドラゴン像の後ろから出てきた。長い黒のマントを巻《ま》きつけ、フードを深くかぶって顔のほとんどを覆《おお》っていたので、声だけしかわからないことに変わりはなかった。

ティブスさんはピストルを取り出し、イグネイシャスにねらいをつけた。恐《おそ》れなのか怒《いか》りなのかどちらかわからなかったが、その手は震《ふる》えていた。

「ピストルを下ろすんだ、ティブス。おまえさんはそんなものを使いこなせる男じゃない。たとえいまいましい小僧《こぞう》どもを助けるつもりでもな。もっとも、おまえもそいつらをきらっていたんじゃないのか？」

ティブスさんは手をしっかり押《お》さえ、ピストルのねらいをつけたままだった。

「それはどうかな」

「おまえは死んだんじゃなかったのか、イグネイシャス」檻《おり》の中からぼくは叫《さけ》んだ。ほんとうにこんなやつ、死んだほうがどれだけよかったことか。

「死んだ？　ハハハ、ヘゼキア船長の話が広がったんだな？　やつがおれをドラゴンの島に置き去りにしたあと、おれはこうなったんだ！」

イグネイシャスはフードをぬいだ。その顔は醜《みにく》い火ぶくれだらけで、肉の一部はえぐられてほとんど骨《ほね》が見えるほどだった。これではフードをしていなくても、声がなければほとんど見分けがつかなかっただろう。

イグネイシャスは、同情する観衆《かんしゅう》を前にしたように語りはじめた。

「ヘゼキアは、島にいた悪魔《あくま》のアンフィテールについては正しかった。あいつはおれを攻撃《こうげき》し、死んだと思って放置した。たまたま見つけた流木につかまって逃《に》げなければ、死んでいただろうな。6日間も腐《くさ》った木の枝につかまって浮《う》かんでいたよ。そのあとスペインの船がおれを見つけて、ヨーロッパに連れ帰ってくれた」

イグネイシャスによれば、彼《かれ》の父親のエベニーザー・クルックにとって、悪のドラゴン結社の秘密《ひみつ》を追跡《ついせき》したときと、失われたドラゴンの島を必死になって探《さが》したときが、人生で最も充実《じゅうじつ》した、同時に重大な脅威《きょうい》を感じとった時期だった。

エベニーザーは自分で島を見つけることはできなかった。しかし古い地球儀《ちきゅうぎ》が島の位置を示していたので、イグネイシャスがその意志を継《つ》いだ。ところが、エベニーザーがドラゴン・マスターの称号《しょうごう》をイグネイシャスに継がせなかったおかげで、彼は父親の死後痛《いた》い目にあっていた。おまけに、一族の家がちょうど1年前に火事にあい、彼は自分がもらえたはずの遺産《いさん》をも失ってしまった。ぼくに言わせればすべて自業自得《じごうじとく》だ。

「それでおまえは島に戻《もど》って、失われた富を回復するために宝《たから》を探したんだな？」

イグネイシャスが、権利《けんり》など主張できないはずのもので損失の埋《う》め合わせをしようとしたことは十分にあり得る。ゾッとしたけれど、とにかく時間を稼《かせ》がなきゃ。イグネイシャスに話させ続ければ、ドレイク博士がぼくたちを見つけるか、あるいはぼくたちが逃《に》げる方法を考えつくか、どちらかの望みが持てた。

「島に莫大《ばくだい》な宝があることは確かだ。でもおれはまだ金貨の一つも見てない」イグネイシャスの言い方は苦々しく、怒《いか》りが込《こ》められていた。

「ガーディアンのアンフィテールがうまく隠《かく》したんだ」

ところがイグネイシャスは、便利なものを島で見つけた。バシリスクに力を与《あた》える特別なドラゴンの粉が詰《つ》められた魔法《まほう》の杖《つえ》だ。国にもどって、彼はある考えを思いついた。

「それはランソーン塔《とう》の復元工事の記事を読んだときだった。おやじがおれに残してくれた地図を使って墓地に入れたんだ」

どうも、エベニーザー・クルックは死ぬ直前に、ノースアンバーランド伯爵《はくしゃく》が所有していた古い羊皮紙《ようひし》に、墓地のわなに関する記述があることを発見したようだ。彼はまた、入口の謎《なぞ》も解くことができた。ところがその発見についてS.《エス》A.《エイ》S.《エス》D.《ディー》に伝える機会がないまま死んでしまった。死んだときの枕元《まくらもと》に地図の写しが置かれていて、入口からの安全な入り方と、わなにかからないようにする方法についてのメモも添《そ》えられていた。

「ドラゴン学者というのはなんと馬鹿《ばか》なんだ！」イグネイシャスはあざけった。

「2、3回攻撃《こうげき》をしかけて、おれがつくったくだらない指輪を見せただけで、執念《しゅうねん》深い悪のドラゴン結社の騎士《きし》たちが復活したと信じこんでしまうんだからな。訳《わけ》もないさ。おれのねらいはな、ドレイク博士やおせっかいなおまえたちの両親のような人間を遠ざけることだけだったんだ。ドラゴンのかぎ爪《づめ》に到達《とうたつ》するには、おまえたち二人の赤ん坊《ぼう》ドラゴンに対するかわいがりぶりを利用するのがいちばん簡単《かんたん》だってわかったのさ」

イグネイシャスは、現代の悪のドラゴン結社のメンバーを容易に見つけられたはずだ。それには、金《かね》と、生きたドラゴンの狩《か》りをするというまたとない経験ができることを約束すればよかった。

「その手を使ってアンダーソンを巻《ま》き込《こ》んだんだな！」ぼくはわめいた。

「アンダーソン？　おまえが言っているのは、大物狩《が》りで有名なウィルソン少佐《しょうさ》のことだな。あいつはただ雇《やと》われただけだ」

どうやら、イグネイシャスは少佐を墓地に案内したようだ。イグネイシャスはエベニーザーの地図を送って、野砲《やほう》を持ってくるよう少佐に言った。その野砲を使ってドラゴンを殺せることを証明して、少佐に秘密《ひみつ》のサインと合言葉を教えた。そしてイグネイシャスは少佐に指示を与《あた》え、ぼくたちを追わせたんだ。

「でも、どうしてドラゴンのかぎ爪が必要なの?」ベアトリスはまだトーチャーの額をやさしくなでていた。

イグネイシャスの醜《みにく》い顔はゆがんだ笑《え》みでクシャクシャになった。

「ドラゴン結社の騎士たちは用意周到《しゅうとう》だったよ。やつらは自分たちの莫大《ばくだい》な富をうまく隠《かく》したんだ」

「それじゃ、かぎ爪が宝《たから》を探《さぐ》り当てる鍵《かぎ》なんだな!」

「まぬけども!　この壁《かべ》の後ろにどれだけの宝が隠されているかわかるか?　ドラゴン結社の騎士たちの富がどれだけのものか、想像もつかないほどだ!」

「あなたはその宝《たから》に招き寄せられたというのね。じゃあ、取引は成立したでしょ。あなたはかぎ爪《づめ》を手にしているわ。だから、トーチャーを連れて帰らせて！」ベアトリスは立ち上がり、檻《おり》をガタガタ揺《ゆ》さぶった。

イグネイシャスは像のほうにあとずさった。かぎ爪はまだくぼみにあった。彼《かれ》はそれを2度、3度と引いてみた。今度はかぎ爪を持ち上げ、品定めを始めた。

「これはドラゴンのかぎ爪のはずだよな？」イグネイシャスがそう言い出したとき、ぼくの心臓《しんぞう》は止まりそうになった。

「動かないぞ。どうして宝の部屋が開かないんだ？」彼は威嚇《いかく》するような目を見せた。

つぎの瞬間《しゅんかん》、耳をつんざくような怒鳴《どな》り声を部屋全体に響《ひび》きわたらせた。

「違《ちが》う！　これはおれの祖父《じい》さんがつくった偽物《にせもの》だ！」

トーチャーがわずかに動いた。ベアトリスはひざまずき、やさしく揺《ゆ》さぶった。

「トーチャー。起きてちょうだい」しかし赤ん坊《ぼう》ドラゴンはそれ以上動かなかった。

イグネイシャス・クルックはもう一度醜《みにく》く笑った。

「おまえがなでているドラゴンが本物のトーチャーでなかったとしたら、どうする?」

彼はそう言うと、突然《とつぜん》マントの下から宝石のついた杖《つえ》を引っぱりだした。そして、ドラゴンの粉を少しまくと、8の字に回しながら「アブラ!」と叫《さけ》んだ。ドラゴンの目がパッと開いた。それを見てぼくたちはすぐにわかった。トーチャーの目は深い緑色のはずだ。そのドラゴンの目は同じ緑色でも、明るいエメラルド色で、金色の小さな斑点《はんてん》がついていた。瞳孔《どうこう》は深いプールのように黒くて、引きこまれそうなほどだった。

ぼくは眠気《ねむけ》を催《もよお》し、だんだん我慢《がまん》できなくなっていった。ハッとした。その生きものは催眠術《さいみんじゅつ》をかけようとしている！　こんなときは、視線《しせん》をそらさなければならない！

「バシリスクだ!」ぼくは警戒《けいかい》の声をあげた。「目を見ちゃだめだ!」

その生きものは立ち上がり、シューーッと音を立てて鼻を鳴らし、ドキリとさせるような目でこちらをにらんだ。幸いなことに、ぼくは前に催眠術にかかったことがあり、何が起こるかわかっていた。

「ティブスさん!　ティブスさん、助けて!」ベアトリスが叫《さけ》んだ。

ティブスさんはバシリスクに銃口《じゅうこう》を向け、眉間《みけん》をねらった。そのときイグネイシャスがすばやく動いた。杖《つえ》を振《ふ》り上げると、ティブスさんを指して「イパナ！」と叫《さけ》んだ。

バシリスクはすぐさまティブスさんに目の焦点《しょうてん》を合わせた。

「見ちゃダメ！　やられちゃうよ！」ぼくは叫んだ。

しかし時すでに遅《おそ》し。ティブスさんの腕《うで》はだらりと垂《た》れ下がり、ピストルは手からすべり落ちた。彼《かれ》は2、3歩前に進むと、壁《かべ》に向かってよろめき、檻《おり》のすぐわきの地面にぐにゃりと倒《たお》れた。

「催眠術《さいみんじゅつ》をかけたのね！　私《わたし》たちはどうなってしまうの？」

「自分たちで防ぐしかないよ！　ぼくたちだけはやられないようにしよう」

バシリスクは向きを変えて、もう一度ぼくに視線《しせん》を向けようとした。牙《きば》からは毒液がしたたっていた。ぼくは、ベアトリスを後ろにしてできる限り守りながらあとずさりした。バシリスクは首に巻《ま》かれた太い鎖《くさり》をグイッと引いたが、それはまだ固定されていた。

「カンビア・ズィフォーニー！」杖をバシリスクに向け、イグネイシャスが命じた。

バシリスクは姿《すがた》を変え、口は長く、細くなった。翼《つばさ》からは羽が生えてきた。

「コカトリスの姿になってきたわ！」ベアトリスが叫んだ。

「まだ催眠術をかけようとしているぞ！　絶対やらせないようにしなくちゃ！」

ぼくはどうやって自分を守るか知っていた。でも、ベアトリスは催眠術にかかったことがないから、バシリスクの目を少しでも見たらやられてしまう。

「4629割る3はいくつ？」ぼくはベアトリスに問題を出した。

「……1543」少し間があって、彼女《かのじょ》は答えた。

「正解！　それじゃ、173万3千足す284万2千は？」

催眠術への対策《たいさく》は、それを解くのもかからないようにするのも、大きな数字の計算を続けてすることなんだ。ぼくは質問を連発しながら、頭の中で同時に答えを出していた。

コカトリスのくちばしからしたたる毒液が岩にはね返ってとんできたが、ぼくはかろうじてよけた。そのあいだも繰《く》りかえし頭の中で計算問題を考えたり、答えを出したりしていた。そいつは頭をそらしてまっすぐに立ち、毒液をもう一度吐《は》こうとしていた。

「29!」つぎの問題に、ベアトリスが怒鳴《どな》るように答えた。

すると彼女《かのじょ》は向きを変え、イグネイシャスに必死に訴《うった》えた。

「私《わたし》たちを出して！　言うことは何でもするわ」

「あいにくだが、それはできんな。おまえたちはおれが必要としているものを持ってこなかった。だから、もうおれにとっては役立たずさ。かわいそうなコカトリスが腹《はら》を空かせている。食事をさせる時間かもしれんな」

「それなら、本物の爪《つめ》を持ってくるよ！　どこにあるか知っているんだ」

「馬鹿《ばか》を言うんじゃない。出まかせに決まってる」

「すぐにドレイク博士がやってくるわ。彼《かれ》はあなたを絶対許《ゆる》さないわ」

ぼくは檻《おり》ぎりぎりまで後ずさった。そのあいだも常にベアトリスを後ろにしていた。

コカトリスはぼくたちに近づいてきていたが、ガチャリと大きな音を立てて、鎖《くさり》がいっぱいのところで止まった。くちばしでぼくに噛《か》みつこうとし、その冷酷《れいこく》な目の焦点《しょうてん》を必死にぼくに当てようとした。ぼくに催眠術《さいみんじゅつ》をかけられないことが、どうしても理解できないようだった。

もう一度頭をそらしてまっすぐに立つと、無理にも前進しようとして、ボルトでしっかり取りつけられている鎖を猛烈《もうれつ》にグイッと引っぱった。そのとき、レンガ造りの壁《かべ》に大きな割《わ》れ目が生じ、ボルトのところから広がっていった。

「おれはもう飽《あ》き飽きだ」あくびをする振《ふ》りをしながら、イグネイシャスはもう一度杖《つえ》を振るった。「カンビア・ヴィペーラ！」

ガラガラと鎖の音を立て、コカトリスがまた姿《すがた》を変えはじめた。脚《あし》と胸《むね》には筋肉《きんにく》がびっしりと詰《つ》まり、羽は固いうろこにもどっていった。一方で翼《つばさ》が巨大《きょだい》な傘《かさ》のように広がり、檻の天井で押《お》しつぶされそうになった。ベアトリスとぼくは壁にへばりついていた。その生きものはいやらしい目でぼくたちを見下ろすようになった。

「ワイバーンに変わろうとしている！」

普通《ふつう》は、ワイバーンは人間と良好な関係にある。でもこいつの心はバシリスクのままだから、始末が悪い。

「アターカ！」イグネイシャスが命じた。

ドラゴンは死に物狂《ものぐる》いで鎖《くさり》を引っぱった。でも、鎖はまだしっかり壁《かべ》につながっていたので、ぼくたちはなんとか安心できた。そいつは欲求《よっきゅう》不満の吠《ほ》え声をあげた。

そのときどこか近くで、別のドラゴンの吠える声が聞こえた。

「トーチャーだ！」ベアトリスとぼくはいっせいに声をあげた。

赤ん坊《ぼう》ドラゴンにはぼくたちの声が聞こえたようで、さらにもう一声吠えた。

「そんなに遠くじゃないよ！」

「でもこんな所に閉《と》じこめられていたら、何もできやしないわ！」ベアトリスはそう叫《さけ》ぶと、鉄の棒《ぼう》をつかみ、必死になって檻《おり》を開けようとした。でも無駄《むだ》だった。鉄の檻《おり》は1トンもの重さにも感じられた。

「アターカ！」イグネイシャスがもう一度命じた。

ワイバーンがものすごい吠え声をあげた。ぼくは鼓膜《こまく》が破れるんじゃないかと思った。

そいつは、鎖と壁をつなぐボルト周りの石がくずれるまで、鎖を全力で引っぱった。

トーチャーが吠えるのがまた聞こえた。

「ティブスさん！」ベアトリスが檻の中から叫んだ。

「ティブスさん、起きて！　壁がくずれるわ！」

「イグネイシャス！　やめさせてくれ！」

ワイバーンは最後にグッと力を込《こ》めると、ボルトを壁から一気に引き抜《ぬ》いた。ボルトのあった壁がくずれ始め、檻の横のブロックもゆるみ始めた。チャンスが来た。ぼくたちはなんとかそれを横に押《お》し広げ、壁にわずかなすき間を開けた。ぼくはベアトリスをそのすき間から外に出そうとしたが、だめだった。

雷《かみなり》のような音をあげて、後ろの壁全体がくずれてきた。ワイバーンは勝ち誇《ほこ》ったような雄叫《おたけ》びをあげながら、ぼくたちのほうへとびはねてきた。そのとき、立ちのぼる砂《すな》ぼこりと落ちてくるレンガで一瞬《いっしゅん》前が見えなくなった。

「姉さん、大丈夫《だいじょうぶ》？」

「私《わたし》は大丈夫よ。トーチャーに何があったか、知る必要があるわね」

名まえを呼《よ》ばれたのにこたえるかのように、赤ん坊《ぼう》ドラゴンが突然《とつぜん》後ろの壁《かべ》の穴《あな》からとび込《こ》んできた。勇敢《ゆうかん》にも、彼《かれ》はワイバーンとぼくたちのあいだに立ち、戦いを挑《いど》むかのような構えをした。

ぼくは手を伸《の》ばし、トーチャーをわきへどかそうとしたが、捕《つか》まえられなかった。

「トーチャー！　戦えないよ。今は火も吐《は》けないんだよ！」

そのときあることを思い出した。ぼくはポケットに手を突《つ》っ込《こ》むと、持ってきていた火打石と黄鉄鉱《おうてっこう》を引っぱりだした。

「トーチャー。早くこれを！」それを渡《わた》すと、トーチャーはほおの中にすべりこませた。すぐに、チカチカとした火花がくちばし周りに現れた。彼は自分のしっぽを前後にくねらすと、いきなり強烈《きょうれつ》な火柱を発射《はっしゃ》し、ワイバーンを少しのあいだたじろがせた。

しかしその生きものはすぐに、ぼくたちに向かってまた進みはじめた。

「ターミナス・ウルトラ！」イグネイシャスが叫《さけ》び、杖《つえ》をぼくたちに差し伸《の》べた。

「やつらを片《かた》づけろ！」

「これで終わりかな、姉さん？」

「今はなんともしようがないわね」ベアトリスはぼくの手をギューッと握《にぎ》りしめた。

「少なくとも、イグネイシャスは宝《たから》を手に入れることはできないわ」

ワイバーンが止まった。クンクンにおいをかぐと、まるで何かに耳を傾《かたむ》けるかのように首をかしげた。

「ターミナス・ウルトラ！」イグネイシャスは再び命じたが、今度はそれまでなかったような、何か不確かな雰囲気《ふんいき》が声に現れた。

ワイバーンはうなり声をあげ、今にもぼくたちをむさぼり食う用意ができたかのようだったが、部屋の反対側が突然《とつぜん》大きくくずれて、その勢いをそいでしまった。

正面の扉《とびら》が内側に壊《こわ》れ、なんと、エラスムスが立ち向かってきた。ぼくはたくましいその姿《すがた》を見て、小躍《こおど》りするほどうれしかった。

「こんないまいましいトンネルなど、つぶしてしまえ！」エラスムスは吠《ほ》えながら、自分を納得《なっとく》させせるように言った。そこでエラスムスはぼくたちに気づいたようだ。

「おお、子どもたち、そこにいたか。ドレイク博士はまだ着いていないのか？　赤ん坊《ぼう》ドラゴンはどうした？」

彼《かれ》は、ぼくたちがわなにかかって檻《おり》に閉《と》じ込《こ》められていることに気づいていないようだった。それに化け物がぼくたちを食べようとしていたことも。

イグネイシャスは像のそばにいた。ワイバーンは向きを変えて、ぼくたちに正対した。

「サブシスト！」イグネイシャスが叫《さけ》び、杖《つえ》でワイバーンに指図した。この命令で、化け物はピタッと動かなくなった。イグネイシャスはぼくたちのほうを向いた。

「あれは何だ？　答えろ！」彼はしわくちゃの指で雪のように白いドラゴンを指した。

エラスムスは2、3歩イグネイシャスに近寄り、丁寧《ていねい》に自己紹介《じこしょうかい》した。

「私《わたし》はエラスムス。スピッツとブライソニアの息子《むすこ》で、ドラゴン・アプレンティスである。おまえは？」エラスムスは嫌悪《けんお》感《かん》むき出しで、イグネイシャスを上から下まで眺《なが》めた。「おまえは悪のドラゴン結社の騎士《きし》ではないな！」

「ハハハ！」イグネイシャスはあざ笑った。

「おれが悪のドラゴン結社の騎士かどうかなど、どちらでもかまわん。おまえさんがあの檻に入ることはできない。バシリスクがあの子たちを殺すだろうよ。もちろん、おまえさんがドラゴンのかぎ爪《づめ》を持ってきていれば話は別だがな！」

「かぎ爪はここにある！」エラスムスはしっかりと答えた。本物のドラゴンのかぎ爪を翼《つばさ》の下から引きだすと、自分の脚《あし》のあいだに置いた。ぼくはびっくり仰天《ぎょうてん》した。いったいどうやって持ってこれたというんだろう？

「私は、ここで偉大《いだい》な騎士と戦い、この爪をその勲章《くんしょう》とすることを考えていた。しかし、ここには騎士はおらんようだ」彼は間を置いて言った。

「私は、おまえにこれを渡《わた》そうとは思わない。それに、おまえやそこにいる醜《みにく》いドラゴンがその子どもたちを殺すようなことがあったら、必ずおまえを殺してやる。私はドラゴンと人間のあいだの協定など気にしていない」

「おまえさんとおれのあいだで新しい協定を結べるかもな」ふてぶてしく言いながらも、イグネイシャスの目は本物のドラゴンのかぎ爪にくぎづけになっていた。

「像の上にある偽物《にせもの》を本物と交換《こうかん》してくれ。そして手前に引くんだ。あとでそれは持っていってくれてもいいさ。そうすれば、子どもたちを解放すると約束するよ」

「聞いちゃだめ！　やつはだまそうとしているのよ！」ベアトリスが叫《さけ》んだ。

エラスムスはわずかのあいだ考え、そして口を開いた。

「言うとおりにしよう。私《わたし》が爪《つめ》を保持していれば、我々《われわれ》の大義が損《そこ》なわれることはない」

彼《かれ》は像からレプリカのかぎ爪を抜《ぬ》いた。

「それでは、本物の爪をくぼみに置くんだ」

イグネイシャスの指示に従《したが》って、エラスムスは爪をさし入れた。大きな衝撃音《しょうげきおん》がした。

「待て！　私が爪を引く前に、子どもたちを解放するんだ」

イグネイシャスには選択《せんたく》の余地がなかった。彼は振《ふ》り上げていた魔法《まほう》の杖《つえ》を下げると、いったん像の後ろに姿《すがた》を隠《かく》し、レバーを引いた。檻《おり》の格子《こうし》はガチャガチャと音を立てながら上がっていった。ぼくたちはトーチャーを抱《だ》き、エラスムスのそばに急いだ。

「格子をもう一度下げるんだ、早く！」エラスムスは命じた。

イグネイシャスは指示されたとおりにした。これでバシリスクは檻に閉《と》じ込《こ》められた。ベアトリスとぼくは互《たが》いを見つめ、つぎにトーチャーを見た。そして二人とも大きな安《あん》堵《ど》の息をついた。

でもまだ終わりではなかった。ぼくたちが安全になったのを見て、エラスムスはドラゴンのかぎ爪を自分のほうに引いた。ぼくたちは息をつめて待った。最初は何も起こらなかった。しかし、遠くからすりつぶすような音が聞こえたかと思うと、突然《とつぜん》、壁《かべ》全体がゆっくり上がりはじめ、一すじの金の光が見えた。壁がさらに上がると、今までにドラゴンの巣で見たどんな宝《たから》にも勝《まさ》るほどの、巨大《きょだい》な宝の山が姿《すがた》を現した。貴金属《ききんぞく》や宝石《ほうせき》が天井《てんじょう》まで届《とど》くほど山と積まれていた。山の真ん中には中世の銀製《ぎんせい》の玉《ぎょく》座《ざ》があり、実物大の龍《りゅう》の彫刻《ちょうこく》が後ろから抱きつくように飾《かざ》られていた。その爪にはダイヤモンドが握《にぎ》られていたが、その大きさはドラゴンのかぎ爪に取りつけられたものをしのいでいた。その宝物は、イギリスのすべての失われたドラゴンの富をまとめたものだった。あまりのまぶしさに目がくらむほどだった。イグネイシャスでさえも、ついに宝《たから》の山にたどり着いたことがにわかに信じられないようだった。

「悪のドラゴン結社の失われた宝だ」彼《かれ》はつぶやき、一歩ずつ近づいていった。

「この玉座《ぎょくざ》はおれのものだ！」そう叫《さけ》ぶと、彼は宝の山によじ登りはじめた。

「おれは遺産《いさん》を受け継《つ》ぐんだ。おやじができなかったことをやってやるんだ！」

彼は玉座に身をしずめると、興奮《こうふん》を押《お》さえきれないように忍《しの》び笑いをもらした。

しかしその笑いは長くは続かなかった。玉座に飾《かざ》られた龍《りゅう》の指が突然《とつぜん》イグネイシャスの腕《うで》をつかみ、足の指が彼の足を押さえた。

「な、何なんだ⁉」

彼がパニックになって悲鳴を上げると、今度は玉座が土台ごと勢いよくひっくり返り、視界《しかい》から消えた。息が詰《つ》まったような悲鳴が最後に聞こえたあと、静けさがもどり、空になった玉座が元にもどってきた。

しばらくのあいだぼくたちは立ちすくみ、イグネイシャスがついさっきいた所を見つめていた。すると、きしむような音がわずかに聞こえたかと思うと、低いガラガラ音がそれに続いた。大きな山から宝石がボロボロとこぼれ落ち、床《ゆか》の上を音を立てて転げまわった。ガラガラ音が大きくなるにつれて、さらに多くの宝石がぼくたちのほうにこぼれてきた。金がなだれのようにくずれると、突然《とつぜん》、玉座《ぎょくざ》が消えた。そのとき、宝物《たからもの》の山全体がすべるようにこちらに進んでいることがわかった。

「この場所全体にわなが仕掛《しか》けられているんだ！　部屋がくずれ落ちる！」

ぼくは叫《さけ》んだ。

ドーム状《じょう》になった天井《てんじょう》の、頂点《ちょうてん》より右側の石が一つ、ドサッと音を立てて床に落ち、あやうくティブスさんを直撃《ちょくげき》するところだった。恐《おそ》らく、宝《たから》はこの部屋の天井全体で守られているのだ。ドラゴンの像がよろめいたかと思うと、部屋の真ん中に落ちて壊《こわ》れ、書見台にぶつかった。古そうな本が転げ落ち、落ちてくるレンガですぐに埋《う》まってしまった。倒《たお》れてきた像が鎖《くさり》を引っぱり、檻《おり》を開いた。はじき出されるように檻から出てきたワイバーンが、ぼくたちに向かって進んできた。

「うわっ、たいへんだ！」ぼくは叫《さけ》んだ。

「どうしたらいいの？」

「クルックの杖《つえ》を使えば、たぶん止められるよ！」

ベアトリスは部屋をさっと見渡《みわた》した。

「イグネイシャスと一緒《いっしょ》になくなったみたい！　探《さが》している時間はないわ！」

レンガが天井《てんじょう》から落ち、像が地面にくずれ落ちたとき、ティブスさんが正気を取りもどした。まだ少しぼけたような感じだったが、なんとかピストルを構え、ワイバーンの方向を目がけて引き金を引いた。弾丸《だんがん》はワイバーンのうろこをかすめただけだったが、それでもその生きものは部屋の隅《すみ》に引っこんだ。

ぼくはティブスさんに手を貸してなんとか立ち上がらせた。そのあいだにベアトリスは扉《とびら》のほうへ急いだ。しかし部屋がくずれ始めると扉はバタンと閉《し》まり、力いっぱい押《お》してもピクリとも動かなかった。

「エラスムス！」ティブスさんを引っぱりながら、ぼくは叫んだ。「扉だ！」

フロストドラゴンは頭を後ろにのけぞらせ、低い体勢をとると、闘牛《とうぎゅう》の牛のように扉にぶつかっていった。2回目の衝撃《しょうげき》で、扉は曲がった。

そのころには大きなレンガが頭の上に落ちてきていた。そして部屋の天井を支えている柱の一つがグラグラし始め、内側に倒《たお》れてきた。ベアトリスはトーチャーをしっかりと抱きかかえ、出口に走った。ワイバーンがもう一度向かってきた。ぼくはティブスさんを押《お》し倒《たお》すようにして、間一髪《かんいっぱつ》で、火柱をよけることができた。

天井から大きな石が矢つぎばやに落ちはじめた。部屋の向こう半分は完全にくずれ、膨大《ぼうだい》な量の金のコインがまるで溶岩《ようがん》のようにまき散らされ、部屋の床《ゆか》を埋《う》めた。

「急いで！」ベアトリスが叫《さけ》んだ。

ぼくは、ティブスさんを押《お》しながら、大あわてで進んだ。そのあとをワイバーンが追いかけてきた。ティブスさんはなんとか扉《とびら》を通り抜《ぬ》けたが、ぼくがついていこうとしたとき、ワイバーンが飛びついてきた。爪《つめ》がぼくを捕《つか》まえ、息が顔にかかるのを感じた。ぼくはなすすべがなかった。やつの牙《きば》が肉に食いこむのを待ち、やってくるはずの恐怖《きょうふ》と痛《いた》みに対して覚悟《かくご》を決めた。

ところが拍子《ひょうし》抜《ぬ》けだった。ワイバーンは空中で凍《こお》りつき、ぼくは扉をぬけて安全な所にやわらかい鼻先で押し出された。

何が起こったかを理解するのに少し時間がかかった。エラスムスが氷のひと息でワイバーンを凍らせていた。ぼくは、まだ心臓《しんぞう》がドキドキしていたが、彼《かれ》に礼を言った。しかしエラスムスはただ、トンネルからの脱出口《だっしゅつぐち》に向けてぼくたちをさらに押しやるだけだった。振《ふ》り返ると、凍りついたバシリスクが金のコインに埋《う》まっていくのが見えた。

ぼくたちはまだ安全ではなかった。墓地のトンネルにつながる控《ひか》えの間《ま》に逃《に》げただけで、どこの天井《てんじょう》も裂《さ》け目だらけだった。

「墓地全体がくずれ落ちるんじゃないの！」ぼくはベアトリスに言った。

その恐《おそ》れを裏付《うらづ》けするように、ドーンッという大きな音がして天井がくずれ、控えの間の扉の一つが曲がった。ぼくたちの後ろに金のコインがこぼれ落ちてきた。

「早く！」ぼくはわめいた。

「どっちなの？　今来た道はもどれないし、ほかの道はわからないわ！」ベアトリスが力なく答えた。

「落ち着いて、わしについてくるんだ」エラスムスの声がこだましたが、そのときにはもう控えの間からつながるトンネルの一つに彼の姿《すがた》が消え去ろうとしていた。

ベアトリスがティブスさんの片手《かたて》をつかみ、ぼくたちはエラスムスのあとを急いで追いかけ、トンネルの迷路《めいろ》へもどった。トーチャーはぼくたちのあとを走ってついてきていた。耳の奥《おく》でレンガの壁が激《はげ》しくつぶれる音が響《ひび》いていた。

第14章　イドリギアの裁《さば》き

ことばを操《あやつ》る、社会を構成する、歴史を理解する、芸術を鑑賞《かんしょう》するなどのあらゆる人間らしい営みが、実は人間だけのものではないとする認識《にんしき》は、静かに、しかし確実にもみ消さなければならない。

――『マレウス・ドラコニス』（ドラゴン・ハンマー）エドワード一世

ドラゴンの墓地から逃《に》げ出すことは、言いようのない試練だった。トンネルのあらゆる所が割《わ》れ、どちらへ行けば安全なのかまったくわからなかった。ティブスさんも足手まといになっていた。彼《かれ》は正気を取りもどすようすがまったくなかった。くずれてくるレンガのかたまりをかろうじてよけた直後に、エラスムスが彼を持ち上げ、ぼくたちの足もとに現れた大きな割れ目を越《こ》えさせてくれた。

後ろのトンネルの一部がくずれ落ちると、サーッと風が来てたいまつを吹《ふ》き消した。

トーチャーがたいまつに着火してくれるまで、ぼくたちは長い時間、暗やみの中を手探《さぐ》りで進んだ。幸いなことに、エラスムスは行くべき方向がわかっていたようで、つねにぼくたちを導き、最後には、ぼくたちが通らなかったはずの墓地の一部に着いていた。

「どうしてこの道がわかったの？」ぼくはエラスムスに尋《たず》ねた。

「ああ、それは」フロストドラゴンは明らかに誇《ほこ》らしげだった。

「アンダーソンの地図を記憶《きおく》していたんだ。地図に2番目の入口が記されていることに気づかなかったか？　悪のドラゴン結社がドラゴンの捕虜《ほりょ》をなぶり殺すのに使った部屋に続く入口だ」

「なぶり殺す、ですって？　そんな恐《おそ》ろしいことを！」ベアトリスが叫《さけ》んだ。

「まったくだ。悪のドラゴン結社の騎士《きし》たちがやったことは最悪だ。わしは、やつらのおぞましい墓地を破壊《はかい》することなどまったく意に介《かい》さないが、一つか二つの遺産《いさん》だけはなんとか残したいんだ」

「遺産って、ドラゴンのかぎ爪《づめ》のこと？」何食わぬ顔でぼくは尋ねたが、エラスムスの反応はぼくを驚《おどろ》かせた。彼《かれ》はピタリと止まると、ゆっくり振《ふ》り向いた。真っ白い顔には不安と戦りつが見てとれた。

「ドラゴンのかぎ爪《づめ》！」彼はわびしく嘆《なげ》いた。「ドレイク博士はわしを信頼《しんらい》して預けてくれた。わしは命をかけて爪を守ると約束した。しかしわしは……」

「総本部のがれきに埋《う》もれさせてしまった。二度と目にすることはないだろう」

若《わか》いドラゴンは力なくくずれ落ち、少しのあいだ、何もする気が起きないようだった。しかし、すぐにきっぱりと立ち上がった。

「取りもどさなきゃならん！　最初はトーチャーを奪《うば》われた。今度はかぎ爪だ。両方を取りもどさなければ、わしはドラゴン・アプレンティスの称号《しょうごう》にふさわしいとはいえない」

エラスムスはがれきをよけながら、もどりはじめた。トーチャーがあとに続いて走りだした。ぼくたちはなんとかして止めなければならない。

「エラスムス！　あなたが必要なんだ。今もどったら、二度と会えないかもしれない。

トンネルからはだれも生きて出られないよ。あなたもわなに捕《つか》まってしまったら、ぼくたちはどうしたらいいんだ？」

エラスムスはがっくりとうなだれた。

「それでは、わしは大事なものをなくしたのだな」

「トーチャーがいるよ！　ぼくたちはそのために来たんだし、目的は達成したよ！」ぼくは確固として答えた。

エラスムスが一息ごとに大きくため息をついたので、ぼくたちはそれまでよりゆっくり歩いた。角を2、3回曲がったら、驚《おどろ》いたことに地下の鉄道レールに出くわした。

ベアトリスはゆっくり周りを見てから言った。

「そうね、これが2番目の入口ね！」

「鉄道がつくられたときに、どうして発見されなかったんだろう？」ぼくは不思議に思った。

「厚《あつ》いがれきの下に埋《う》まっていたからだ。何が埋まっているか、想像もしなかったんだろう。わしが墓地に入る前にがれきをどけておいたのだ」エラスムスが説明してくれた。後ろでガラガラと音がして、大きな石のかたまりが天井《てんじょう》から落ちた。トンネル全体が陥没《かんぼつ》したようだ。ぼくは突然《とつぜん》パニックになった。

「トーチャーはどこ？」

その声にベアトリスがすぐ反応した。

「トーチャー？」彼女《かのじょ》は思わず大きな声を出した。

「ぼくたちのすぐ後ろにいると思っていた……」ぼくも半狂乱《はんきょうらん》だった。

「わしが最後に見てからも、しばらく経《た》っているな」

ぼくは、エラスムスの気持ちがわかり始めていた。なぜ、トーチャーのことをちゃんと気遣《きづか》わなかったんだろう。

「がれきの下でわなにはまったかもしれない！」ベアトリスは暗いトンネルを見つめた。

「それではもどって探《さが》すとしよう。ついて来るんだ」エラスムスは力強く言った。

「どうやったらもどれるっていうの？　もう通路はないわ」

「それじゃ、ぼくたちはすべての目的に失敗したっていうの？」ぼくは認《みと》めざるを得なかった。「トーチャーを失った。ドラゴンのかぎ爪《づめ》も。イグネイシャス・クルックはたぶん死んだろう。それでも、まだぼくたちよりましなのかもしれない」

墓地の奥《おく》でごうごうたる音がした。きっと最後のトンネルが落ちたのだろう。千年を経た岩も、こなごなになっていた。トーチャーはがれきの下のどこかにいるのだろうか？言いようのない悲しみが胸《むね》にこみ上げてきた。

ぼくは、後ろで始まりかけた新しい割《わ》れ目を力なく見ていた。それは天井に沿《そ》って開いていた。そのあと、トンネル全体が二つに分かれているのに気づいた。絶望的《ぜつぼうてき》だった。トーチャーには二度と会えないだろう。

ところが、広がっていく割れ目を見ていたとき、遠くで何かが動いたのに気がついた。天井や壁《かべ》がくずれるよりも早いスピードで、こちらに近づいてきている。人間だろうか、動物だろうか？　期待で胸がドキドキした。もっと近づいてきたとき、それが何か、ついにわかった。ぼくは、ほかのみんなを呼《よ》んだ。

「ベアトリス、エラスムス、ティブスさん！　トーチャーが生きていた！　ドレイク博士も一緒《いっしょ》だ！　トンネルの中をこっちに来るよ！」

「やあ」博士はまるで何事もなかったかのように、なじみのある明るい声で叫《さけ》んだ。「やっと着いた。私《わたし》たちは無事だ！　冷汗《ひやあせ》ものだったがね」

「ドレイク博士！」ベアトリスは彼《かれ》にとびついた。

「そこでいったい何をしていたんですか？」

「まあまあ。悪のドラゴン結社と戦うのに、君たちだけに任せておくわけないだろう？」

「トーチャー！」赤ん坊《ぼう》ドラゴンはトンネルからとびだし、興奮《こうふん》してぼくたちの周りをグルグル回っていた。ぼくは、ティブスさんがトーチャーを目で追うのをやめさせる必要があった。彼の催眠状態《さいみんじょうたい》がさらに長引くのを恐《おそ》れたからだ。

「人間に会うのがこれほどうれしいとは考えもしなかった」エラスムスがほほ笑《え》んだ。「もちろんドラゴンの赤ん坊に会うのも！　だが、私はあなたに、率直に知らせなければならないことがある」

エラスムスは、告白の前に深呼吸《しんこきゅう》をした。

「私はあなたから託《たく》された任務を果たせなかった」

ぼくは、ドレイク博士がどのように反応するか想像できなかった。実際のところ、彼が笑ってくれるなんて期待することもなかった。しかし、彼は笑ったんだ！

彼は上着の中に手を入れると、ドラゴンのかぎ爪《づめ》を引っぱりだした。エラスムスは安堵《あんど》と感謝で、言葉も出ないようだった。

「大丈夫《だいじょうぶ》だ、エラスムス」ドレイク博士は若《わか》いドラゴンを安心させた。

「私は君にトーチャーがいなくなった責任を負わせた。しかし、今日の君の勇気ある行動は、それを補《おぎな》ってあまりあった。君はドラゴン・アプレンティスとしてまったくふさわしい。そのことを、イドリギアとほかのドラゴンたち、それにドラゴン学者たちにもきちんと伝えよう」

明るい話し声が、ガラガラ音でさえぎられた。でも今回は墓地からではなかった。

「どうやらこのトンネルから急いで出たほうがよさそうだ」エラスムスが警告《けいこく》した。

「列車がやってくる！」

ドレイク博士は安全な盛《も》り土の上にぼくたちを導いた。彼《かれ》はエラスムスに、トーチャーを即刻《そっこく》家に連れていくように指示し、「今回は、見失わないように！」と念を押《お》した。

「ダニエルとベアトリスと私《わたし》は、セント・レオナードの森にもどる前に、ティブス氏をワイバーン・ウェイに連れていこう」

話しながら、ぼくたちは昼の光の中にもどった。

「君たちが安全だったので、ほんとうによかった」ドレイク博士はまゆを寄せて言った。

「しかし、私を待たずに先に進んだのは、ちょっと無謀《むぼう》だったな」

「トーチャーを助けたかったんです。時間はどんどん過ぎるし、あなたは来ないし……。ティブスさんは自分一人で墓地に入るって言ったんですが、私たちは連れていってくれるようにお願いしたんです」ベアトリスの説明が続いた。

ドレイク博士はまだフラフラしているティブスさんを見た。

「見るところ、彼もよくやったようだね。彼はドラゴン学説の専門家だ。しかし実践的《じっせんてき》な面はどうも得意ではなさそうだね」

「あなたはどうしていたんですか、ドレイク博士？　何があったんですか？」

ドレイク博士はため息をついた。「ああ、長い話になるな」

彼がそう始めたとき、ぼくたちは人通りの多い通りに出ていた。

「アンダーソンが現れて、事の流れはどんどん危険《きけん》で混乱《こんらん》するほうへ向かっていった。それでウォーンクリフに着くのに時間がかかったんだ。やっとドラゴンの巣に着くと、エラスムスが待っていてくれた。彼は若《わか》くて動きの速いドラゴンだった。私は彼を信頼《しんらい》してドラゴンのかぎ爪《づめ》を託《たく》し、トーチャーの救出を急ごうと思ったのだよ。イドリギアと私はできる限り頑張《がんば》って彼のあとを追った。その後、君たちが墓地にいるとわかったので、そこに急いだんだ」

「それで、どうやって墓地から脱出《だっしゅつ》できたんですか？」

「そうだな……」ドレイク博士は突然《とつぜん》まじめな表情になった。

「トーチャーがいなかったら、私はまだあそこにいたかもしれない」

話しぶりから、トーチャーがドレイク博士にすばらしい印象を与《あた》えたことがわかった。

「脱出《だっしゅつ》しようとしたときに、トンネルの一つでトーチャーと会ったんだ。彼《かれ》はドラゴンのかぎ爪《づめ》を口にくわえていた。その先のトンネルはふさがれていたが、彼はどちらに行くべきかわかっていたようだった。私《わたし》は彼について行くしかなかったよ」

ドレイク博士は馬車を呼《よ》びとめ、皆《みな》で乗り込《こ》んだ。ティブスさんをドラゴナリアの店で下ろし、ティブスさんがいつもの調子を取りもどすまで込み入った計算を続けてやらせるように、執事《しつじ》のフライトさんに念を入れて指示した。そのあとで、ぼくたちは駅に向かった。

ドレイク博士とたくさん話すことがあったので、ドラゴンズブルックへともどる旅はあっと言う間だった。

「イグネイシャス・クルックが最初から悪のドラゴン結社の背後《はいご》にいたなんて、まだ信じられない」ドレイク博士が考えこんでいた。

「今度こそ、やつは一巻《かん》の終わりだな」

「あれだけのことが起こったからには、またイグネイシャスに会うなんてことはないですよ」ぼくはげんなりしながら言った。

「不幸せな人生の悲惨《ひさん》な最期《さいご》だったな」ドレイク博士が言った。ぼくが感心したのは、あれほどイグネイシャスに痛《いた》めつけられたのに、ドレイク博士が自分の敵に対して同情を示していたことだ。

ベアトリスとぼくがドラゴンズブルックにもどったのは、夕刻《ゆうこく》前だった。さびた門を押《お》しあけて庭に入ると、赤いうろこの生きものが飛んできて、ベアトリスをひどく驚《おどろ》かせた。

「私《わたし》たちも会えてうれしいわ、トーチャー！　こんな光景をだれかが見たら、私たちが数か月も離《はな》れていたと思うでしょうね！」

家は居心地《いごこち》がよく、ぼくたちを歓迎《かんげい》してくれているようだった。煙突《えんとつ》からは煙《けむり》がゆったりと立ちのぼり、窓《まど》にガス燈《とう》が輝《かがや》いていた。中に入ると、両親が迎《むか》えてくれた。ぼくたちは両親に会えて大喜びだった。話すことがいっぱいあった。

「お母さん、お父さん！」ぼくは叫《さけ》んだ。

「女王様に会ったの！」ベアトリスが言った。

「それに、ティブスさんが裏切《うらぎ》り者だと思っていたんだ……」

「でも違《ちが》っていたわ。イグネイシャス・クルックがそうだったの……」

ぼくたちの勢いを止めるように、お父さんが手をあげた。

「エラスムスからすべて聞いたよ。おまえたちはティブスさんについてあんな墓地に入るべきではなかったな」お父さんは厳格《げんかく》に言った。

ぼくは、そんなふうに言われることなど想像もしていなかった。でも、それは自業自得《じごうじとく》だった。お母さんのほうを見ると、精いっぱい怒《おこ》っているように見せていたが、でも、ほんとうはうれしくてホッとしていることがぼくにはわかった。

「二人ともこちらへいらっしゃい」お母さんは笑いながら言い、ぼくたちを抱《だ》きかかえてくれた。「あなたたちが無事で、ほんとうによかったわ」

「おまえたちを誇《ほこ》りに思うよ」お父さんもすぐに笑顔《えがお》になった。「はっきりとは言えないが、もうおまえたちだけを残していくようなことはしないつもりだ」

翌日《よくじつ》、午後にみんなで訪《たず》ねてくるようにと、ドレイク博士から招待状《しょうたいじょう》が届《とど》いた。昼食のあと、ぼくたちはトーチャーを伴《ともな》って、ドレイク城《じょう》に向け出発した。

ドレイク博士の住まいの中庭で、大きな集まりがあった。チディングフォールド男爵《だんしゃく》がいたし、首相もいた。そのほか、S.《エス》A.《エイ》S.《エス》D.《ディー》の晩餐会《ばんさんかい》に出席していた多くの人が集まっていた。

ドラゴンは自分しかいなかったので、トーチャーはテーブルの下ですねていた。なんとかおだてて引っぱりだそうとしたとき、ビリーとアリシアがぼくたちを見つけて飛んできたので、ぼくは、最後に会ってから――前日の朝早くだったけど――起こったことをすべて伝えようとした。ところが、ビリーとアリシアのほうに新しい知らせがあった。

「ティブスさんだけど、ロンドン数学会に送らなきゃならなかったの。バシリスクの催《さい》眠《みん》の力は考えていたよりずっと強かったわ。フライトさんが複雑な計算をどんどんやらせたんだけれど、それでとくによくなるということはなかったわ！　数学会にどれだけ長くいなきゃならないかわからないの」アリシアはしのび笑いをした。

「いい気味だね！　この前はたいへんだったんだから」ぼくは冷たく言った。

ベアトリスはティブスさんへの態度を和《やわ》らげていた。

「でも彼《かれ》がいなかったらトーチャーを見つけることはできなかったでしょ？　それに、最後には彼は正しかったじゃないの？」

「それってどういう意味？」ぼくは当惑《とうわく》していた。

「だって、彼は悪のドラゴン結社が復活したなんて信じなかったわ。話が少しうさんくさいって、いつも疑《うたぐ》っていたじゃない」

彼女《かのじょ》が正しいことを認《みと》めるしかなかった。ティブスさんの説はまちがっていなかった。それに、ぼくたちの将来《しょうらい》の探検《たんけん》のためには、彼には所属している協会の本部にとどまってほしかった。

ダーシーがぼくに気づき、ウィンクをしながら近づいてきて、背中《せなか》をポーンとたたいた。

「これはいったいどういうこと？」ぼくは人込《ひとご》みのほうをあごでしゃくりながら尋《たず》ねた。

「お手並《てな》み拝見《はいけん》さ」ダーシーはほほ笑《え》みながら言った。

ドレイク博士はどこにも見当たらなかったが、彼《かれ》が現れたらきっと何かの発表があるはずだ。

突然《とつぜん》、人込みの中でハッと息をのむようすがあった。見あげると、片方《かたほう》にエラスムス、もう片方にブライソニアを伴《ともな》って、イドリギアが庭に降《お》りてきた。

「ブライソニアにとったら、はるばるここまで来たのは何か大事なことがあるからのはずだよ」ビリーの見解の正しさはあとで証明された。

イドリギアが着地すると、トーチャーはテーブルの下から頭を出し、あいさつするために走りだした。２頭のドラゴンは鼻をこすり合わせた。

ドレイク博士が屋敷《やしき》から現れ、大またで歩いてイドリギアの隣《となり》に立った。ガーディアンたるイドリギアは背筋《せすじ》を伸《の》ばし、観衆《かんしゅう》に目をやった。偉大《いだい》なドラゴンが話そうとするのを見て、話し声はやみ、期待で静まり返った。

「プライシク・ホヤーリ！　ダニエルとベアトリスのクック姉弟《きょうだい》、前に進み出よ」

ベアトリスとぼくは互《たが》いに顔を見合わせ、おずおずとイドリギアの指示に従《したが》った。

ガーディアンはいかめしい顔つきをしていた。

「おまえたちは従順《じゅうじゅん》ではなかったな」彼《かれ》は気持ちが高まってきたようだ。

「ここにいる若《わか》いドラゴン・アプレンティスも同様だ」

エラスムスはこうべを垂《た》れ、ぼくは気落ちしていた。これはお祝いなんかじゃない。

それどころか、ぼくたちはS.A.S.D.《エスエイエスディー》の全会員の前で屈辱《くつじょく》を受けなければならないんだ。

「おまえたちは、制止する声を振《ふ》り切って、自分たちが愛したドラゴンを助けるためにみずからの命を危《あや》うくするという罪を犯《おか》した。エラスムスの罪ははさらに重い。その行動によって、子どもドラゴンが敵の手に落ちるという事態《じたい》を招いてしまった。私《わたし》はチディングフォールド男爵《だんしゃく》に、おまえたち3人を裁《さば》くように要請《ようせい》された」

「裁く？」ぼくはつぶやいた。つぎのことばが恐《おそ》ろしかった。

「裁きだ」ガーディアンは続けた。

「大したものではないがな。おまえたちの働きにより、子どもドラゴンは助け出され、イグネイシャス・クルックの悪だくみはきっぱりと阻止《そし》された。おまえたちは困難《こんなん》にあっても偉大《いだい》な勇気を示した。ドラゴンに対する危険《きけん》が増し加わっている今日、だれも安穏《あんのん》としていられないのだ。アレクサンドラ・ゴリニチカはいまだに重大な脅威《きょうい》となっている。その脅威に対するために、我々《われわれ》には最強の力が必要だ。おまえたちは我々に力を貸す用意があるか？」イドリギアは問いただした。

「もちろんです！」ぼくたちは一も二もなく答えた。

「それでは、裁きを申し伝える。おまえたちは自分の身の安全のために、北へ旅に出るように。両親が同行する。エラスムスが当面はおまえたちの教師となる。しかし、エラスムスも人間のやり方をまだまだ学ぶ必要がある。その意味で、おまえたち二人は彼の教師でもある」

ぼくはエラスムスを見た。最初、何かを期待して喜んだようだった。でも、ぼくが見ているのに気づくと、にらみつけてきた。からいばりをしているに違《ちが》いない。

この2日間、彼《かれ》はぼくたちに愛着を感じてくれたはずだ。もちろんぼくたちもそうだ。ほんの少し前なら、与《あた》えられる罰《ばつ》に耐《た》えられないと思ったかもしれない。けれど、今は大歓迎《だいかんげい》だ。なんてたって、ぼくたちはS《エス》.A《エイ》.S《エス》.D《ディー》.のために働けるのだから。

「その前に」ドレイク博士が言った。

「ここに女王陛下《へいか》からのメッセージを預かっている。昨日、陛下は首相に対し、ダニエルとベアトリスの姉弟《きょうだい》に栄誉《えいよ》を授与《じゅよ》すると伝えられた」

彼《かれ》はぼくたちにまっすぐ向き、直接話しかけてきた。

「私《わたし》は、喜びをもってここに宣言《せんげん》する。今後、君たち二人は上級ドラゴン学者と見なされる」

ベアトリスとぼくは言葉が出なかった。最初は、ぼくたちは罰《ばつ》を受けると思った。つぎには、ドラゴン学者ならだれでも望む最高の栄誉にあずかることになったんだ。

「君たちの認証式《にんしょうしき》の前に、もう一つ私《わたし》がやるべきことがある。ここに君たちあての手紙がある。ここにいる皆《みな》が聞こえるように、読み上げてくれないか?」

彼《かれ》はぼくたちに手紙を渡《わた》した。レターヘッドにはライオンとユニコーンをかたどった紋章《もんしょう》があった。ぼくは、顔が興奮《こうふん》で紅潮《こうちょう》してくるのがわかった。まぎれもなく女王陛下《へいか》からのものだった。ぼくたちは手紙の両端《りょうたん》を持ち、声を合わせて読みだした。

ダニエルとベアトリスのクック姉弟《きょうだい》へ――勅命《ちょくめい》

汝《なんじ》ら二人が、その勇敢《ゆうかん》な行動をもって、わが王国と、わが臣民、またそこに住むドラゴンに対し、偉大《いだい》な働きをなしたことが、世に知れるところとなった。その功績によって、朕《ちん》は、汝らが上級ドラゴン学者に昇進《しょうしん》するに値《あたい》することを称《たた》えるものである。汝らがその責任を果たし、立派《りっぱ》に義務をまっとうし、引き続きわが祖国《そこく》の名誉《めいよ》たらんことを確信するものである。

二人の年少の者がわがバッキンガム宮殿《きゅうでん》の中庭にドラゴンと共に降《お》り立った日のことが懐《なつ》かしくしのばれる。汝らに再びあいまみえ、汝らよりドラゴン学者の冒険譚《たん》を聞かせてもらうことを心より待ち望んでいる。

朕は汝らに最大の幸福がもたらされることを望むものである。願わくは、汝らとドラゴンとの交渉《こうしょう》が首尾よくおこなわれ、すべてのドラゴンのすみかにおいて汝らが彼《かれ》らを守ることができ、平和を保つことができるように。

神秘《しんぴ》といにしえのドラゴン学者協会の名において、ドラゴンスピードで参れ！

女王　ビクトリア

この2、3日はめまぐるしかった。ドラマと興奮《こうふん》にあふれていた。危険《きけん》もあったし、たいへんな状況《じょうきょう》もいくつかあったけれど、この経験をほかの何かと交換《こうかん》するなんて絶対にあり得ない。今、イドリギアの裁《さば》きによって、ドラゴン学者の冒険がまだまだ続くことがわかった。実際、それはまだ始まったばかりだ。

今人舎の「ドラゴン学」シリーズ

Dragonology™

ドラゴン学

ドラゴンの秘密完全収録版

ドゥガルド・A・スティール編

30.8×26.2×2.4cm

定価（本体 2,800 円＋税）

ドラゴンの味方を一人でも多く見つけるため、「ドラゴン・マスター」であるアーネスト・ドレイク博士によって書かれた本。ドラゴンについての興味深い知識のほか、「ドラゴンの粉」や「ドラゴンのうろこ」なども付いている、豪《ごう》華《か》装《そう》丁《てい》しかけ本。30ページ。

ドラゴン学総覧《そうらん》

ドゥガルド・A・スティール編

27×24×2.7cm

定価（本体 2,800 円＋税）

今も生きているドラゴンの特徴《とくちょう》・生息地・習性から、絶滅《ぜつめつ》してしまった種とその絶滅理由、似て非なる生き物の紹介《しょうかい》など、ドレイク博士の記録と知識を総結集させた「ドラゴン学」本の決定版。ドラゴン学者を志す人なら、必ず手元に置いておきたくなる一冊《いっさつ》。192ページ。

ドラゴン学から生まれた
ファンタジーシリーズ

20.2×13.2×3.4cm　320～352ページ　定価（本体 1,900 円＋税）

第1巻

ドラゴン・アイ

著／ドゥガルド・A・スティール

文／赤木かんこ

人類とドラゴンの運命を握《にぎ》るドラゴン・アイとは？　19世紀末のイギリスを舞台《ぶたい》に、謎《なぞ》に満ちた冒険《ぼうけん》が始まる！

第2巻

ドラゴン・エクスプレス

著／ドゥガルド・A・スティール

訳／三枝明子

ファンタジー第二弾！　病に犯されたドラゴンを救うため、クック姉弟《きょうだい》がドラゴン・エクスプレスに乗って世界を駆ける！

第3巻

ドラゴン・アプレンティス

著／ドゥガルド・A・スティール

訳／こどもくらぶ

再びドラゴンに迫る危機《きき》。因縁《いんねん》の敵・イグネイシャスとの戦いで活躍《かつやく》する、ガーディアンのアプレンティスとクック姉弟《きょうだい》。クック姉弟の運命は？

シリーズ完結編！
上陸間近

第4巻

著／ドゥガルド・A・スティール

訳／こどもくらぶ

「ドラゴン・ハンマー」をめぐる、アレクサンドラ・ゴリニチカとの最後の死闘《しとう》！「失われたドラゴンの島」でクック姉弟を待つ運命は？

ドラゴン学入門

21課のドラゴン学講義

ドゥガルド・A・スティール編

21.6×18.8×2.2cm

定価（本体 2,300 円＋税）

ドラゴン文字やドラゴンが好きななぞなぞなど、21課のドラゴン学講義を収録《しゅうろく》した入門書。ドラゴンの玉を埋《う》めこんだ重厚な装丁《そうてい》。80ページ。

ドラゴン学ノート

ドラゴンの追跡と調教

ドゥガルド・A・スティール編

30.6×26.2×2.2cm

定価（本体 2,800 円＋税）

ドラゴンの野外調査に必要な、実践的《じっせんてき》技術を紹《しょう》介《かい》した冊子《さっし》と、ヨーロッパドラゴンの組み立て式モビール（全長50cm）のセット。冊子24ページ。

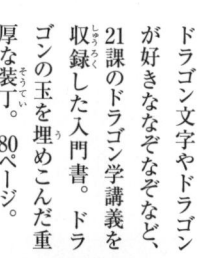

翻訳・編集／こどもくらぶ（石原尚子、中嶋舞子、河原 昭）

デザイン・DTP／（株）エヌ・アンド・エス企画（西尾朗子）

今人舎ドラゴン学公式サイト　http://dragon.imajinsha.co.jp/

ドラゴン・アプレンティス　THE DRAGON'S APPRENTICE

2013年8月10日　第1刷　発行

著／ドゥガルド・A・スティール
訳／こどもくらぶ

編　集／石原尚子、中嶋舞子
発行者／稲葉茂勝
発行所／株式会社今人舎
〒186-0001　東京都国立市北1-7-23
TEL 042-575-8888　FAX 042-575-8886
ホームページ　http://www.imajinsha.co.jp

Japanese text©Imajinsha co., Ltd., Tokyo, Japan
NDC933
352ページ　ISBN978-4-905530-24-4